親親後娘

2

紅景天 著

文創風 156

目錄

第二十二章 行情

「二郎，又去打獵啊？」同村子的李老四見二郎揹了把鋤頭，鋤頭後面還掛著一隻半掙扎的兔子，羨慕地道：「這兔子還真肥。」

「是呀，到山地裡幹完活兒，就抽了個空到附近溜溜，也是今天運氣好，才逮著這隻野兔，要是晚去一、兩步就讓牠給逃咯。」二郎笑呵呵地說。現在他常在山裡幹活，他挑了幾個地點下套子，時不時會有一些獵物中招。

「喲，這天都擦黑了。你趕緊回去吧，估計家裡的婆娘正等著你回去吃飯咧，俺也走了，下回見啊。」李老四說著就拐進另一條岔路。

「好的，你慢走啊。」二郎衝著他的背影喊，李老四揮揮手，表示回應。

二郎笑笑，回家的步伐更快了。

這燒炭的技術並不算太難，羅雲初從來不小看古人的智慧，燒炭這種事，讓人觀摩一、兩次，再自己試驗幾回，便能掌握了，所以她一再叮嚀，他們家燒炭的事不能讓外人知道。大郎、二郎都曉得事情的輕重，所以二郎就這般掩飾了。

燒炭是個技術活，火力強一分太多，弱一分太少。大郎、二郎兩人折騰了幾日，燒了三窯的炭才漸漸掌握了火候。第一窯，燒過頭了，炭燒融了很多，只剩下瘦瘦的腰身。第二窯的時候火候不到，木柴並未完全燃燒，製成的炭燒起來有濃煙。接著又燒了一窯，雖然還沒有達到標準，但出爐的炭比前兩次的好太多了。

羅雲初很關注燒炭這事，畢竟這是他們一家子能不能發家致富的關鍵，所以第四窯的炭要出窯的時候，她就已經在山上等著了。熟能生巧，古人誠不我欺。第四窯出的炭輕而完整，羅雲初拿起一根端詳，嗯，很完整，不掉灰；很輕，表示裡面沒有殘留著的木柴了。

「二郎，把火盆拿過來，咱燒兩根瞧瞧。」

二郎當即拿了完整的兩根，拆成好幾截，用火盆燒了起來，發現它在燒的過程中沒有一絲煙火。幾人遠遠地圍著木盆聊開了，一盆炭差不多燒了近一個多時辰，大家見到成果，很是高興，這樣的炭在冬天晚上只需起夜時再添一、兩次，就差不多能頂一晚了。自己平時積攢的那些炭頭，能燒半個時辰就算不錯了，這樣一對比，他們燒出的這窯炭優勢太明顯了。

「大哥，明天停火一天吧，咱們四人分兩路。我和二郎去鎮上柳掌櫃那兒問問價錢，你和三弟就到城裡去，城裡賣炭的店也多。咱們各自拿著一些炭樣去，到時回來再合計一下該賣給誰。」羅雲初覺得自己前頭的想法不對頭，死認定了鎮上的柳掌櫃。貨比三家，此乃血拚經驗啊，怎麼可以忘掉呢，消費如此，賺錢未嘗不是？

大郎想想也是，得看看價錢再說，要不然埋頭苦幹，到時賣出去的價錢賤得連人工都拿不回來可不行。「對。」

「再過個把時辰，等天擦黑的時候，咱就把這批炭挑回家吧？」大郎指著新出窯的那批木炭。雖說現在秋高氣爽，十天半個月都不下一滴雨，這炭留在野外也無須太過憂心，但他們畢竟指著它賺錢呢，還是扛回家裡放著好了。

「成，大哥，聽你的。」二郎估摸著這炭少說也有七、八百斤的，若他和大哥忙和的話，兩人來回挑個兩趟就差不多了。

「媳婦，妳和三弟先回去，做飯燒菜，等我和大哥幹完活兒就有飯吃便好。」

羅雲初不逞強，她走山路都不大穩當，挑東西下山，真不行。

宋銘承卻不從了，堅持和他們一起挑擔子。大郎、二郎無法，只好讓羅雲初先回去了。

三兄弟便又開始砍起柴來，這些都是過兩天便要用到的木柴，多砍點準沒錯。

趁著月光，三兄弟將山上大部分的炭都挑了回來，甚至連前面的不合格產品也挑了一部分。宋家沒有多餘的地方放置這些炭，好在前頭大郎家的牲畜賣了不少，而且豬圈早就空了出來。大郎家的豬圈比羅雲初他們新建的那個要大得多，天孝趁空閒的時候已經將它打掃乾淨了，此刻正好派上用場。

炭不能潮水，所以他們在地上鋪了厚厚的一層稻草，也不知道頂不頂用，不過聊勝於無吧。第四窯燒出的炭可不能壓，所以全都一袋袋地擺放在地上。其他的，隨意了。

待他們忙完時，已將近亥時，羅雲初把已經涼了的菜又熱了下。前頭她已讓宋母和三個娃各吃了小半碗飯頂著，所以他們沒有被餓著，一大家子有說有笑地吃了晚飯。

次日是集市，羅雲初打發了二郎回去休息，便在廚房裡忙和起香芋的吃食來。廚房裡的活計她都可以一個人完成，二郎近日來也辛苦了，就讓他多歇會兒。

第二天一大早，四人吃過東西後便出發了。這次沒有坐牛車，而是四個人步行至鎮上的。人的腳程比牛車快，而且這次他們趕時間，二郎三兄弟輪流挑著幾十斤的擔子，便也不覺得太累。

到了鎮上，大郎兩人還得往城裡趕，合著羅雲初的意思，乾脆搭輛馬車算了。她把她的想法說了，二郎告訴她，鎮上去城裡的馬車一般都是私人的，極少會讓人搭順風車，如果要雇馬車，來回少說都得一兩銀子。

沒法，為了省錢，大郎兩人只好勞累兩條腿了。怕他們路上餓著，羅雲初用芭蕉葉給他們包了二、三十個竹香芋兒卷，四人便分開了。

「這便是妳之前說的炭？」見著了羅雲初他們帶來的炭，柳掌櫃像屁股著火般跳了起來，驚叫一聲。轉眼，他便察覺到自己的失態，忙乾笑兩聲。

「是啊，柳掌櫃你看看怎麼樣？」羅雲初將裝著炭的那個包推了過去。為了能知道個價錢讓心裡有個底，他們攤都沒擺便先來詢問了。

柳掌櫃立即接手，掏出幾根出來看了又看，小眼睛不時還瞄了二郎夫婦幾眼。

羅雲初當沒看見，不過若想占他們便宜，那是不可能的，別以為全天下就你這家店是賣炭收炭的！「柳掌櫃，這炭本來是長長的一根，我們為了方便，只好把它折了。瞧，這樣來看，它們是不是就拼上了？」

柳掌櫃細細看了，發現果然如她所說一般。他又拿起一塊，在手中捏了捏，掂量了一番，在心中暗自思量，這樣的炭他該給怎樣一個價錢才好呢。以他歷年來閱炭無數的眼光來看，無疑的，這批炭雖然不是銀絲炭，但在品質上完全不比它差。

「柳掌櫃，看也看了這麼久了，你就給個價錢吧，我們還要去擺攤賣點兒吃食呢。」羅雲初指著放在店裡的那擔籮筐證明所說不假。

「呵呵，不知宋夫人想要個什麼樣的價？」柳掌櫃狡猾地將問題推了回來，先看看她給的價錢再說，這樣容易看出她的心裡價位。

「柳掌櫃，你就別繞彎子了，要我說的話，當然是價錢越高越好了。你還是趕緊給個價吧，若合我們的心意就成交，不合的話……」

後面的話羅雲初直接省略，她知道以他的精明會明白她的意思。

「四文錢怎麼樣？」前段時間，洛城的一個表親給他傳來消息，說他們戚府要進購一批銀絲炭，如果他有貨，那就可以把這筆買賣吃下。消息來源很可靠，那個表親和戚府採買的總管關係很好，還說了，只要貨好，銀錢上貴上一些些也無所謂。

若是真能以四文錢成交，那轉手的時候，他大可以以十文錢以上的價格賣出去。戚府家大業大，哪個冬天不是必備三、五千斤的炭的？如此一來，其中的利潤可想而知，儘管他打算從中拿出一、兩成孝敬那表親和總管，也是賺的。況且需要炭的可不止一個戚府啊。

四文錢？比之前他給的價錢高出一文。羅雲初知道這價格上漲的空間還很大，遂笑問：「柳掌櫃，這價錢少了點吧？」

「哎喲夫人哪，這錢妳還嫌少？妳瞧瞧，我這店裡就是最上等的銀絲炭也只賣六文錢一斤。宋夫人哪，妳也得給咱們一個活頭對不？咱開店要資金要店面要人工，瞧，每個月我還得付給夥計銀子，妳說我容易嗎我？」柳掌櫃這一段話脫口而出，把自己說得可憐無比，真是前無古人後無來者啊。

見他說得那麼順溜，羅雲初便知道這肯定是他自帶的一套說辭，說了不知多少遍了。

二郎跟在雲初後面，並不插嘴，他知道他媳婦會把事情處理好的。

「柳掌櫃，我知道你不容易，可是我們這邊也很困難啊，咱們整個冬天就指著這點銀錢過日子了。這樣吧，你再添添，回去我還得和家人商量一下，才能給你答案。」廢話少說，添價錢吧，添了還有成交的可能，不添可就沒多少希望了。

柳掌櫃還在猶豫，他給的價錢夠高了，對得起這個貨了。羅雲初還讓他添，這不是割他的肉嗎？

見他猶豫不決，羅雲初也沒那麼多時間和他耗，便道：「柳掌櫃，你慢慢思量，我們去西街把帶來的吃食賣了先。」

「欸欸，別走啊，真是，年輕人真沒點耐性。」柳掌櫃忙叫住他們，他可不想錢袋子飛走了。「好啦好啦，六文錢，六文錢一斤，最多就是這樣了，你們也別給我還價了。炭呢，都要這樣的。」這個價可是他的極限了，他這個店也要承擔風險的，如果他們不滿意這個價錢就算了。

羅雲初與二郎兩人對視了一眼，她從二郎眼中看到一抹驚喜，忙拉了他的衣角一下，給了他一個眼神讓他收斂情緒。其實她自己心裡也樂瘋了，六文錢一斤，好多啊，比起之前的三文整整多了一倍啊。

「柳掌櫃，你的誠意我們也看到了，家裡的炭的確都是這樣的，這個你可以放心。不過這事咱們還得回去和長輩說說才能下決定。」羅雲初禮貌地道，這個價錢不錯，就不知道大哥他們那邊的情況如何了，還是回去合計一下再作決定吧。

「那你們什麼時候能決定好？」柳掌櫃也無奈。

「明天吧，明天我們會來告知你結果的。」

「那成，咱們就這麼說定了啊。」

賣完吃食，羅雲初雙手摸著銅板，興奮地道：「二郎，今天咱們掙了四百二十四文錢呢。一會兒我們去李記繡坊買兩床棉被好不好？」初秋了，晚上涼著呢，現在飯糰蓋著的都是摺疊起來的兩層薄被而已。

「成，妳說買啥咱就買啥。」好日子看得見，二郎心情賊好，樂呵呵的。

兩人折去北街，沒一會兒，兩人便出來了，兩邊的籮筐上各放著一張簇新的被子。

「好貴的被子，這麼小的兩張，竟然就花了四百文！」羅雲初嘟囔著，今天掙的錢一會兒扣去四枚牛車費，就只剩下二十文了。唉，錢不經用啊。

「那掌櫃還說便宜賣我們了，真是奸商！」羅雲初不住地抱怨著，不過想著飯糰開心地在上面打滾的情景，她又覺得這價錢值了。

「媳婦，去年冬天娘買了一床大的被子，足足花了五百文錢哩。現在兩床小的四百文，咱們不虧。」二郎安慰著。

羅雲初知道這是他的安慰，笑了笑。「走，咱們再去買點下水回去改善一下伙食。」還剩下二十個銅板，索性都買了肉吧。

每次到鎮上，他們必定會買上幾斤便宜的骨頭和下水，那攤賣豬肉的大叔都認得他們了。一瞧見他們，便問：「妹子，又來買下水啊？」

「是啊，大哥今天的生意不錯啊。」羅雲初看著所剩無幾的豬肉，笑問。

「嘿嘿，託福託福。妹子，要哪個？俺給妳算便宜點。」胖大叔撓頭笑了，似乎心情很好，竟然主動給他們降價。

「多便宜啊？」她很好奇，兩文錢一斤，已經夠便宜了，還能更便宜啊？

「買三斤給你們搭一根骨頭！」胖大叔豪爽地應道。

「成，大哥，謝了啊。」送的，不要白不要。

胖大叔麻利地給他們秤了五斤下水，又附贈了兩根骨頭，接過銅板的時候隨意地問了一句。「妹子，你們咋就愛吃這個下水呢？前些日子這些東西賣不出去，我拿回去讓家裡的婆娘給處理了。唔，這些東西真是太難吃了，特別是那個大腸，有股子豬屎的味道。」他一臉嫌棄的表情。

「不會啊，我媳婦做的肥腸很好吃耶，肯定是你家婆娘沒洗乾淨。」二郎插嘴，提起他媳婦的手藝時，他一臉的自豪。

羅雲初扯了二郎的衣襬，示意他不要說了，然後笑著道：「呵呵，大哥，洗這個大腸有點竅門的，用點鹽和醋以及麵粉洗幾遍便能去除異味了。」哎，這點小竅門就當他贈送兩根骨頭的回報吧。

胖大叔點頭記下了，尋思著明天就讓他婆娘試試。後來他愛上了肥腸這個吃食，日後的大腸幾乎都是他自產自銷了，羅雲初他們後來有幾回在他這兒還買不到大腸，胖大叔過意不去，幫他們張羅著從夥伴那兒調來一些這才解決。不過這些都是後話了。
二郎挑著擔子，領著羅雲初往南邊陳大爺停牛車的方向晃去。
「也不知道大哥他們那邊情況如何？」這邊柳掌櫃給出的價格已經很不錯了，即使他們那邊不順利也沒什麼。
「嗯啊？」
「晚上就知道了。」二郎樂呵呵地，倒沒有多擔心，三弟跟著去呢。
「怎麼了？」二郎以為她身體有什麼不舒服，焦急地就要放下擔子。
「沒事。」剛才經過那條小巷的時候，她似乎看到一抹熟悉的人影，可是定睛一看，卻不見了，她都有點懷疑自己是不是眼花了。想著，她退後兩步往巷子看去。
「媳婦，妳看什麼？」二郎也跟著後退，隨著她的目光看了過去。「走吧，這沒什麼好看的。這條巷子叫浣衣巷，裡面住的人多是老弱婦孺沒有依傍的，以浣衣為生。」
浣衣嗎？「哦。」羅雲初點了點頭，跟上他的腳步。
待他們走遠，浣衣巷的拐角處才走出一個人，她默默地望著他們遠去的背影。
「方大嫂，過來啦？剛好，我從李家那兒又拿了點髒衣物回來。人家要求明天就要，妳洗了吧。」
「哦，好的，就來。」

傍晚的時候，大郎他們回來了。

羅雲初給兩人倒了兩碗涼開水，隨口問道：「大哥，情況怎麼樣？」

「媳婦，別急，先讓大哥、三弟喘口氣嘛。」

「呵呵，不要緊。我嘴笨，讓三弟說吧。」大郎笑道。

宋銘承沒推辭，微笑著說道：「今天我和大哥走了五家炭店，有兩家給出四文錢，一家給五文，最高的那家給到六文錢。最後一家比較那個，他們不想買炭卻想買燒炭的方子，給出一百五十兩的價錢。」

一百五十兩想買方子？倒想得美！大家心裡都明白，這個價錢的確不高。

「你們這邊如何？」宋大郎反問。

「柳掌櫃給出一斤六文錢的價格。」

「如此說來，柳掌櫃卻是個厚道人。」大郎感嘆。

厚道人嗎？她不置可否，商人逐利，哪有厚道可言？

「對了，柳掌櫃有說要買多少炭嗎？」宋銘承問，如果柳掌櫃能吃得下全部的貨，那麼他們也無須再找其他的買家。

「三、五千斤總是沒問題的，不過具體的話，還得再問問他的意思才成。」今天她說了家裡有三、五千斤這樣的炭，柳掌櫃也沒什麼特別的反應，這便意味著這樣的量對他來說沒問題。

「成，明天二郎和二弟妹再走一趟鎮上吧，我就到山上燒炭去！二郎從鎮上回來再到山上替我一替。」大郎拍板。

「是啊，得抓緊時間了，還有一個月，地裡的莊稼就成熟了，到時咱們得忙著先把莊稼收回來。」宋母提醒著，這地裡的糧食是家裡的根本，丟不得。

「對了，大哥，我這兒有件事，不知當說不當說。」一個月趕著燒炭，明顯人手不夠，她打算讓她弟弟跟著他們一起幹，到時賺了錢，分他一份就可以了。

「咱們一家人有什麼不能說的？」宋大郎最見不得這樣了，老那麼見外做甚？

羅雲初在心裡整理了下說辭，便把她的想法說了。

宋家眾人聽了，沒人反對，大夥兒都挺高興。

大郎率先說：「好事啊，我剛才心裡還愁著人手不夠呢。燒炭這事要保密，別人我又信不過。二弟妹的弟弟我見過，是個實誠的小夥子，聽說現在妳娘家那頭的地都是他打理的？」

「是啊，也沒多少，就幾畝薄田而已。」羅雲初也很高興，趁著這個機會，能幫幫娘家也不錯。

「不錯不錯。」

當夜，二郎趁著月光去了趟他媳婦的娘家，問了小舅子的意思。羅德自然是願意的，不提錢的問題，能幫姊姊總是不錯的，當下他便答應了，說明兒一早，他就到宋家。

晚上睡覺的時候，想著滾滾而來的銀子，羅雲初興奮地睡不著覺。東想西想，翻來覆去最終的結果就是被壓！被某個被她鬧騰得睡不著的男人壓！悲劇地被強拉著做床上運動消耗能量去了。

大半個時辰，他們那床嘎吱嘎吱的叫聲沒有停歇過，伴隨著女人低低的壓抑的呻吟和男人的粗喘聲。驟雨初歇，二郎拿著一塊濕布巾，給她擦著汗濕的額頭。

「二郎，咱們這樣大量地砍伐木材不要緊嗎？」想起二十一世紀的各種有關土地森林的政策，羅雲初對這裡的政策也不是很瞭解，所以她有點擔心。

「媳婦，要緊啥喔？那山頭是咱們宋家的。」二郎不以為然。

「你說啥？這山頭是咱們宋家的？」羅雲初一驚，在現代的時候，租種一個山頭十年都得幾萬塊吧？想不到啊想不到，宋家竟然有自己的山頭！

「這有啥大驚小怪的？咱們村子裡戶戶都分到一個山頭呢，有的遠有的近，咱們這個不算好也不算太差。」二郎將布巾攤開在椅子上，然後回到床上，掀開被子就鑽了進去。

「二郎，等咱們賣了這批炭。你和大哥商量一下，割兩斤上好的肉，然後打上一壺好酒，去里正那兒串串門子吧。」里正呀，村子裡最大的官呢，和他打好關係準沒錯。見二郎不是很明白，羅雲初便細細和他訴說和里正搞好關係的好處。

二郎邊聽邊點頭，末了說道，他明天會和大哥三弟他們說說的。

羅雲初這才放下心來，沈沈地睡去。

次日，二郎夫婦又去了趟鎮上，詢問柳掌櫃要多少貨。柳掌櫃出於謹慎，說這得他親自看過貨才能下結論。於是羅雲初兩人坐著柳掌櫃家的馬車，領著柳掌櫃回了一趟宋家看貨。

一輛馬車停在宋家的門口，惹來旁人的注目。宋家對外一律稱柳掌櫃是他們宋家的一門遠房親戚，來走動走動。因柳掌櫃是賣炭的，村子裡幾乎沒人會買這個東西，所以也沒人認出他來。

兩人領著他到豬圈去看了貨，柳掌櫃很滿意，當下說道，他可以吃下上萬斤的貨，至於多的，得等他看看行情如何再說。其實一萬斤的量，供給四、五家大戶人家，便完事了。這炭可不比其他，過了冬天若想賣出去只得等來年冬天了，他不想冒太大的風險，囤積太多的貨，這也算是保守的做法。

約好了一個月後是提炭的日子，為了保險起見，柳掌櫃給了五兩銀子當訂金，雙方又到鎮上寫了契約書，這才完事。

二郎懷裡揣著沈甸甸的銀子，夫妻兩人都很興奮，二郎恨不得現在就到山上，把這個好消息告訴大哥、三弟。

「掌櫃的，這炭看來是宋家他們自己製的啊。這可是門掙錢的路子啊，你咋不心動？出點兒銀子把那方子拿過來唄？」店夥計小趙慫恿。

「我買回來你和你家人幫我燒去?!」柳掌櫃斜了他一眼。

「掌櫃的，你這不是說笑嗎？」俺要是會，俺還來給你當夥計啊？小趙在心裡腹誹。

「哼，好好幹活吧，淨想些歪門邪道。」柳掌櫃見他仍然一臉不服氣，伸出手指點了點他的額頭。「小子，告訴你，學著點啊。這便宜哪有占盡的道理？炭這一塊，多少人想賺它的錢，可是你瞧，幾大家炭商都死捂著技術。這宋家，指不定背後有……」說到後面，他搖了搖頭。「況且我也沒那個精力去折騰，咱們呀，從中掙點兒差價就成，別老想著把錢都賺盡！」

「老掌櫃，受教了，來來來，俺給你倒杯茶潤潤喉。」

當晚，得知柳掌櫃預訂了一萬斤的炭量時，宋家眾人都很高興，大郎更是摩拳擦掌大有大幹一場的勁頭。羅德在一旁見了，也替姊姊感到高興。

後來考慮到宋家住在村子中心，行事多有不便之處，而羅家處在村邊，這樣方便多了。

羅家的空房子也挺多的，雖然破舊，但總比露天來得強點，於是他們放炭的地點就由宋家變成了羅家。

接下來一個月，宋家眾男兒算是徹底忙碌開了，就是宋銘承也時不時地去幫忙。這些重活羅雲初也幹不來，便待在家把家裡的一切都顧好，如騰出一些地方放置木炭，看好幾個娃，把雞鴨羊豬餵好，每頓飯都做得分量十足，油水也十足，保證那些男兒不餓肚子。

天孝、飯糰幾個娃兒也爭氣，沒給大人添麻煩，宋母亦時不時給雲初搭把手，整個宋家，全體人員都在努力著。

他們每天晚上都偷偷地把燒好的炭挑回來，月中的時候還有月光，漸漸的，就沒有月光了，天上只剩下繁星點點。不知是古人的視力特別好還是什麼原因，這麼黑的天色也絲毫不妨礙他們的搬運行動。

羅雲初無比慶幸，這個時候的人們都不喜歡晚上串門子，天一擦黑，基本上都是關緊門戶的。而且因為羅家窮，來往的人很少，所以他們晚上挑炭的行動倒沒有什麼人察覺。

若說宋家的異常沒人發現，這是不可能的，至少隔壁的趙大嫂就察覺了。有次她就問到了，每天都沒見著宋家的男人著家，這是為啥。

羅雲初推說，他們是去山上砍柴，囤積過冬，在趙大嫂半信半疑的目光中，羅雲初厚著臉皮頂住了。她其實也知道這理由很牽強，但再牽強咱也得用是不？

後院的黃瓜豆角都成批的成熟了，羅雲初把它們全醃製起來，拿小罐子小瓦罈裝著。她不知道這邊的冬天有沒有青菜，總之多囤積點鹹菜醃黃瓜的，準沒錯。而且據她這身體的原主留下的模糊記憶，似乎冬天沒什麼青菜可吃的，為了在冬天不啃筷子頭，她現在就得開始囤醃菜了。

而且山地裡種的小芋頭也成熟了，趙大嫂一家子已經開始挖芋頭了。宋家眾男兒都不得空，羅雲初只得自己慢慢來，每天和他們一起吃了早餐，便跟著去了。她到了地裡便停下，然後揮動著鋤頭挖芋頭，這種種在山上的小芋頭，長得並不深，而且一窩一窩的，很容易就挖到了。

羅雲初挖一陣就休息一陣，弄了點柔軟的草墊在地上，就一屁股坐了下去，給那些小芋頭去苗去泥什麼的。她見著這些鮮嫩的芋苗扔了可惜，又想起之前她曾吃過的醃芋苗。醃芋苗的方法她不大記得了，不過這醃製品的做法大多都類似，她回去多試幾回便知。

於是這一個月，她每天都上山挖小芋頭，到點了就回來燒菜。回來的時候她都會挑一點小芋頭回來，剩下的，都是二郎他們回來吃午飯那會兒順便給挑的。

就這樣忙忙碌碌一個月，大夥兒都黑了一圈，但沒瘦，這得多虧了羅雲初做的吃食合胃口。

十月初二寅時左右，此時的人們尚在夢鄉，趁著點點星光及燭光，宋、羅兩家已經忙和開了，過秤，記錄，搬運，忙得熱火朝天。他們把上萬斤的炭都給柳掌櫃搬上車放好，這活兒不重，卻要費點兒時間。而且這炭是個需要小心輕放的物品，大意不得。

大部分的炭是放在羅家，所以他們早上的目標便是將羅家的炭讓柳掌櫃給拉回去。晚上則是輪到宋家這邊，活動時間定在亥時。

「宋相公、宋夫人，這炭的行情若是好的，下回咱還從你們這兒購炭，屆時你們可不能給我漲價啊。」柳掌櫃說著玩笑話。

「哪裡，柳掌櫃，屆時你別乘機壓價倒是真的。」成交了一筆大生意，羅雲初心情很好。

「哈哈，宋夫人也是爽快人。那老朽便在此說了，若我們還有合作的機會，就按著這個價，可好？」柳掌櫃收住笑，一本正經地看著羅雲初。心忖，若他們接受了，他們便有份交情在，他也不欺實誠人，若不然，別怪他以後壓價太狠。妳都和我耍滑頭玩心眼兒了，咱還拿妳當朋友照顧著，當咱傻呀。

宋家眾人面面相覷，大郎、二郎明顯一頭霧水搞不清楚狀況，羅雲初和宋銘承對視了幾眼，他朝她微微頷首，意思便是由她出面。

羅雲初很敏銳地感覺到這次的試探，想想，六文的價錢，以木炭的行情來說，這價錢已經挺高的了。他們這相當於批發，又不負責零售，還有什麼不滿足的？「柳掌櫃說得是，你給的價錢很公道，以後咱們合作的機會多著呢，如果掌櫃的日後需要貨的話，盡可以使人來通知一聲。」

「成。呵呵，眾位，天色不早了，老朽就先告辭了。」

待最後一袋木炭搬上了馬車，柳掌櫃爽快地結清了銀子，然後隨著貨車趕回鎮上。

「姊、姊夫，已經很晚了，我就先回去了，省得娘和阿寧擔心。」柳掌櫃走後，羅德也想告辭了。

「急啥，分了銀子再走，娘、大哥、二郎、三弟，你們說對不對？」這笨弟弟，唉，羅雲初何嘗不知道他是為了避嫌？

「二弟妹說對了，阿德，你就留在這兒分了銀子再走吧。別推辭，這裡面有你的功勞呢。」這一個月，阿德這小子跟著他在山上，粗活重活沒少幹，也沒見他喊一聲累，很是令他刮目相看。嗯，身體是單薄了點，但是條漢子。

阿德無法，撓著頭傻笑。

一萬零三百斤炭，賣得六十一兩八百文錢。眾人盯著桌面上閃著銀光的銀子，目不轉睛。

羅雲初提議將六十兩分成四份，宋家三兄弟和阿德一人一份。

宋銘承反對。「燒炭這事大哥、二哥他們最累，我算什麼呀，就是偶爾幫點小忙而已，哪能分一份，隨便給我點當零花就成。」

「若這樣說，我也不應該拿那麼多，這法子是二弟妹想出來的，應該二郎拿最多。」

二郎嘴笨，看到這個情形，完全不知道該說什麼，有一肚子話想說，卻又表達不出，只能拿眼看著自家媳婦，乾焦急。

羅雲初拉了拉二郎的手，示意他別急，她笑著說道：「大哥、三弟，見外了不是？前些日子，你們還勸我，一家人不要太見外呢，你們這又是什麼？」

羅雲初開口了，宋母出面便道：「雲初說得對，你們就別這樣生分了，一家子哪能計算得那麼清楚？」

宋大郎和宋銘承在二郎等人的堅持下，接受了這樣的分配。

羅德分到十五兩銀子，有點不安地看著他姊姊，羅雲初向他點點頭，他這才放心地拿了，收好。

接著二郎將羅德送走，直到村口才折返。

待眾人都散了後，大郎找到宋母，拿出十兩銀子給她。宋母明白他對她之前拿出全部私房幫他的事耿耿於懷，見他堅持，她便收下了。次日，宋母又收到兩個兒子送來的銀子，二郎給的是三兩，三郎給的是五兩。看著這個結果，她笑了笑，全收了起來。

第二十三章　秋收

秋天了，除了中午那會兒太陽特別熱特別大之外，早晚涼快的時辰也延長了。看著地裡成熟的莊稼，大家心裡都洋溢著一股滿足的喜悅。

前一個月，宋家眾人累得很了，賣了木炭後，遂決定好好歇一天。大郎、二郎趁著鬆快的這天，整理整理農具，查看各塊地裡莊稼成熟的程度，也好決定先收哪裡。最後決定先收沙地和山地裡這兩處的花生，再收水田和坡地裡的稻子和麥子，然後收沙地裡的黃豆和番薯，山地裡的木薯最後收。

玉米早些日子就收了，畢竟沒有多少，都是夾著和花生黃豆之類的作物一起種的，產量也不算太差，二郎家那兒的沙地、山地收了兩百斤，挺可以的了。

羅雲初娘家人丁單薄，一到收穫季節，常常是和交好的兩、三家鄰居一起收割的，以抓鬮（注）的方法來決定收割的先後次序。

宋、羅兩家結了親家，如今又因為羅雲初在其中做了很好的潤滑劑，兩家的關係如今很是親密，這種親密也體現在秋收這事上了，兩家決定一起秋收。次日一大早，羅德就領著他

注：抓鬮，在紙條上寫字或做記號，抓取紙條以決勝負或決定事情。亦即抽籤。

媳婦阿寧來到宋家，然後和大夥兒一塊兒出發。

「大姊，妳做的醃黃瓜味道真不錯，我在家裡吃過一回，阿德和娘都說好吃呢，妳得空教教我吧？」阿寧小姑娘很害羞地和羅雲初搭話。

「可以啊，不過要做得趁早喔，再過段日子就沒黃瓜了。」現在後院裡的黃瓜也沒幾個了。「娘和阿德既然喜歡，回頭我給幾罐妳帶回去吧。」

她尋思著，家裡做好的酸豆角和醃芋苗都裝兩罐讓她一起帶回羅家。這醃芋苗她試做了幾回，還真讓她做出來了，味道比不上以前她吃的那些正宗，但還算不錯，家裡的娃兒喝粥時也愛配這個菜來吃。如今她家客廳最裡面的那堵牆壁下都堆滿了瓶瓶罐罐，並且有越來越多的趨勢，木瓜丁、辣椒醬、蘿蔔丁等都是她打算要做的。

「大姊，那怎麼好意思？」新媳婦臉皮薄，不好意思地拒絕著。阿德經常和她唸叨，說他姊姊人好，對他一直不錯。加之，她的這門親事，大姊功不可沒，所以她對這個大姊很有好感。

「有啥不好意思的？這些東西也不值什麼錢。」羅雲初擺擺手。

「那，回頭我給大姊帶兩罐我製的鹹蘿蔔吧，味道沒大姊做的好吃，大姊別嫌棄。」平白無故得到這些，儘管給的人是自家大姑，但阿寧仍有點不安，所以尋思著找些什麼東西意思地回報一下。

「好呀，有人給東西，我哪裡會嫌棄？」說說笑笑中，兩人之間的友好感覺增進了不少，走在前頭的阿德回頭瞧見，心裡美滋滋的。

到了地裡，男人便開始拔花生。起初羅雲初也是幹這活兒的，但她拔出的花生都是殘缺不全的，好些花生埋在土裡沒被拔出來，二郎教了她幾回，她仍舊學不會，最後二郎都無奈了，媳婦手巧，學啥都快，咋就學不會拔花生呢？為了不讓她再繼續禍害花生，便讓她到一邊摘花生算了。

羅雲初不服氣。「我又不笨，怎麼會學不會？會這樣，肯定是你不會教！哼，我不要你教了。阿寧，教我怎麼拔花生，我就不信搞不定一株小小的花生！」她就和花生槓上了。

接著阿寧教了她幾遍，她仍然沒有學會。於是阿寧這個便宜師傅又被拋棄了，接著阿德被羅雲初捉住被迫示範了幾回，可惜她都是老樣子，學不會就是學不會。無奈之下，她只得放棄了。

「不拔就不拔，稀罕！」羅雲初嘟囔著從籮筐裡拿出兩張小兀子，招呼著阿寧一道坐下摘花生了。

聽到自家媳婦咕噥的抱怨聲，二郎嘿嘿傻笑。

「傻愣著笑啥，趕緊幹活去！」羅雲初笑罵，嗔怪地看了一眼這個傻大個，然後拉著阿寧坐下摘花生去了，不再理會他。

夏季多雨，稻子、麥子等作物一成熟就得趁著天晴趕緊搶收，要不然，成熟的稻麥被淋個幾天就發芽了。秋季雨少，幾乎可以說無雨，所以秋冬季不用那麼趕，但為了預防花生在地裡發芽，速度還是要儘快的。

花生在地裡摘好了再挑回去比較省時省力，那些花生藤就在地裡曬乾後再來挑回去當柴火燒。

拔花生不費什麼功夫，就是摘花生比較要時間，沒多大一會兒，一片地的花生全被拔了起來，堆成一大堆。男人們拖來一大捆處理後的花生藤，然後一屁股地坐在上頭，開始幫忙摘花生。

「髒死了。」羅雲初看了後喃喃抱怨，明天的衣服肯定很難洗。

「呵呵，媳婦，男人就得這樣，來地裡幹活哪能像妳們娘兒們似的，還帶著小兀子來？這不是窮講究嘛。」他受不了自己也這樣，不過他卻喜歡自己媳婦乾乾淨淨的模樣。

午時一到，太陽就開始變得火辣起來，不再像之前那麼無力，地裡的眾人開始撤回家了，羅雲初他們也撤了。一個早上，他們就把一畝沙地的花生全收了，中途大郎、二郎各挑了一擔子回去，現在還有三擔，外加兩捆，全由男人挑著回家了。

呵呵，一畝地，收了十籮筐的花生，產量算是挺多的了。所以大家的興致都很高昂，回去的時候在這些田間小路上遇到不少熟人，二郎他們都樂呵呵地打著招呼。

「喲，大郎，今年地裡的莊稼長得好嘛，這花生飽滿啊。」

「託福託福，老天爺賞臉啊。」

「呵呵，二郎，你把你家的地伺候得不錯啊，產量比我家那破地高很多啊。」

「哪裡啊，陳叔，我一個小後輩，咋比得上你這個田間的老把式啊，今年能有這收成，還多虧了你年前提點了幾句呢，而且這些都是沙地的，山地的估計就不太行了。」

「好好，你們也別太謙虛了，我老陳看人的眼光不會錯的，趁著年成好，好好幹吧。」

回到家，二郎他們就坐在樹下乘涼，腳邊還放著那兩捆花生，飯糰幾個孩子也圍了過去，吵著要幫忙摘花生。那就摘吧，但沒摘幾株便煩了，飯糰又不懂聽著他爹和叔叔伯伯們的話，便扔下花生，跑到廚房裡抱著羅雲初的腿癡纏。

此時羅雲初正在忙著做午飯，曾寧清在一旁幫著打下手，羅雲初切切洗洗的時候，不時和她聊著一些做菜的技巧什麼的。今天採摘的花生，她拿了三斤煮來嚐鮮。

「娘——」聲音拉得長長的。

羅雲初低下頭，看著這個抱著她大腿撒嬌的娃兒，柔聲勸道：「飯糰乖，娘正在切菜，你去舅媽那兒坐兒，幫娘看一下火好不？」她剛切了辣椒，手上可能沾了那個味道，可不敢碰他，萬一辣著了他的皮膚就不好了。

飯糰怯怯地看了曾寧清一眼，大腦袋不住地搖著，不依地叫道：「不嘛不嘛。」

羅雲初無奈，只得走兩步來到水缸邊，舀了一瓢水淨手。其間飯糰死不鬆手，由羅雲初半拖著。

「好啦，飯糰，不餓嗎？」蹲下來，羅雲初摸了摸他的腦袋。

「餓。」摸摸小肚子，飯糰皺著小臉，可憐兮兮地看著她。

「那飯糰乖乖的喔，放開娘，娘去煮菜，一會兒就能吃了。」羅雲初讓他坐在小兀子上，叮囑。

「哦，好吧。」好一會兒，他才點頭。

羅雲初又從鍋裡拿了十幾個花生用冷水泡涼了給他，飯糰坐在那兒，安靜地吃著。

「呵呵，大姊，這娃兒挺乖的啊。」曾寧清看著安安靜靜坐在那兒的飯糰，發現他的眼睛不時地圍著羅雲初轉。

「嗯，挺乖的。」

「飯糰，你爹他們在做什麼？」羅雲初手上的活兒不停，抽空還逗著他說話。

飯糰歪著腦袋想了想，才道：「在大樹下說話。」

「他們在說什麼？飯糰知道嗎？」羅雲初頗感興趣，其實她挺慶幸這個時候還沒有香菸這種東西，要不然，現在這個時候，幹完活兒回來的男人通常都會聚在樹下抽上幾根菸吧，以前她在老家的時候她老爸就是這樣的。

「飯糰聽不懂。」飯糰皺著眉，頗為苦惱。

「呵呵，以後飯糰長大了，就會聽懂了。」不忍見他太糾結，羅雲初安慰。

「嗯。」飯糰重重地點了點頭，在他幼小的心靈中，長大，是一件迫切又美好的事情，似乎長大後，就能懂很多東西了。

吃了午飯，約好下午開工的時辰，羅德夫婦便告辭了。

下午的時候，他們就轉戰山地了，太陽下山的時候，大郎讓她們兩個女人先回來燒飯做菜，男人們仍在山上趕工著。

羅雲初剛回到家，就被飯糰小不點拉著，朝她獻寶。「娘、娘，我這兒有桂花糖喔。」他的小手往肚子上的布兜掏了掏，便掏出兩塊兩隻手指般大的糖來，笑嘻嘻地遞給羅雲初。「娘，吃啊，聽哥哥說，很好吃的。」他滿眼期待地看著她。

「飯糰真是個好孩子，不過娘不愛吃糖，飯糰吃吧。對了，糖哪裡來的？」這桂花糖挺貴的，她雖然喜歡時不時地塞一、兩個銅板到飯糰的兜裡，但也是在他用完了才會再給新的。這一、兩枚銅板買不了兩塊這麼大的桂花糖吧？

「哥哥給的。」飯糰舔了兩下那塊糖，笑咪咪地道。

天孝給的？他哪來的錢呢，她知道大郎絕不是那種隨意塞錢給兒子的人。「哥哥的糖哪兒來的，飯糰知道嗎？」

飯糰想了想。「是大伯母給的。哥哥還得了一套新衣服喔，這麼新這麼新。」他張開小手臂，比劃著。

方氏？她回來過了？

「娘，飯糰答應哥哥不告訴任何人這事的，但剛才飯糰忘了，妳不要說出去好不好？飯糰怕、怕哥哥生氣。嗚嗚，飯糰不是好孩子。」飯糰無意中違背了他答應哥哥的話，很不安，連糖也不吃了，說到後面還哭了起來。

「飯糰別哭，娘答應你絕不說出去，哥哥不會生飯糰的氣的。」

其實她覺得飯糰的擔心完全沒有必要，她大嫂回來看過孩子的事一定會被知道的。她那大嫂也真沒腦子，如果不想宋家人知道，她送什麼不好，銀子什麼都行，可她偏偏還要給孩子送新衣服，這讓天孝怎麼藏？被發現是遲早的事，除非天孝不穿。不過也不一定是人家蠢，或許人家是故意的也未可知。

不是她陰暗，而是她懷疑她大嫂果真那麼沒腦子嗎？

大嫂回來看望天孝的事讓她的感覺很不妙，心裡很煩躁。前些日子全家一起努力燒炭賣了點銀子，加上如今莊稼又陸續豐收，整個宋家可以說是進入了蜜月期，雖說是分了家的，但這段日子大夥兒可是連吃飯都在一塊兒呢。其實大家都心知肚明，家是分了的，但在這關鍵時刻，大家都願意擰成一股麻繩為了這個家共同努力，這已經形成了一股默契，一種心照不宣的默契。或許他們遲早還是得再分開的，不過這也是很久很久以後的事了。

其實羅雲初是希望大家再多賣點炭，多掙點銀子後，待年前就分開。畢竟這木炭的生意估計就是年前能做了，一過了年，都難賣了。而且大戶人家哪家不是入冬前就儲備好木炭的？

偏偏計劃趕不上變化，如今大嫂回來探望孩子的事一出，估計這氣氛又會微妙起來。算了，再看看吧，現在想那麼多也沒什麼用處。想著，羅雲初轉身去後院扯幾根蔥，然後開始燒飯做菜，該幹麼就幹麼。

當晚，羅雲初很注意家裡的氣氛。男人們回來了，吃飯時沒什麼異常，吃過飯，都各自回房了。羅雲初洗過澡後，拿了根黃瓜切片敷臉，最近戶外活動的時間長，在這裡又沒什麼保養護膚品的地方，她只好用這種天然的方法來護理一下皮膚了。

飯糰見她這樣弄，覺得很好玩，吵著也要。羅雲初給他的臉貼了幾片才給自己慢慢貼在臉上。

「娘、娘，掉了。」飯糰捏著那片小黃瓜片，嘟著嘴道。

「掉了你自個兒貼上去吧。」動來動去，掉了也不奇怪。

「不貼了。」黏黏的，不舒服。飯糰坐在床上，好奇地看著他娘。

突然，安靜的夜裡，傳來一陣男人壓抑的低吼。
二郎亦是剛洗好了澡，一隻腳剛踏進屋，聽到這聲音，他忙跑了出去。「我去看看。」
「娘？」飯糰也聽到了，見羅雲初一臉凝重，試探地叫了聲。
「噓……」她把手指放嘴上，做了個噤聲的手勢。
飯糰也學她伸出小食指放在嘴上，瞪著大大的眼睛好奇的看著她。
羅雲初豎起耳朵細聽，只隱約辨明是大郎的聲音，什麼別以為、衣服、兒子、說情、想回來沒門兒之類的。
沒多久，二郎便回來了。
「怎麼回事？」其實她已經大致猜到了，估計是大哥從天孝那兒得知她大嫂曾回來過。
「今天大嫂回來過了，給天孝、語微帶了一套新衣。真不知道她想幹麼！」二郎不滿地咕噥。他的要求真的很簡單，只想一家子開開心心地過日子。家裡本來好好的，大嫂回來一下就攪得人心不安，也難怪他不滿了。
「二郎，別想那麼多了，她想做什麼，且待以後看看便知。」最近那麼累，她實在不想為不相干的人傷腦筋了。
「嗯。」二郎悶悶地答道。
接下來，他們花了六天將地裡的花生、黃豆、水稻、麥子收了回來。還剩下番薯與木薯沒有收，不過這兩樣不急，便先去幫羅家收割了，前後又忙了幾天。待羅家主要的莊稼收得差不多的時候，他們才回來收番薯和木薯。

山地的花生產量比不上沙地的，山地四畝花生的產量才相當於沙地兩畝的產量，今年二郎家收穫新鮮花生十籮筐，曬乾後只有四袋！

羅雲初尋思著拿二十斤新鮮的花生來做脆皮花生，待過年的時候孩子有個零嘴不錯。她跑去問二郎意見，二郎笑呵呵地說好，隨她。

其間柳掌櫃來過一次，和他們說這木炭賣得不錯，讓他們抓緊時間再燒點，如此一來，大郎二郎更拚命幹活了。宋銘承的功課不能耽誤，他還能偶爾休息一下，大郎、二郎兩人忙得就跟陀螺似的腳不點地，七、八畝地的木薯眾人只花了四天就收回來了。

收回來的莊稼糧食都是分好的，哪個是哪家的都分得很清楚。接著兄弟幾人又忙著到山上伐木燒炭了。

羅雲初不必跟去收木薯也不用跟去燒炭，她留在家裡，翻曬這些收回來的糧食，還有就是刨木薯了。這些天她除了燒飯吃飯睡覺外的時間全都花在刨木薯上面了，宋母也差不多一樣，天孝也帶著語微、飯糰一起幫忙，只是小的兩個娃兒沒什麼定性，刨了幾根，便又去玩了。獨天孝定定地坐在那兒幫忙，羅雲初看著他那張嚴肅的沒有笑容的臉，嘆了口氣。

看到那兩堆小山似的木薯，羅雲初既開心又頭疼。開心的是，莊稼豐收，總是好事，頭疼的是這麼多的木薯，她要刨到什麼時候呀？她以前不關心一畝地能產出多少糧食，這個時代的莊稼產出肯定比不上他們那個年代的，而且這些木薯全是夾著其他作物一起種的，饒是如此，幾畝地種下來，估計也有上千斤左右吧。

後來她比照釣青蛙那會兒，想了個辦法，讓天孝把他的小夥伴都叫來幫忙，完了後每人給他們些香芋做的吃食，還另外給了一、兩枚銅板。

如此一來，才四、五天時間，便把兩堆小山似的木薯解決了。

「喲，宋二嫂，來洗衣服呀？過來過來，這裡有位置，咱倆還能好好說個話。」說話的是一個三十出頭的婦人，人稱李大嫂。

羅雲初提著一桶衣服來到溪邊，便有熟人招呼她過去。「嗯，就來。」

「呵呵，那兩袋木薯是妳家的吧？」李大嫂指著水底的兩麻袋東西笑問。

羅雲初定睛看了一下，笑道：「可不是？前幾天讓二郎扛來泡的。」

前幾天他們剛挖木薯那會兒，二郎挑了十來根嫩的來嚐鮮。羅雲初很自然地想到以前他們老家自己做的一種吃食，原料也是木薯，只不過木薯不是要新鮮的，而是要放在溪水中泡一、兩個月，等它差不多能用手就捏開時便行了。到時直接炒來吃，或者曬乾後磨成粉來做餅子都是很不錯的，比沒泡過的木薯要好吃多了，綿軟黏膩，而且也比較香，一想就讓人流口水。於是，她讓二郎扛兩麻袋扔溪邊泡著。

這木薯不值錢，她也不怕有誰會偷走。旁的人見二郎這邊幹，雖然不明所以，便也跟著扛了一袋來扔到溪邊泡著，所以她們洗衣服這水下已經堆了十幾麻袋的木薯了。

「嘿嘿，聽我家小子說，妳做的香芋餅啥的特別好吃。可惜我家的香芋還要再過小半個月才能挖，要不然我肯定厚著臉皮央求妳教我，等我學會了就做給那幾個臭小子吃，省得他們成天亂跑！所以呀，這回我就特別好奇妳打算用這泡過水的木薯做啥呢？」

「可不是嗎，我就不明白那破香芋有啥好吃的，家裡頭大把香芋他們不愛吃，偏偏要去幫人幹活拿那麼點吃食！真是氣死我了！」張大嬸插嘴進來，一副酸溜溜的口氣。也難怪了，最近農忙時候，哪家不缺勞力啊，半大的孩子也頂半個勞力啊！偏她家的孩子頑皮不肯幫忙，常常跑去玩，孩子不懂事，沒法，玩就玩吧。豈知後來她得知幾個臭小子跑去宋家幫人家幹活去了，你說能不把她氣得倒仰？

羅雲初自動忽略張大嬸的酸話，對李大嫂笑道：「這個一時半會兒也說不清楚，等這木薯泡得了，妳來我家，我示範給妳看。」

「成，到時候妳吱一聲，我過去瞧瞧，妳可不能藏私啊。」

「曉得了。」

接下來的日子，宋家仍舊很是忙碌。羅雲初見不少婦女都開始在空出的水田上種些蘿蔔、大頭菜之類的，他們後院的菜園子裡她之前也種了一些蘿蔔，但只是種來現吃的，用來醃的話肯定是不夠的。於是她便讓二郎抽空幫她犁出兩分地，也撒下幾把菜籽。

二十來天的時間裡，他們又賣出了萬把斤木炭，陸續全讓柳掌櫃給運走了，於是家裡又分了一次紅，這次得了十七兩銀子。

其間羅雲初要是得空也會到鎮上賣些香芋糕餅之類的，這段時間大家已經開始陸續準備年貨，加上有不少人家也到鎮上賣糧食換錢，所以鎮上很熱鬧。羅雲初的生意也挺不錯的，每天平均都能賺個兩、三百錢，除去平日裡的消費，二十來天也積攢下來三兩銀子。

如此一來，羅雲初他們這個小家也小有積蓄了，她掐著指頭算了算，她家現在已有了四十四兩銀子，挺多的，呵呵。想著這些銀兩，她晚上睡得格外踏實。

時間來到十一月初，天氣已經很冷了，羅雲初趁上街時買了幾斤棉花，回來給他們一家三口各做一件棉衣。她也不懂怎麼做，就仿照著她以前穿過的羽絨服來做了，弄成一格一格的。

距離大嫂上回偷偷回來看望孩子，已經過了一個月了，羅雲初從一開始的擔心，到後來漸漸放下心來。再過半個月，估計這木炭也快燒完了吧。

後來，她才發現，自己放心得太早了，計劃趕不上變化啊。

世上沒有不透風的牆，儘管他們很低調也很保密，但他們賣炭的事還是被村子裡的人察覺了，陸續有人上門打探他們在山上做的事，里正的弟弟也在其中，甚至還有人尾隨著他們上山。大郎當機立斷地把那個土窯給踹了，將那些半乾的木料全部都弄回家裡。

「這樣不開工也不是辦法啊，哪有千日防賊的道理。」燒炭這門生意，確實紅火，成事後都有一筆銀子進帳，現在突然不幹了，二郎心裡難受。

「一開工就有好些人偷偷跟上山去偷看，哪裡開得了工？」大郎的心情也不是很好。

「是啊，如今連黃連生都伸手了，不停能怎麼辦？」黃連生是里正的弟弟。

是啊，防得了一時防不了一世。

「要不，咱們不理會他們行不？我們自己燒自己的炭，他們要學就學。」二郎有點自暴自棄地道，這樣下去實在太憋屈了。

「你傻啊，你當人家是傻子學不會是不是？」羅雲初白了他一眼，這傢伙的腦子不好使，還盡出餿主意。

「學會了又如何，咱們一起賣炭唄，他們賣他們的，咱們賣咱們的。」

「笨，人家學會了，咱們就賣不了高價了，到時炭價可能賤得連一文錢都賣不到，看你怎麼辦？而且法子是咱們自己的，憑啥要給他們學去？」

二郎被自己媳婦說得啞口無言，他真沒想到會這樣。

這話一出，大家都沈默了。

羅雲初賭氣地說道：「算了，咱們把燒炭的法子賣掉吧。」這樣還能賺一筆，若不然，空有法子，卻動彈不得。該死的地方，沒有專利權！

「媳婦，這樣不太好吧？」這麼賺錢的法子，賣了，太可惜了。

「是啊，我們不把法子告訴黃連生，他會不會記恨我們啊？而且里正是他哥，那可怎麼辦？」大郎很擔憂。

「可惡，白白浪費了幾斤好肉和幾斤好酒，餵了狗都比孝敬他來得好。還有那吊錢！」二郎一捶桌子，十分氣憤。可恨的是，第二回賣炭的時候他們還給了他一吊錢，現在想來，真是太不值得了。

哼，人家胃口大，你們孝敬的那點怎麼夠？

「他想要，是吧？讓他拿銀子來買！」賣一份是賣，賣兩份也是賣，為什麼她不能多賣幾份？她一次撈個夠本，還不用那麼辛苦呢。

他們燒炭這事被人惦記上了，除非他們沒有動作，一有動作總是被人盯著的，還不如把它處理掉了。哼，你們想要法子是吧，那就拿銀子來買！羅雲初在心裡發狠地道。

燒炭的法子是羅雲初想出來的，她要這麼做，他們也不好說什麼，而且現在想想，也沒有什麼比這更好的辦法了。

「大哥，我知道你們心裡捨不得，我也捨不得，這燒炭的生意我們要是能繼續下去，只要兩年，咱們家就富起來了。但是現在不行啊，村子裡多少人盯著，咱們一動別人就知道，與其被他們看到，進而轉手賣出去，還不如咱們自個兒賣呢。而且即使咱們賣了方子，若來年行情好的話，咱們照樣可以燒炭，到時我們大可以不管多少人模仿。」

眾人默默地聽完，想了想，確實是這個道理，於是便同意了其做法。

「我們該賣給誰呢？」

「黃連生是肯定要賣的了。柳掌櫃嘛，他現在吃的貨大，我們又不供應了，到時咱們問問他要不要，如果要的話可以算他便宜一點。」

「對了，城裡有幾家炭店？」

「六家。」

「哪些信譽好哪些信譽差？或者說，哪個店在道上有背景？」

「這個，我們以前也沒買過炭這個東西，加上又不常進城，說實話，還真不知道。」

羅雲初沈吟了下。「明天我們一起喬裝進城，然後去茶肆和酒肆打聽一下這幾家的情況再說。阿德，你也一起去吧，有可能到時我們得分開行動。」

方子賣給城裡的炭店才是大頭，不過賣給哪幾家，卻得好好斟酌一下。一個方子同時賣給幾家，不管放在古代或現代都是有點忌諱的，而且她只想好好賺一筆錢，可不想惹到什麼不該惹的人物。如果哪家炭店的背景不妥，她寧願不交易，一切以安全為主。本來她是打算賣到鄰城的，兔子不吃窩邊草嘛，但一想到那邊人生地不熟，運氣背點的話，被人宰了還不知道，想想還是在本城吧，喬裝一番，應該可以了。

次日，他們便出發了。到了鎮上，為了節省時間，他們咬了咬牙，掏出銀子租了一輛馬車。到了城裡，他們找了個客棧作為落腳點，然後分為三波在幾家茶肆酒肆打探情況。

「二嫂，我們打聽到了，要說信譽好的話就數東華炭店，不過范記炭行也不錯，還有兩家毀譽參半，最後的兩家風評最差，特別是李記炭行，據說他們長期養了一幫混混，專門對付那些不遵守規矩的顧客。」宋銘承把他們收集到的資訊說了出來。

羅雲初對照了一下他們這邊的，沒有多大的出入，便道：「那我們就兵分兩路吧，去東華炭店以及范記炭行，你們覺得怎麼樣？」她求穩求安全，況且這兩家也算得上是城裡數一數二的炭店，這生意若做成了，想必銀子是不會少的。

「嗯，贊成。」眾人都點頭。

「那行，一會兒我和二郎去東華炭店吧，阿德你和大哥、三弟就去范記炭行。你們到了後，就先問一下他們的意願，願不願意買。對了，帶上咱們的炭樣，如果他們願意了，你們就一手交錢一手交貨，把寫好的方子給他們，然後讓三弟拿了銀子先走，大哥和阿德就留下教他們怎麼挖窯。記住，這窯才是關鍵，等他們明白了後就趕緊回客棧，不要多留。」不怕一萬，就怕萬一。反正她仔細想過了，只有這樣才算安全。「還有，那方子別賣便宜了，底限是二百兩！」

眾人點頭，表示明白。

儘管兩家店的口碑不錯，但防人之心不可無，喬裝一番還是要的。羅雲初他們的衣服都是很大眾很普通的，就是放到人群中都差不多，找都找不著。出門前，她還蹲下來，往臉上均勻地抹了兩層泥。

羅雲初他們的賣炭方子之行一切都按照她預想的計劃走，東華炭店的掌櫃一見著他們帶來的炭樣，明白他們的來意後，立即把他們的大掌櫃請了出來。

經過一番唇槍舌劍討價還價後，羅雲初他們以三百兩的價格賣了那方子，雖然她臉上做出一副忍痛割愛虧死了的表情，其實心裡早就樂歪了。三百兩啊，相當於五萬斤炭啊！不過一想到這相當於殺雞取卵的錢，又不覺得有多興奮了，五萬斤炭，兩、三個月便能賺到了。現在，唉！

羅雲初提出不要銀子，讓那掌櫃給他們一張面額三百兩的錢記銀票，這錢記銀票是全國通用的，放在身上比拿著銀子安全。

以前的電視羅雲初可沒少看，古代裡的小偷花樣多著呢，偷了你都不知道。

拿了銀票，羅雲初便提出告辭了，留二郎在這兒，被他們帶到後院講解挖窯的方法和注意事項，這是他們之前便商量好的。或許是明白他們的擔心，那大掌櫃倒也沒有為難他們，直接讓羅雲初走了。

羅雲初最後看了二郎一眼，二郎衝她笑笑，示意他沒事，她便頭也不回地走了。

一路有驚無險地回到客棧，才發現她是最先回來的那個，她有點不安地在房間裡踱來踱去。大概過了兩刻鐘左右，阿德才回來。

「咋了?滿頭是汗的？」羅雲初從包袱裡拿出一瓶水遞給他，他們也不敢用客棧裡的吃食茶水。

「剛才有個穿紅色衣服的一直跟著我，我不敢回客棧，帶著他晃了幾條街，趁他不注意時躲進了一個布店，才把他甩了的。」

跟蹤人還穿紅色?!真不敢想像。

羅雲初聽他說得驚險，差點嚇壞了。「走，一會兒咱們換個衣服就走。」按照計劃，只有他們拿著銀子的人先走了，二郎他們才安全。

他們剛走出客棧，上了雇來的那輛馬車，便看到一個長相猥瑣的紅衣男子在客棧四周四處張望，羅雲初嚇得趕緊把窗幔放了下來，不敢四處張望。

「老張，快走。」阿德也注意到了，趕緊低聲吩咐。

「不等那幾位大爺了?」趕車的老張問。

「不等了。」
「哦。」老張依言，不再多問。
直到馬車駛出城，回到古龍鎮，羅雲初才覺得提著的心放了下來。
「姊，你們去東華炭店賣得多少銀子？」
「三百兩，你們那邊呢？」
「才賣了兩百六十兩，都怪我嘴笨，不會討價還價。」羅德很自責。
「沒事，賣到這個價錢已經很好了。」說真的，她心裡已經有準備了，賣到最低價的準備，現在兩百六十兩，算是很好了。
他們在古龍鎮約好的地方待了兩個時辰，才見到宋家三兄弟陸續回來。兩輛馬車，下車的時候，一輛各給了一兩銀子。大郎、二郎兩人都很心痛，這也太貴了。
「別心疼銀子了，咱們能平安回來就好。」羅雲初把之前他們遇到的情況告訴二郎他們，三兄弟聽了，也是一陣後怕。
直到回到了家，大夥兒才有一點真實感，今天實在是太刺激了！

第二十四章　權衡利弊

大家看著桌子上的銀子，目不轉睛。

錢記銀莊布滿全國，古龍鎮上就有一個，回到鎮上後，他們就去把銀票兌換成銀子帶回家。

「我現在還不敢相信這是真的。」大郎感慨。這也難怪了，前頭他剛被妻子敗光家產，整個家的財產都貼進去了，甚至包括了他老娘的棺材本兒。沒承想，轉眼才兩個月，他們前前後後就掙了六百多兩，再沒有什麼比這更讓人驚訝的了。這都多虧了二弟妹啊，如此想著，他看著羅雲初的眼裡透露著滿滿的感激。

「這錢該怎麼分？」宋銘承遲疑地說道。

眾人面面相覷，於情於理，二房都該拿大頭的。

「這有什麼難的，二郎和二弟妹他們拿大頭，哪，這二百六十兩是他們的。剩下的，我們和阿德均攤。」說著，大郎將五個五十兩和一個十兩的銀元寶推到二郎夫妻前。

宋母一直保持著微笑，聽到這話，雖然知道大郎說的是事實，但也讓她有點小糾結。大兒子是她倚仗的，小兒子是她疼寵的，這事要是放在以前，她一定會覺得，大、小兒子不拿多就好了，哪有二兒子拿大頭的道理？這個想法一轉，她的心一驚，她以前果然是偏心了嗎？想到最近二郎為了他大哥做的，她嘆了口氣。罷了罷了，他們全都是她的兒子，銀子分到哪家，都是在她兒子家，她不必如此糾結，且看他們怎麼分吧。

「這個」分到這麼多，二郎有點不安，焦急地看著羅雲初。

羅雲初是明白他的「純良」性子的，這事還得自己拿主意才好。

「大哥，大家一起出的力，怎麼我們就拿大頭了？」雖然心裡明白，但場面上的客氣話還是要說的，若她就這麼理所當然地拿了，指不定就招了宋母的惦記了。

「這方子是妳想出來的，這銀子也是妳應得的。說句不客氣的，要不是妳，咱們家現在還苦哈哈的呢，哪能賺那麼多銀子？妳和二郎就別推辭了，拿著拿著。」

宋銘承亦點點頭表示贊成。

羅雲初只拿了四個五十兩的銀元寶，把其餘的六十兩推回去。「大哥，我們要兩百兩就夠了，其他的你們平分了吧。你們也別勸了，就這麼定了。」

宋大郎剛想張嘴就被她一句話堵住了，見她一臉堅決還有猛點頭的二郎，閉上了嘴。

其實這樣的分法，出乎了羅雲初的意料，本來她是想，如果是平分的話，她一定要把阿德拉進來分得一份。不過如今的分法好多了，她手裡拿著沈甸甸的銀子，滿足地想。

大郎、阿德他們一人分得一百二十兩。阿德是個實誠的孩子，從鎮上回到宋家後就想告辭了，被他們拉著，於是便在院子裡陪飯糰玩。當他得知他分到了一百多兩，傻了眼，他以為頂多他們看在他姊姊的分上，分他個八兩、十兩的，已經算好了。

又是一番推推搡搡，最後阿德帶著不安地收了銀子，羅雲初親自將他送了出去，叮囑他回去仔細放好來。

羅家那裡還放著一千多斤炭，按羅雲初的意思，他們就該大大方方的，在青天白日以及許多群眾的注目下，將那些炭裝車，大搖大擺地給柳掌櫃送去。一來麼，可以打打廣告，到時也好和黃連生談判；二來，就是噁心他了，讓他到時也嘗嘗被騷擾、被覬覦的滋味。

柳掌櫃聽聞今年他們不再燒炭了，很是遺憾。但問及願不願意購買燒炭方子的時候，如果他願意，他出個百八十兩他們便把方子送上，柳掌櫃很驚訝，精明的他立即意識到什麼。考慮到之前柳掌櫃待他們還算不錯，羅雲初也不坑他，和他說了把方子賣給黃連生的事，至於之前城裡的事，他們都打算把它爛到肚子裡不再提及。柳掌櫃再三考慮後，拒絕了。

見此結果，羅雲初其實挺遺憾的，少了幾百兩銀子呢。不過大郎二郎倒無所謂，如果真賣給了柳掌櫃，他們才不安呢。

他們此次招搖賣炭，果然有了效果。他們才從鎮上回到家不久，黃連生便上門拜訪了，提出願意出八兩銀子買方子。

八兩銀子?!虧他說得出口！

羅雲初看著他猴急的樣子，心裡一陣冷笑。當下便說：「黃叔，這燒炭的方子我們不是不賣，不過看你給多少銀子了。我們不瞞你，用這法子一天倘若出炭一百斤，約莫能賣四、五百文錢，一個月下來就是十五兩啊。如果你想拿幾兩銀子就打發我們，那可不行，大不了咱們到縣太爺那兒理論去。」

他眼睛一跳，她一席話便將他心裡的如意算盤全部推翻，只見他抖著兩撇八字鬍，瞪著羅雲初道：「咱們男人談事情的時候，哪輪到妳這個婦道人家插嘴?!」

哼，我不開口便讓你欺負二郎他們老實了？才這樣就受不了？這分明是被她踩中痛腳後惱羞成怒嘛。

「媳婦，少說兩句。」二郎挨著她，偷偷拉過她的手，低聲說道。

羅雲初順從地點了點頭，她也明白，這個時代對女子的束縛很多，雖然在農村的婦女比較寬鬆，但也不是想幹啥就能幹啥的。其實她的話真沒什麼冒犯的意思，不過在黃連生眼中看來，估計比冒犯他還讓他來得難受。

「大郎、二郎，我自認咱們黃家對你們宋家夠照顧的了。遠的不說，就說上次你們和周老虎打架的事吧，你們摸著良心說，我大哥是不是偏幫了你們？」

上回的事，的確如他所說般。但，他能代表他哥嗎？

黃連生見他們點頭，心裡得意，再接再厲道：「是這麼回事嘛，如今咱們黃家想燒點炭發點兒小財，你們兄弟給咱指點指點咋啦？還收銀子，你們虧不虧心啊？」

聽他這麼一說，羅雲初氣不打一處來，什麼虧心不虧心？這銀子她收得心安理得！他那麼大方，咋不見他向旁人公布他養豬的秘訣？

大郎、二郎聽著這話，貌似是對的，但怎麼聽怎麼不妥，具體哪兒不妥他們又說不出個所以然來。兩人你看我，我看你，不知如何接話了。

羅雲初在一旁看著，暗自焦急。

宋銘承從正廳的大門經過，正好聽到黃連生的話，便敲了敲門，進來，笑著道：「黃叔，你來了？」

「呵呵，才來才來。」黃連生在宋銘承面前可不敢托大，這可是他老哥警告過的，別人他欺負著也沒事，遇到宋銘承，讓他即使不奉承亦不可往死裡得罪。

「剛才黃叔的話我也聽見了，的確，里正是很照顧咱們宋家的，這點我們得承認。不過你瞧，這法子確實是好，黃叔你努力一點的話，一個月賺二、三十兩不是問題。呵呵，我們不管賣給誰，百八十兩總能賣得的，黃叔你說是不是這個理？」

黃連生的小眼睛滴溜溜地轉著，只見其也在心中噼哩啪啦地盤算著。「那你們打算賣多少銀子？不過你們叫價不要太高啊，太離譜的話你黃叔我可買不起。」

「不多，六十兩銀子。」宋銘承淡淡地笑著。

「嘶！」黃連生一聽這個價錢，他就覺得一陣肉痛，六十兩?!他這些年斂了不少錢，但也只有百來兩銀子而已啊。「這個價錢咱實在不能承受，若你們堅持，我便告辭了。」敬酒不吃吃罰酒！回頭被可別怪他心狠！

「黃叔，別急，這事咱們可以再商量商量嘛。」宋銘承笑道。

黃連生復又坐下。

「老實說，黃叔，你覺得這個法子值這麼多銀子嗎？」宋銘承問。

黃連生遲疑了一下才胡亂地點了點頭。

「呵呵，我們宋家也不是非要黃叔你拿出這麼多銀子來。」

「那你們是什麼意思？」被牽著鼻子走的感覺很不好。

「嗯，是這樣的，黃叔也知道我們兄弟人多，咱們宋家的房少地少，對吧？」

不知道他打算說什麼，黃連生只好道：「你們宋家在咱們古沙村算不錯了。」

「黃叔這話就違心了，現在看著還好，等咱們三兄弟都分家了，就少了。嗯，我也不和你兜圈子了，六十兩的銀子，你一下子拿不出來，我們也可以理解。方子我們可以雙手奉上，我們只要隔壁黃老漢那帶著小院子的房子，還有他名下的三畝薄田。」這些都是他們之前都打算好的。

這黃老漢是一絕戶，妻子早兩年死了，膝下又無兒無女的。去年死後，連帶房子和地都被里正收了，說是歸到公家裡，以後賣了錢再給村子裡每家每戶分點銀錢之類的。可惜今年就給人家黃連生耕上了，村子裡的人也不敢出那個頭說什麼。他們今天這個要求，如果里正有良心或還要面子的話，肯定會拿出十幾兩銀子來分給村民的。

羅雲初可以預見，從現在開始到以後，燒炭的人肯定會多了起來，炭的價格勢必會受到影響。如果他們賣這方子是收了黃連生的錢的，萬一他到明年還收不回本錢，他們宋家肯定會被他惦記上的，若他和里正咬耳朵，那將來許多事對宋家來說就不那麼美了。那他們還不如用這方子和他換一些東西，這些東西在他眼中看來不值一提，給了宋家他也不心疼，卻又對宋家很重要的。如此才有了今天這一齣先抑後揚的戲，他們相信此刻黃連生對這交易是千肯萬肯的。

聽他這麼一說，黃連生心裡樂歪了。那房子注定是沒人買的，在村子裡，誰家沒有自己的大屋？而且那三畝薄田全是沙地，了不起就值個十幾二十兩，用別人的東西換來這麼一張值錢的方子，他哪有不樂意的？不過他卻苦著臉道：「三郎啊，不是黃叔拿喬，而是這事還得我哥答應了才行啊。要不，你們等等，我晚點兒給你們答覆？」宋家的要求，他完全可以答應，但他得晾晾他們，哼哼。黃老漢那房契在他大哥手裡，那三畝田地如今是他家耕種著呢，田契也是在他手裡握著。

「可以，有消息黃叔你再過來吧。」

「嗯，那我就先走了。」黃連生眼見這木炭方子就要到手，走路都有風。

「再過兩個月就要過年了，過了年這木炭的行情可就……」宋銘承自言自語，聲音大得正好讓黃連生聽見。

只見他腳一打滑，好在立即穩住了，沒摔著。

羅雲初看著，忍住笑，嘿，真看不出她這小叔還是個黑芝麻包啊。她想，估計晚上可能都有好消息了。

果然，晚上黃連生就來了，還帶了熱騰騰的房契和地契。交易的過程很順利，明天還需要大郎跟著跑一趟山裡挖窯就好了。

羅雲初看著趙大嫂提起燒木炭時那期期艾艾的表情，心裡嘆了口氣，金錢的魅力果然讓人無法抵擋啊。

她笑道：「趙家嫂子，妳先回去吧，回頭我和二郎說說，晚點二郎會去找趙大哥的。」她這算是委婉地把這事答應下來了。反正這法子算是流落出去了，那麼再多一個也無妨。

趙大嫂面色一喜。「那，那銀子？」

「呵呵，嫂子妳就放心吧，二郎一向把趙大哥當親哥來看的，收錢就見外了。」

如此這般，趙大嫂又聊著一會兒，才心滿意足地走了。

說實話，羅雲初不怪趙大嫂，有什麼好怪的，人家正正當當來問，給不給在自個兒。況且一個女人，為丈夫著想那是理所當然，而且趙大嫂平日裡對羅雲初的照顧就不少，自己也是真心希望她家日子好過，所以即使她不來詢問，自己也會讓二郎教趙大哥的。

還有兩個月便過年了，宋家不再燒炭了後，男人們都閒了下來。宋銘承埋頭苦讀，二郎被羅雲初趕著和飯糰幾個娃兒一起認字。上回黃連生的事，他和大郎表現得太差勁了，大郎她管不到，二郎她還是能管的，便讓他學著認字。二郎除了會寫自個兒名字外，一些簡單的字他有時都會認錯，這讓羅雲初很難接受，現在得空閒便讓他學學吧。

把那燒炭的方子賣給黃連生，里正也承了宋家這個情。這不，秋收後人們剛把糧食曬乾不久，便要徵賦稅了，正式徵賦稅前一晚，里正讓黃連生偷偷到宋家告知他們，讓他們連夜挑一些次一些的糧食上繳，他們明天會對宋家的糧食睜一隻眼閉一隻眼。等村民們都繳了糧食後，便把他們這些次糧充入村民們繳的好糧裡頭，然後再拉到鎮上上繳。

黃連生的話說完後，可讓大郎、二郎兩個奉公守法的人傻了，他們可從沒想過還有這樣的事。羅雲初心裡直嘆氣，拿這兩個實誠人沒辦法，宋銘承又在房間裡讀書，不好打擾。於是她悄悄拉了二郎的衣角一下，二郎回過神來，羅雲初又朝他使了個眼色，好一會兒他才明白過來，對著黃連生就是一堆感謝的話。

羅雲初悄悄退出大廳，回到西廂，從房間裡摸出一罈子好酒，等大郎將黃連生送出門那會兒，讓二郎把酒給他，順便還封了個二十文錢的紅封。黃連生假意推辭了會兒，才接了，他注意到那酒罈子上面刻著紹安酒的特殊標識，忙寶貝地抱在懷裡。一路哼著小調走回去，心想著，這宋家倒會做人，回去後得在大哥面前幫他們美言幾句，下回有徭役的時候分他們點輕省的活計。

那日招搖過市賣炭帶來的影響絕不只這些，宋家靠著燒木炭這路子又挺起來的消息，像風一般傳遍了他們古沙村以及附近的幾個村子。如今大郎、三郎都沒有媳婦，鑑於前頭大郎雖然休妻卻仍替她擔下債務的舉動，儘管有人說好有人說傻，但不妨礙他們有把家裡的姑娘嫁進宋家的這種想法。於是，短短幾日便有不少媒婆登門造訪，今天是東家村的，明天是西家村的，但無一例外的是，都把女方誇得像朵花似的。

不過千篇一律的，待字閨中的姑娘看中的都是宋家三郎，而看上大郎的無一不是稍稍有些小問題的。

接待媒婆的事，全由宋母打理。

「蔡大娘，我記得妳說的許如南一家是在唐西村吧？他家的女兒不是都嫁人了嗎？」宋母狐疑地問。

蔡媒婆拍了一記大腿，誇張地說道：「哎喲喂，宋嫂子妳耳朵還真靈通，可不是，前年嫁的人，不過去年她家男人死了，她娘家便把她接回來了。妳放心，是和離的，絕對沒有官司纏身，而且這許家的大姑娘長得那叫一個標致，女紅針線持家更是無一不精。」

宋母的臉色很不好看，她隱忍著，儘量用平緩的語氣道：「這樣的好姑娘就煩勞蔡大娘介紹給別人吧，我們宋家消受不起，以後這類的，蔡大娘妳都不用介紹給我們宋家了。」

蔡媒婆察言觀色，自然知道她介意的是什麼。「嫂子，妳可是嫌棄人家和離過？」

宋母不吭聲，算是默認了。

「哎呀，我的好嫂子啊，說句不中聽的，妳家大郎亦是休過妻的，還帶著兩個這般大的娃兒，好人家的女兒誰捨得將青蔥般的閨女嫁過來啊？我勸妳還是湊合著吧。嘿嘿，不過若是介紹給妳三郎麼，那肯定是個頂個的好了。」

宋母橫了嘿嘿直笑的蔡媒婆一眼，她可不想委屈了三郎，明年他就要參加秋闈了，若得高中，那麼他的婚配可得慎重考慮。她的老三自然要配更好的，她才不會在這十里八鄉的給他挑媳婦呢，沒得拖了他的前程。

「蔡大娘，我在這兒也不瞞妳，和離的、被休的女人妳就別給咱大郎作媒了，若是閨女兒，我們宋家倒是歡迎的，年紀大點也無妨。」她可不想委屈大郎，讓他娶個破鞋。二郎還死過一個妻子又休了一個，還不是娶了個好人家的閨女？她就不信了，她的大郎得將就那些嫁過一次的。

蔡媒婆很為難。「這個，我得看看。」她心裡不以為然，這老虔婆也忒挑了，也不瞧瞧她家兒子的條件，帶著兩隻那般大的拖油瓶，若不是宋家還有點兒家底，加上大郎又是個實誠的，誰願意嫁過來啊？前頭宋家娶了羅家那閨女，那是二郎燒了高香，若不是人家守孝誤了杏期，還輪不到二郎撿這個便宜呢！當羅家這樣的很多啊？

某天中午，羅雲初提著洗好的衣服回來，才到大門，又見著一堆人圍著她家大門指指點點，議論紛紛。經歷過上回高利貸的事後，她對這樣的事情很敏感，她忙跑過去，焦急地問：「怎麼了？」

「二郎家的，妳大嫂挺著個大肚子回來了。」趙大嫂說完擔憂地看著她。

羅雲初很驚訝，大肚子？上個月她偷偷回來那次，怎麼沒聽天孝說起？「我進去看看。」說完便推開門。

「娘，我肚子裡懷的是大郎的孩子啊，已經四個多月了，難道您忍心讓他出生後就沒有爹嗎？」方氏哀求著宋母。

羅雲初剛進院子，就看到這一幕，她不動聲色地站一旁。宋母瞥了她一眼，沒理會。

「已經四個多月了，妳怎麼現在才回來說？」宋母道，四個月，她掐著手指算了算，的確是還在宋家那時懷的，這麼一想，她的臉色便好多了。而且她也是生過幾胎的老人了，自然看得出她這肚子是四、五個月的不假。

「我怕你們還生氣，所以……」

「妳就篤定我們現在不生氣了？」

「我也是沒辦法，我聽到那麼多媒婆要給大郎作媒，我不想天孝他們以後有個後娘，也不想我肚子裡的孩子一出生就沒有爹。娘，您就讓我回來吧，我真的知道錯了。」方氏淚如雨下。

接下來又是一段沒營養的對話，羅雲初聽完，心想著，管他們的決定是什麼，不關她的事。反正看這樣子，估計就是她想的那樣了。哼，妳有妳的張良計，我有我的過牆梯。如果她這大嫂如今真要回來的話，那他們便徹底分開住。前頭和黃連生要了黃老漢那房子如今倒派上用處了，黃老漢那房子和他們宋家只有一牆之隔，本來他們打算將隔著的那道牆給打通了，以後宋家便能擴大一半了。現在？有道牆正好，待此事定了下來，他們二房便搬到隔壁去。如此想著，她的心便安了一半，尋思著怎麼說服二郎那木頭，不過這應該不難。

宋母看了一眼羅雲初遠去的背影，說道：「妳先回妳娘家吧，這事等大郎他們回來再說。」

「娘，我可以看看天孝和語微嗎？」方氏渴望地看著東廂天孝兄妹住的房間。

「他們今日不在家，去外頭玩了。」

「哦。」方氏的聲音裡掩不住失望。

「沒什麼事，妳就先回去吧。」宋母看了一眼她微凸的肚子，遲疑了一會兒道：「妳回娘家後注意一下休息飲食什麼的，別錯待了肚中的孩子。」

「我現在不住娘家，娘如果要找我就到古龍鎮浣衣巷吧，我現在住那兒。」方氏心裡歡喜，她就知道會成的，兩個月前她得知自己又懷上時，就知道這是一次回宋家的機會。

她剛被休的那會兒，她爹娘和哥哥、嫂嫂都想著她再嫁，介紹的男人不是年紀大，便是有什麼不良習性的，根本就比不上大郎，加上她捨不得宋家的一雙兒女，便死活不肯嫁。哥哥、嫂嫂又不樂意養她，時時在她耳邊說些風涼刻薄話，她最後受不了，便跑到鎮上找活兒幹。在鎮上待著的這些日子，一天到晚都忙著幫人家洗衣，每天賺的也不過只是十文、八文錢而已。那時她才知道當時她一下子向李大耳的錢莊借了一百二十兩這舉動有多瘋狂，想想，真覺得當時自己是鬼迷心竅了。在外面待久了，越發地想念起宋家的好來。

本來她還想等等的，等肚子再大點，宋母和大郎的氣再消點，她便更有底氣。可是，當她聽聞附近幾個村子的媒婆都快踏爛了宋家門檻的事，她便坐不住了，如果宋大郎再娶了，那她再等下去還有什麼意思？

宋母聽到她現在在鎮上有名的浣衣巷住著，很意外，但沒說什麼，便讓她走了。

今兒個大郎、二郎被抽壯丁，幫里正把徵得的糧食運到鎮上，宋銘承則去他恩師家拜訪去了。他們晚上回來的時候，得知了宋大嫂的事，反應不一。

接著便又是一陣雞飛狗跳的爭論，什麼只要孩子不要母親啦，什麼我要娘啦，什麼我要弟弟啦！

獨羅雲初很淡定地吃吃喝喝，她是明白人，他們再怎麼吵，只有一個結果，那便是宋大嫂回歸！不過已經不關她的事了，這回她一定要和大房分個徹底。

前頭大嫂借高利貸的事，只可有一，不可有二，誰耐煩每次都給妳擦屁股？她那大嫂還會不會腦抽，她不知道，但為了以防萬一，一定要分！而且她還要帶著飯糰和二郎躲開去。

而且分之前她還要把醜話說在前頭，再有高利貸那樣的事，他們二房是絕不會再拿一分銀子出來的，應該說，如果大嫂再惹出事來，他們二房都不會幫忙。如今這錢她可是有出力的，若花在不值得的人身上，就是一文錢，她都嫌多！

上回她和娘說那些話，就是想讓她那大嫂能徹底認識到自己的錯誤，以及在生活中明白掙一文錢不容易，避免高利貸的事再次發生。不過她那大嫂才離開兩個月，不是她小心眼陰暗什麼的，以她大嫂的悟性，她看，是懸（注）啊。

晚上，三個姓宋的和宋母開了個小會，具體內容是什麼，羅雲初不得而知，她也不想知道。

「媳婦，大嫂懷孕了。」回到房裡，二郎滿臉緊張地看著羅雲初。

注：懸，方言，危險的、驚險的。

懷孕了啊，好事啊，不過你幹麼那麼積極？她肚子裡的孩子是你的？「嗯，知道了。」

「媳婦，妳沒生氣？」二郎拿眼看著她，試探地問。

「你想我生氣？」

二郎猛的搖頭。

「那不就得了？」

「三弟說妳可能會不高興。」

「他想多了。」

「媳婦，大嫂要是回來了呢。」

「回來了就回來了唄。」她又不管她吃又不管她住的。

二郎詞窮了。

「等她回來這事確定了，咱們把隔壁黃老漢家的房子修一修，然後挑個好日子搬過去吧？」那院子和房子她去看過了，雖然比宋家小了一號，但如果是他們一家三口和小叔住卻綽綽有餘的，省得他們東西廂相對著，有時一出門就看到，兩看兩相厭。

「嗯，好，這事我和娘、大哥他們說說，我估計沒啥問題的。」二郎也知道大嫂和自家媳婦不對頭，如今大嫂懷孕了，肯定會被他娘寶貝著的，大嫂和媳婦若是發生口角，娘肯定會委屈媳婦，即使知道錯不在她。

「不過那房子我進去看過，還比不上咱們現在住的這兩間呢。唉，實在是太舊了，裡面的泥味很重。」

「二郎，要不這樣吧，咱們把那老房子給倒了，然後重新打個地基，買上一些青磚黛瓦，建個房子吧？」羅雲初興沖沖地說，越想越覺得是個好主意。他們現在有兩百多兩了，蓋個三間正屋，然後再蓋間廚房和一間放雜物的，哦，對了，最重要的是廁所！她要蓋一間好點的廁所，再也不要蹲在那塊搖搖晃晃的木頭上解決人生大事了！還有還有浴室，這個一定要有的。

二郎就著油燈昏暗的光線，看著自家媳婦那興奮的臉蛋，心裡很滿足，蓋就蓋吧，房子遲早都要蓋的。他心裡琢磨了一下，去年里正家蓋了三間正屋，聽說花了三十兩，這麼多銀子，當時村子裡的人一聽這數目個個都心疼著咧，不過那房子蓋好後，確實氣派。他進去過，看著就比泥房寬敞明亮，而且裡面的味道也好聞。他們這次蓋房子，可能也少不了這個數啊！嗯，明天找趙大山商量商量，上回里正家的房子他就是工頭。

第二十五章　蓋新房

「飯糰，以後咱們就要住新房子了，高不高興？」興奮的羅雲初將飯糰推倒在床上，腦袋不住地拱著他的小肚子，把他癢得咯咯大笑。

房間裡都是母子倆的笑聲，清脆的，悅耳的。

讓剛燒炕回來的二郎止住了腳步，倚在門邊，笑睨著床上鬧做一團的母子。

良久，飯糰才停止笑，小短腿一蹬，小腰一扭便翻過了身子。小傢伙半昂著頭，眼睛亮亮的，滿是期待地看著羅雲初。「是、是像大黑家的大房子嗎？」眼底還未褪盡剛才的笑意。

大黑就是里正家的孫子，比飯糰大一歲，最近常和飯糰玩在一塊兒。

羅雲初看著小小的他，忍不住撲了上去，把他放倒在被褥裡狂親。呵呵，養了幾個月，總算把這小東西養得白白胖胖了。

「娘，癢，咯咯，娘……」歡快的笑聲，逸出了他軟乎乎的小嘴。

直到親夠了，羅雲初才把飯糰從被褥裡撈出來。

小傢伙兩條肉乎乎的藕節般的手纏在她的脖子上，腦袋不住地往她脖子處拱，小嘴嘟囔著喊娘，聲音裡透露著一股親暱勁兒。

羅雲初就這麼抱著他，笑呵呵地任由他折騰。

好一會兒，飯糰才放開她的脖子，肉爪子握成拳，揉了揉眼睛，小嘴不自覺地打了個哈欠。

「睏了？」

「嗯。」

「娘抱你去睡吧？」

「嗯，要聽故事。」

「好，給你講故事。」

「聽大灰狼的故事，不要聽狼外婆的。咦，娘，大灰狼是狼，狼外婆也是狼，狼外婆會不會是大灰狼的外婆啊？」飯糰稚嫩的聲音透著濃濃的疑惑。

喲，這麼小的孩子就會推理了？得鼓勵鼓勵。「嗯，沒聽說過，不過今天聽咱們飯糰一說，還挺有道理的。」

「就是嘛，大灰狼和狼外婆一樣壞，肯定是的啦。」飯糰煞有介事地點了點小腦袋。

「嗯，肯定是，咱們飯糰真聰明，竟然能想到這個問題。」羅雲初將飯糰狠狠地誇了一頓。

「嘻嘻。」飯糰竊喜，黑亮的眼眸掩飾不住因為被她讚賞而產生的高興，卻又帶著一些害羞。

「很晚了喔，飯糰不睡覺嗎？」漸漸的，羅雲初也練就了一副看一眼窗外的天色便能估摸出時辰的本領來了。

「睡，娘，講故事，講故事。」飯糰自動自發地躺好了，拉過小被子蓋到脖子，側著腦袋看著她。

「好，講，從前……」在她輕聲的講述下，飯糰閉上眼，沈沈地睡過去了。

羅雲初給他掖好了被子，又在他肉乎乎的臉上親了一口，才站起來。

「飯糰睡著了？」二郎穿著一件中衣坐在炕床上。

「是啊，我的腰好疼。」大姨媽第一天，真夠難受的。以前沒這毛病的，估計是這兩個月累得很了。

二郎站了起來，走過來攬住她，大掌貼著她的腰部一陣揉捏。

「呵呵，有點癢。」羅雲初不住地閃躲。

「躺床上去，我給妳捏捏。」

「嗯。」羅雲初剛躺上暖和的床，她就舒服地嘆了口氣，原來冬天睡炕床這般舒服啊。

天冷了，他們之前燒炭那會兒燒出的殘次品如今派上用場了。三窯木炭呢，有近兩千斤，送了五百斤給羅家，自家留了一千五百斤，這個冬天盡夠了。雖然都是些殘次品，但比家裡自己捂的炭頭要好用多了。

「媳婦，如果我們搬出去了，一個月給娘多少錢為好？」他邊給羅雲初按壓著她腰疼的腰部，邊問道。

「你說給多少吧，我覺得大哥給多少咱們就給多少，總不好越過他去的。」羅雲初側過身，抱住他的腰，身子不由自主地貼著他。男人就是好啊，體溫很熱，冬天抱著就像一只人形的暖爐。

「這倒是。」

「捏這裡，痠。」羅雲初拉過他的手，貼在腰部接近肋骨的地方。

「嗯。」

「每個月我們除了給她米糧，另外給她三、五百錢做私房吧。」羅雲初體貼地道。

「媳婦，妳真好。」以前他大嫂把大哥的錢管得死死的，每個月到他娘手裡的不過是二、三十文錢。

「你不怨我就好，家裡的銀子看著挺多，但每文我覺得都應該用在刀口上。等建了房子，我尋思著是做些小買賣或者買點地吧。」這古代，農民的地位太低了，投資啥都不如土地來得保險，做啥買賣做好了保不准就有人眼紅。自己家又沒什麼背景的，指不定就給他人做嫁衣了。還是安安分分的吧，俗話說，大隱隱於市，他們還是多囤積點地做地主吧。

「嗯，都聽妳的。」二郎知道自己腦子沒有媳婦的好使，便也不逞這個能，主意媳婦出，他負責出力就成。

二郎不大男人主義，肯接納她的意見，羅雲初很開心。不過她仍提醒著自己，在外頭的時候，除非緊急關鍵時刻，要不然絕不在外人面前逞能，掃了她丈夫的臉面。

「二郎，你相不相信我？」

「妳是我媳婦，連妳都不信，我還能信誰？」

「那就好，我想和你說說大嫂的問題。」她這大嫂回來是肯定的了。宋母重視子嗣，今天大哥雖然鬧騰著不肯讓她回來，但她冷眼看著，亦能看出他的不捨。孩子，果然是這些古人的軟肋啊。

「嗯，妳說。」

「大嫂這次回來，我們也不知道她改沒改好，改好了自然最好，如果沒改好的話，咱們宋家可禁不起再一次敗完了。這次多虧了那個燒炭的方子，下回可沒了，而且這燒木炭的辛苦你也知道。」

二郎想起前段日子的艱辛，點了點頭。

「所以呀，你和大哥說說，讓他自己捏著家裡的財政大權，給大嫂一點家用就好了，大頭的銀子自己揣在懷裡。」她現在最擔心的就是這個大哥了，宋母肯定會對她那大嫂有點防備的，老三她也不擔心，他不去算計別人就好了。

二郎聽罷，點了點頭，算是應允了。

接下來的日子，毫無疑問的，宋大嫂回歸了，可惜這並不算太光彩的，所以宋家並沒有大張旗鼓的迎接她。

二郎請了趙大山做工頭，忙著清理黃老漢院落裡的舊房子、進青磚等材料、量地基什麼的，忙得不亦樂乎。

現在村子裡沒什麼活兒幹，空閒的勞力多，加上二郎在村子裡的人緣挺可以的，聽聞他要建新房，叫到的都會來幫忙，不推辭半分。

來幫忙幹活的人，羅雲初他們提供兩餐，每人每天還給二十文錢。錢不算多，亦不少了。最重要的是，羅雲初做的菜味道好，油水足，直把那些人吃得滿嘴流油，直呼過癮。特別是醬爆豬肚、酸辣豬蹄等特別受他們喜愛，有些個男人家的婆娘次日還跑來和羅雲初套近乎，問她那些菜式怎麼做，羅雲初挑了幾道容易學又受男人歡迎的菜教了。那些婆娘回家做了，家裡的人都說好吃，因此羅雲初的人氣是空前的高漲，每天去洗衣服時，不少嬸娘嫂子之類的拉著她一塊兒聊天什麼的。

宋大嫂回來了，見二郎一家子忙著起房子，心裡多少都有點不舒服。村子裡的那些閒言閒語她也聽了不少，如今見二郎家要起新房子了，心裡愈加篤定了謠言的真實性。但她又不敢問大郎家裡有多少銀子，現在大郎還不怎麼給她好臉色呢，她可不敢問這麼敏感的話題，萬一觸怒了大郎那就不好了。

見了二郎一家子忙進忙出，剛回到宋家的她可不敢擺什麼臉色，強撐著笑臉恭維了幾回，然後她便關起門來過日子了。除非必要，要不，她通常都是窩在房裡做些女紅針線之類的，連帶的，天孝、語微也被她拘著不讓他們和飯糰玩。

她如今是想明白了，她這二弟媳就是不好對付，命裡剋著自己呢。想想之前她的日子過得多滋潤，自這二弟媳一進門，倒楣事就接二連三發生在她身上。所以她打心底裡認定了羅雲初就是個掃把星，即使不是，也是生來就剋著她的！她巴不得羅雲初搬得越遠越好，而且她也決定了，輕易不去惹她，惹了也是自己倒楣！

而且她也怕羅雲初剋著自己的兒女，成天對他們耳提面命，說他們二嬸可不是什麼好人之類的，讓他們切不可和二嬸太過親近。

或許是說的次數多了，天孝聽不得，於是有回便爆發了。「娘，妳不要這樣好不好？成天說人家壞話有什麼好的？妳離開那麼久，二嬸可從沒說過妳的壞話！」說完他便跑出去了，其實說這些話他心裡也難受，但憋著更不舒坦！

「你怎麼知道她沒說？或許她沒在你面前說罷了！」宋大嫂對著跑出去的兒子的背影叫道。天孝這話可把她氣個倒仰！她又不肯罵自己兒子是養不熟的白眼狼，只好在心裡暗罵羅雲初不知使了什麼手段拐了自己兒子。

這就是羅雲初的高明之處了，宋大嫂離開的這段時間，她從來沒有在天孝、語微面前說過她大嫂的一句不是，還時常照顧他們的飲食起居。因為她知道，沒有孩子願意聽到別人詆毀自己的母親，即使自己的母親有再多的不是。如今從天孝的反應來看，她的善意還是有了回報的。

羅雲初對自家新建的房子有點想法，她見這裡的房子大多只有七、八尺高而且只有一層，不禁想起她以前老家住的土坏房來。她老家那土坏房雖然也是黃泥夯的，但少說也有一丈高，而且中間攔腰用長短厚薄一致的木板隔開。這樣上下都可以住人，或下面住人上層用來囤放糧食，如此一來，大大地利用了屋子的空間。

她想，既然老家那兒的土坏房都可以這樣弄，那麼這回他們用青磚建的房子一樣適用的吧，只要地基打得結實點，她覺得是沒問題的。於是她那天便和二郎說了自己的想法，二郎弄明白她的話後，覺得這是個好主意，雖然會多耗點材料，但以後若來了客人什麼的，都可以住木樓上呢，方便！這麼想著，他便興沖沖地跑去找趙大山商量了，看看能不能照著這樣子做。

於是，接下來幾天，趙大山與二郎兩人一直在他們準備建房子的地裡轉悠，嘀嘀咕咕的。後來二郎告訴雲初，趙大山說想試試，大概有八成的機會能成功。羅雲初覺得這不是問題，趙大山第一回建這房子，信心不足是肯定的，但有她時不時地看著，料想也出不了什麼大事的。當初她家建新的土坏房時，她已經十四歲了，幾乎目睹了夯房的整個過程。

次日，趙大山蹲在地上，用手摸了摸地基裡的材料，滿意地笑了。「放心吧，這地基，這個地基頗費功夫，七、八個壯漢忙和了一天，從天一亮，就忙到天黑。

絕對結實！」他拍著胸脯，朝二郎大聲地保證。

接下來，敲敲打打的過了十天，房子已經有了雛形。

因為羅雲初他們建房子這事是臨時起意的，所以建房子所需要的木材自家準備得並不齊全，現在砍伐的話又來不及了。沒法，這個要麼借要麼就掏銀子買。不過木材他們自個兒的山頭就大把，誰願意掏那個冤枉錢啊。為了這個木材頗費了一番周折，最後在大郎的幫助下，和一個姓周的強老頭借到了木材，並且答應了，來年的時候，帶著他到自己山頭去，看中哪些木材就砍哪些還他。

那些木材趙大山看過，聽說是極好的，若不是看在大郎的分上，這強老頭無論如何都不肯鬆口借的。木材是拿到了，但只是做房梁的。平整結實的木板得到城裡有名的木材行裡買方成。在房子快封頂的時候，二郎並大郎一塊兒到城裡跑了一趟，傍晚回來時，果然拉了一大車木板，請趕車的車夫喝了碗稀粥，待二郎他們將車上的木板全卸了下來後便讓他趕著馬車走了。

「媳婦，這銀子妳收著。」說著，二郎就從懷裡掏出幾個銀元寶來。

羅雲初很意外地接過。「這銀子哪兒來的？」她不知道木材的行情，所以今天他和大哥進城，她給了十兩銀子。他拿回的這些，少說也有三十兩了。

二郎倒了碗開水，咕嚕嚕地喝完。「大哥還我們的。」

「哦。」前陣子大夥兒一起賣炭賣方子，大郎少說也賺了一百五十多兩。大家分了銀子後，見大哥遲遲不提還他們銀子的事，她以為這債多數是廢了。而且當初他們拿錢出來還高利貸時，也沒有個借據啥的，羅雲初心裡有點不舒服，但也沒表現在臉上，只當那些銀子打水漂了。

「那時大哥說要還我們的，只是那時事情多，一時忘了。」二郎解釋著。

「嗯。」她才不管呢，銀子還來就好。這筆銀子正好用來填補建房子所需。「對了，那木材花了多少銀子？」

「不多，按妳的意思，就買了兩間屋的木板，花了一千二百文錢，只是雇那馬車貴了點，來回就花了一千三百文錢。」

唔，花了不到三兩銀子，還可以接受。「明天就要封頂了，封了頂，咱們再把這木板鋪上去釘好就成。」想到快建成的房子，羅雲初的心情很好。等搬了新房，他們一家三口關門來過自己的小日子，嗯，小叔子也一起。

「兒郎們，今天咱們賣點力氣，早點把這屋頂給搞好了。宋二嫂子可說了，今天晚上她準備了好酒好菜招待咱們，想吃想喝的，都給我賣力幹了！」趙大山樂呵呵地吆喝著。

四、五個漢子聽了，立馬起鬨。

「頭兒，你別說了，你這麼一說，我肚子裡的酒蟲都被勾醒了，難受得緊呢。」

「是啊是啊，你這不是存心饞咱們嗎？」

「那是，頭兒，咱二嫂子燒的菜就是好吃。我家婆娘還說我呢，出來幹活腰還肥了一圈！真不知道我是出來幹活還是享福的。」

「你小子，得了便宜還賣乖，小心你肥得抱不動你家婆娘！」趙大山笑罵。「好啦好啦，一個個，少給我耍嘴皮子，趕緊幹活！」

不過兩天工夫，房子便蓋好了。在蓋好的第一時間，羅雲初便跑去看了。這新房大致和這裡的房子格局差不多，主屋坐北朝南，東西兩廂緊挨著主屋。

聽二郎說，主屋三間高約一丈二尺多，除了中間的大廳沒有修閣樓外，其他兩間房間都修了。進了房間一看，土地和木板之間的距離，據她目測，應該有兩米五左右。

他們這房間門口也是開在大廳裡的，總的來說，就是大廳一個大門是總出口，大廳的兩側各開了一個門通向旁邊的兩個房間。而閣樓的出口全開在房間裡，這樣的設計更能防盜，待二郎弄好了木樓梯搭上去，上下就方便了。為了讓屋裡更明亮，房間裡南北方向都開了一個窗，閣樓上也是如此。

除了主屋，東、西廂房用的也是青磚黛瓦。考慮到以後宋母和她小叔也會過來住，他們咬咬牙，一起建了！西廂兩間是打算給宋母和小叔住的，所以建得也挺寬敞明亮的，和里正家的差不多。他們過不過來她現在不知道，反正她和二郎的態度給擺好了，不讓村子裡的人有機會說閒話，萬一他們一句不孝壓下來，二郎這輩子就別想抬起頭來做人了。而東廂的兩間，則是廚房和雜物房，就建得比較矮一點了。

浴室、豬舍、雞舍都建在一塊兒，就在大門進來朝西不遠處的地兒上建了一排矮屋，挺像格子間的。從北往南依次是浴室、茅房、羊舍、豬舍、雞舍。在這排小矮屋後面挖了個大坑來蓄糞，人拉的粑粑和豬羊拉的屎，通過他們挖好的斜面通道流入蓄糞池，當然，還有他們洗澡水也一起流入這個蓄糞池裡。

浴室裡，為了預防打滑，羅雲初讓人在裡面鋪上了鵝卵石。她知道人體腳底多穴道，洗澡時踩在上面，按摩一下腳底的穴道也是不錯的。

除了這些之外，屋子後面還有不少空地可以讓她種些菜。之前黃老漢住著的時候，院子裡也栽種了不少果樹，但為了施工方便，砍去了不少，零零散散的只剩下了兩、三棵了。她尋思著，讓二郎到山上挖一、兩棵竹子回來種，長出竹筍後能吃的那種，她才不種那些個華而不實的東西呢。

這房子整體參觀下來，羅雲初很滿意，最讓她滿意的就是茅廁了，以後總算不用戰戰兢兢地蹲在搖搖晃晃的木頭上了，拉個粑粑還擔心自己會不會一起掉下去！

房子甫一建好，這幫農村漢子就去看了，連茅廁也試用了一下，水一沖，穢物就沒了，這讓一群大老粗直叫好。

「宋二嫂子，妳這房子，硬是要得！你們說是不是？」趙大山做過不少工頭，這樣的房子他還是頭一次見，房子大體的改動不多，但卻比之前的實用方便了許多。

「那是，等俺存夠了錢，俺也比照著辦！」

「對頭，俺家娃兒多，照著主屋這樣建，差不多就夠住了，省啊。」

姊姊建新房，阿德自然是全程幫忙的，此刻阿德笑著坐在桌子一角，聽他們胡喝海吹。

「阿德，你姊和姊夫建新房了喔，你啥時候建？我帶上兄弟幫你去，就比照你姊這房子來吧。咱兄弟都是熟手了，保證建得不比你姊這兒差！」趙大山拍了拍阿德的背部，一副哥倆好的樣子。

「趙哥，看你說的，我哪有那個本事呀，我現在只想把家裡的幾間破屋給修一修就好了。」阿德抓了抓頭，憨笑著。財不露白的道理他還是懂的，而且他想，姊夫他們也不是大嘴巴之人。

「小子，男人哪能沒個志向，別小瞧了自己！還有，你家的房子，明天哥給你修去！」趙大山安慰似的拍了拍他的肩頭。

「那怎麼好意思？」

「有啥不好意思的？又不花什麼錢，左不過是費些功夫罷了。叫上你姊夫，咱仨幹就行了。」

說著，話題又扯回羅雲初他們那房子上。

「唉，這房子好是好，但銀子也花了不少啊。咱一輩子種地的，啥時候才能存夠錢建這樣一座房子啊？」

「是啊，每年都要繳那麼多稅，地裡的糧食剛收上來，沒多久便被收去了一小半。一年到頭，能攢下個一千幾百文的，就算本事了。」

「欸欸，喝酒喝酒，別提這些煩心事！要我說呀，咱們這些個人都沒指望咯，咱就指望自個兒兒子是個爭點氣的吧，以後考上個舉人秀才什麼的，光宗耀祖不說，朝廷還免稅哩。」

羅雲初在默默地聽著，是啊，古代的稅收重，前些日子繳稅那會子，雖然有里正幫襯著，但宋家也繳了不少的稅，儲存的糧食三分之一就沒了。

這群漢子忙碌了十來天，今晚鬆快了下，個個都喝得滿面潮紅。飯後，羅雲初讓二郎給他們結算了工錢。

但阿德死活不要工錢，羅雲初也不勉強，將錢收進了兜裡。

「姊，妳說來年我和阿寧去鎮上開個店怎麼樣？」阿德問。

開店？「你啥時候有這個想法的，你不考科舉了？」羅雲初對他這個決定有點意外。

「姊，老實和妳說，書上的那些個之乎者也的，我都記不大清了。我志不在此，而且我也不是那塊料。」阿德自嘲地笑笑。

羅雲初點頭，人各有志，咱不能勉強是不？俗話說，牛不喝水，你還能強按著牠喝不成？「那你有什麼打算？」

「呵呵，就想在鎮上開個店，然後賣點妳之前教的那些下水做的菜。姊，妳說，這樣成嗎？」阿寧手藝好，做出的菜味道和他大姊差不多，他們之前就商量過。阿寧讓他問問他姊的意見。

「成啊，這想法挺不錯的啊。」羅雲初贊成道，這豬下水便宜，只要有人吃飯，總不會虧的。

受到鼓勵的阿德明顯很興奮。「真的嗎，姊？」

「真的，騙你不成，你回去再仔細思量一下，回頭我再教你們幾道豬下水做的菜。」

「嗯。」

第二十六章　喬遷之喜

喬遷新居的時候，人們都喜歡請親朋好友來吃一頓，俗稱暖房。十二月初八，是個好日子，搬新居就定在那天了。

「三郎，再過兩日便要搬新居了，你咋還沒收拾東西啊？」宋母掀開簾子，見宋銘承仍在埋頭苦讀，房間裡的東西不像整理過的樣子。

「娘，我和您一塊兒住在祖屋不是挺好的嗎？」他實在不想去叨擾二哥、二嫂，儘管他們也為他準備了新房。

「混說，有新房不住你傻啦？你二哥、二嫂都為你準備好了房間，你只要搬過去就好了。那房間我去看過，亮堂！你天天窩在這昏暗的泥屋裡看書，仔細傷了眼睛！」宋母接著道：「唉，娘這一輩子就住在祖屋了，哪能讓你和我一塊兒呢？」

她是非常贊成老三和老二一起住的，不說那房子寬敞又明亮，就衝著二兒媳那手廚藝，她也贊成老三跟著一起住，保准能將她兒子養得白白胖胖的。

「那不就是？三弟啊，趕緊整理整理搬過去吧，有新房子誰還住這破泥房啊？可憐見的，我們大郎就沒這麼好命，有兄弟給他建了房子給他住！」說到最後，宋大嫂摸著肚子，話裡不自覺地帶上了一股酸味。

這是挑撥？宋母不滿地瞥了她一眼，心裡冷哼，若不是妳個不賢的把家裡的銀錢都敗光了，那樣的房子隨便都能起兩、三處，用得著在此冒酸氣？不過她顧忌大兒媳的肚子，便忍著。

啪！「妳給我閉嘴，狗嘴裡吐不出一句好話！」大郎拍了一下桌子，冷著臉說道。

宋大嫂瑟縮了一下，當她的手摸到凸起的腹部時，她膽兒漸漸肥了起來，抬頭挺胸。「難道我說錯了嗎？你那二弟給娘和三弟都準備了房間，有給你準備一間嗎？」這一個月的安穩日子讓她漸漸忘卻了傷疤，再加上肚子裡那個，更是讓她覺得有了倚仗。每逢大郎想朝她發火時，她便將肚子挺了挺，這招屢試不爽，總能讓他熄滅了怒火。

才安分了一個月，她又故態復萌了嗎？「成天拈酸吃醋，我看妳就是一個妒婦，如果這日子妳不想過下去就立即給我滾出宋家！」

見丈夫如此暴怒，宋大嫂心裡也直打鼓，小聲咕噥道：「這是事實，我說說都不行嗎？」

這女人有沒有腦子啊，妳家丈夫都成家立業了，人家還管你住哪裡？二郎是他弟弟不是他老爹！管不到他的吃喝拉撒睡！

宋大郎看著他那媳婦，突然覺得很累，是的，累。他現在無比懷念她回來之前的那段日子，那時他們全家一起奮鬥，一起伐木燒炭，回來就有好飯好菜進肚，雖然過得疲累了點，但至少不像現在這樣，一看到這個女人就覺得心煩，日子也過得忒沒意思。

而且他打心眼裡感激他的弟弟和弟媳，若不是他們，他無法想像他們一家子的日子該怎麼過下去！

「實話是什麼？實話就是妳嫉妒人家過得比妳好！」

喲，大哥難得犀利一次，他還是不要去打擾好了，宋銘承的雙眼仍黏在書上，耳朵卻時刻關注著大廳裡的動向。

見大郎態度如此強硬，宋大嫂也被嚇著了，喃喃。「說兩句都不行嗎？」

「我實話告訴妳吧，若妳還是這樣不想好好地過日子的話，妳就走吧，我們宋家地小，容不下妳這尊大佛！」宋大郎決定給她最後一次機會。「別以為我不敢，老拿妳肚子裡的孩子來說事，真過不下去，妳就帶著妳肚子裡的孩子走吧！」他還有天孝、語微，夠了。

這狠話一擱下，宋大嫂蔫了，她無意識地喃喃自語。「竟這般狠心，這般狠心……」

宋大郎讓天孝扶著他娘回房，天孝默默地照做了。

宋母和宋銘承默默地看著，家和萬事興，他們是真心希望方氏不要再鬧騰了。

「三弟，收拾收拾，那些沈重的東西，後天我給你搬過去。」宋大郎道。

宋銘承無奈地道：「大哥、娘，你們是不是把二哥、二嫂對咱們的好看成是理所當然了？他建了新房子，我們出過一兩銀子嗎？出過什麼力嗎？都沒有！就是大哥幫忙張羅木料，去城裡拉回一車木板，建房的其餘事全是二哥請人做完的。而且二嫂每天都要忙著做這麼多人的吃食，娘和大嫂有沒有想過去搭把手？沒有吧？說起來，我們連二嫂的兄弟都比不上，至少人家還來幫襯了十來天。這樣子，我實在沒臉去叨擾他。」

「什麼話這是，我們是一家人，難道還要去計較那些個……」

「大哥！」宋銘承有點生氣打斷他的話。「二哥不欠我們，我們也不應該用大家都是一家子這話來要求束縛他，在我們要他付出之前，想想我們都為他做過些什麼吧。」大哥和娘這種想法太危險了，升米恩斗米仇的道理他懂，他不能眼睜睜地看著大哥和娘往這條路上走，到時一家子反目成仇。

大郎張著口，無言以對。

宋母若有所思。

羅雲初拉著二郎，兩人默默地回到房間。

「媳婦，我……」二郎拉過羅雲初，抱住，將頭埋在她肩膀。他的付出總算有人看到了嗎？

「別難過，我都明白。」被人維護的感覺真的很好，她理解。

「嗯。」

羅雲初任他抱著，瞇著眼，她這三弟，是個好的，不管明年參加秋闈的結果如何，都值得爭取啊。

喬遷新居，萬事俱備，只待吉時了。

遷入的時辰是寅時末，二郎過了三更就一直在注意時辰了，生怕誤了吉時。搬家具的時候，飯糰還在睡，沒辦法，小傢伙得知次日要搬新家，興奮了一晚上，直到三更才頂不住睡了過去，羅雲初只好抱著他來到新居。待東西搬齊了，床榻也放好了，鋪好了床，才把他放上去。

新居第一天，他們大開大門，羅雲初把前些天在鎮上買的瓜果餅糖之類的都放在廳裡，還有昨天晚上趕製出來的發糕，有小孩子進來說吉祥話時就分給他們一些。天剛濛濛亮，趙大山夫婦、李大嫂、福二娘等人都到來了，準備幫忙。

雖然他們都說吃過早飯了，但羅雲初還是煮了些玉米稀飯放在鍋裡，又從陶罐裡掏出一些醃小黃瓜和辣味木瓜丁放在小盤子上，給他們當配菜。

二郎並趙大山一大早便去城裡採買去了，他們前腳剛走，隔壁村的朱大富便給他們送來了五十斤豬肉，連帶整隻豬的豬骨和下水。這豬肉二郎訂的那會兒只給了四分之一訂金，羅雲初回房裡取了錢，將所欠的餘額給補上。

羅雲初給了錢後，那姓朱的仍然不走，猛盯著她看，嘴角有可疑的水印子。羅雲初皺了皺眉頭，不發一語地轉過身，將大門虛掩上，阻斷那道無禮的視線。

「怎麼了？」趙大嫂子見她臉色不好，關心地問。

「沒什麼。」這種事在古代這地方需要慎言，這裡可不比現代，可以當作一種炫耀魅力的資本。

趙家嫂子遂不再追問，便眉飛色舞地說起那豬肉來。「那豬肉真好，肥滋滋的，做出來保證好吃。也就妳家二郎捨得了，那麼大手筆只為請一次客，就是上回里正家請客，也只是割了三十斤豬肉而已。」

「呵呵，難得嘛，大家聚聚也好讓新房沾點人氣，而且大家都是親朋好友，吃一頓能咋啦？」羅雲初不以為意，不就是多花個幾百文錢的事，他們這回當東道主，可不能讓人看輕了去。

「嫂子，這幾十斤豬肉我就交給妳和李大嫂處理了，我先進去看看飯糰醒來沒，晚點再到廚房處理那些豬下水。」

「好咧，這妳就放心吧，保證幫妳辦得體體面面的。」趙大嫂拍著胸脯笑著保證。

這幾十斤豬肉和那些下水可是主菜，二郎他們去鎮上也是採買一些鮮魚之類的，像酒和糕餅、瓜子、茶葉之類的之前就已經買好了。這豬肉她就打算交給趙大嫂她們做了，她準備挑一、兩樣豬下水來做幾道菜，意思意思便可，畢竟這些下水做的菜她弟弟以後開店要賣的，省得一會兒客人吃著好了來問做法，她說也不是不說也不是。

中午的時候，羅雲初娘家也來人了。羅母及阿德夫妻都來了，還送來了一張看著就很高檔雅致的床。

「姊，妳家如今房間多，也不知道妳缺些什麼家具，但想著，這床你們家一定缺的。於是上個月我就和旁人買了些好木材，打了一張。妳看看，合不合心意？」

「呵呵，都好都好，來，先放到我房裡，晚點再看看。」羅雲初樂呵呵的，確實，閣樓上還缺一、兩張床呢。

「姊，我還有個好消息要告訴妳。」聲音有掩不住的興奮。

「什麼呀？」

「阿寧懷孕了。」

「真的啊，那可真是太好了，多久了啊？」

「兩個月了。」

羅雲初瞧著阿寧有點害羞，而且孕婦也不能久站，便笑著說道：「欸，我們也別站在這兒礙著別人進出了。娘、阿寧，走，咱們先到大廳喝茶去。」她一手拉一個，將他們往大廳引去。

「初兒，妳這房子不錯。」羅母一進門就不住地打量。

「還可以吧。」羅雲初給她娘和弟弟都倒了茶，細心地給阿寧倒了杯白開水。

「娘、娘，舅舅來了？」

大老遠就聽到飯糰那嬌嫩的呼喚，沒一會兒，果然見到他的小身子出現在門邊，一隻腳已經踏了進來，見著客廳裡有生人，又縮了回去，只探出一顆小腦袋怯怯地看向廳內。

「飯糰，進來，這是你外婆，別怕。」羅雲初朝他招招手。今天的飯糰穿得很喜慶，加上最近變白嫩了，整個人就像穿一顆包著紅衣的白嫩包子。

「上回見過的，飯糰忘了？」把他抱起來，放在膝頭，羅雲初低下頭問。

飯糰怯怯地看了羅母一眼，搖了搖頭。「沒，沒忘。」聲音無比細小，如果不是她挨得近，恐怕都聽不清。

見這孩子不討喜，羅母板著臉。

「咱們飯糰是有禮數的好孩子，見人要叫人喔。來，叫外婆。」羅雲初哄著。

「外婆。」飯糰順從地叫了一聲。

「嗯哼。」羅母這算是應了。

「來，來，飯糰，舅舅給你桂花糖。」羅德拿了一塊桂花糖招引他。

「娘？」飯糰嚥了嚥口水，乞求地看向羅雲初。

「去吧。」她寵溺地笑笑。

飯糰滑下她的膝頭，欣喜地朝他舅舅咚咚地奔過去。前段日子阿德來宋家走得勤，時常會給飯糰帶些好吃的，漸漸的，飯糰也喜歡上了這個疼他的舅舅。

他伸出肉乎乎的小爪子接過香甜的糖，舔了一下，笑眯了眼。阿寧一看，就愛得不行，忍不住雙手圈抱著他。

「飯糰，別怕，這是你舅媽，你見過的是不是？」阿德摸摸他的頭，安撫。

飯糰看了她一眼，點了點頭，乖乖地吃糖，並沒有掙扎。

「大姊，飯糰可真乖。」阿寧現在懷孕了，見了可愛孩子就忍不住親近，加上先前知道飯糰就是他們的滾床童子，對飯糰的喜愛更是上漲了幾分。

「乖有什麼用，又不是自己親生的。」羅母低聲咕噥。

羅雲初直接當作沒聽見。

「娘，今天是姊姊、姊夫的好日子，您就少說兩句吧？」阿德勸道。

「本來就是，她不抓緊自己生一個，捧著別人的孩子當寶，算什麼事呀這是！」

我喜歡我樂意，咋啦？

飯糰聽著，似懂非懂地看了羅母一眼，羅母本來就不待見他，便瞪了他一眼，飯糰嚇了一跳，手中的糖掉到了地上。

他掙扎著小身子想要蹲下去撿，羅雲初先他一步把糖撿了起來，放在桌子上。「一會兒娘給你用水沖洗一下再吃。」

「哦。」

看他悶悶不樂的，羅雲初將他抱了起來。「娘，您沒事和一個小孩子計較做什麼？」

「行行行，我不說了。妳這缺心眼的丫頭，日後不要後悔了找我哭訴。」羅母也很是氣悶。

「阿德，你領著娘和阿寧四處看看，我去廚房看看還有什麼缺的。」

接下來，羅雲初一直都把飯糰帶在身邊。

羅家的人剛到不久，宋母就來了。她今天穿了一套喜慶的衣服，加上人逢喜事，整個人顯得年輕了幾歲。宋母、羅母兩個親家，見了面自然少不得一番寒暄，當宋母得知阿寧懷孕時，微笑著道了喜，眼睛卻時不時地瞄向羅雲初的肚子。羅雲初嫁進宋家也有大半年了，咋還沒好消息呢？

其實她也不想想，羅雲初嫁進來之時正逢宋家多事之秋，心煩勞累之下，滾床單的次數自然就少了。再加上又操勞得緊，沒把身體給搞垮已經算是運氣了，哪裡還能……

近中午的時候，宋家的親朋好友都到了。連二郎他伯父的幾個堂哥堂嫂也過來了，聽二郎說，兩家之前來往很親密的，後來她那公公分家那會兒，據說因為分配不公，兩家來往才少了的。不過如果真遇到事，兩家人都不會坐視不理的，像上回和周老虎爭田水那次就是了。

宋母一直將羅雲初帶在身邊，給她介紹，這是三姑婆，那是五姑媽……

羅雲初領著他們參觀了一遍，直看得他們嘖嘖稱奇，都說那閣樓結實，茅廁方便。看到二郎專門為他娘和弟弟準備的房間，都說二郎是個好的，孝順！得知宋母寧願死守著舊泥房也不願住新房時，都勸她別有福氣不懂享。

巳時之時，和宋家有點親故的人都來齊了，黃連生和他哥里正也來了，由從鎮上採辦回來的二郎帶著兄弟招呼著。羅雲初進灶房裡，炒了兩個菜意思意思。

待客人坐下的時候，五張桌子坐得滿滿當當的，三桌子的女眷全安排到了屋裡，剩下兩桌子的漢子就安排在院子裡。宋母未搬過來，正好大廳、預留給宋母的房間、雜物房三間屋子各擺上一桌。其實如果擠一擠的話，每個房間擺兩桌，大廳擺三桌都是沒問題的。

上桌的有七道葷菜，就是青菜也是放了肉末的，雞鴨魚肉全都有，為了今天請客，羅雲初忍痛讓趙大嫂她們宰了三隻雞，三隻鴨。

眾人見到有這麼多好菜，一個個都吃得眉開眼笑。平日裡這些菜他們哪裡能吃到，一個月裡能沾兩、三次葷腥就燒高香了，就是過年也難得這麼豐盛的。

這頭宋家正過得歡樂快活，那頭二郎的第一任妻子李氏可不好過了。

啪！「臭婆娘，想燙死老子啊?!」朱大富手一翻，滾燙的茶水便兜頭淋下，燙得李氏哇哇大哭。

「哭，哭喪啊，老子還沒死呢！」朱大富一巴掌甩了過去。啪的一聲，光聽著就讓人覺得一陣肉緊。

「你打吧，今天你打死我們娘兒倆算了！省得你三天兩頭就對我們拳打腳踢！」李氏抱著旁邊被嚇傻的兒子，吼道。

「反了妳啊？」朱大富一腳踢過去，被李氏躲開了，可他們的兒子就沒那麼幸運了，被狠踢了一腳，哇的大哭了起來。

「你還是不是人？連你親生兒子都打？老娘和你拚了！」李氏掙扎著站起來，就朝朱大富衝去，扭打起來。

朱大富畢竟是孔武有力的男人，沒兩下就將她揍趴下了。「我呸，妳這臭婆娘，還想打老子？這兒子是誰的還不知道呢！老子可不想白白替別人養龜兒子。」

「朱大富，你個狼心狗肺的傢伙，良心被狗吃了！狗蛋是我嫁了你之後辛辛苦苦十月懷胎生下的娃兒，你竟然不承認？」

「十月？呸，九個月沒完妳就生下這小兔崽子了，還好意思騙我說是我的種？我看是妳前夫的還差不多！」他看著呆呆傻傻的兒子，一陣嫌惡，他朱大富的種才不會這麼呆傻呢。

李氏氣得上氣不接下氣。

朱大富看著跌坐在地上的婆娘，那蓬頭垢面的樣子真覺得礙眼。又想到剛才見到的宋二郎那俊俏的媳婦兒，更覺得不平，憑啥那傻小子就能討到那麼年輕漂亮的美嬌娘，而他卻只能將就他穿過的破鞋？

「誰娶了妳誰倒楣，老子當初咋就瞎了眼把妳娶了呢。瞧妳前夫剛休了妳這掃把星不到一年，人家就建了新房，嘖嘖。」說完後他一點也不想看到這婆娘了，摸了摸揣在懷裡的銀子，他決定到鎮上喝點花酒去。

「老娘才瞎了眼呢，嫁了你這沒用的男人！混蛋！」李氏從地上爬了起來，對著他的背影吐了一口子唾沫，伸手整了整雜亂的頭髮，思量著他剛才的話。宋家二郎，果然是發達了嗎？這陣子宋家的事，她也時有耳聞，如今從丈夫口中得到證實，想著之前在宋家的日子，再和現在的一對比，她心裡就是一陣後悔。當初要是她隱忍點就好了，待生了兒子再好好收拾那小雜種，可惜……

不過看著在她腳邊不住啼哭的兒子，她眼睛一亮，計上心來……

宋家這頓飯吃了差不多一個時辰，飯後，里正和黃連生先提出告辭了，待他們走了，客人也紛紛告辭了。這些人來賀喜都是帶了禮物來的，羅雲初亦給他們備了回禮。羅家是最後走的，羅雲初和娘家的人說了好一會子的話，才依依不捨地讓他們走了。

趙大嫂等人倒留了下來幫忙善後，待整理好時，羅雲初一人給了她們一個三十錢的紅封，她們推辭了下便笑著收下了。

接著，羅雲初將房子大略收拾了下，見冬天外面又冷又陰暗，便讓二郎將炕床燒熱，摟著飯糰午睡去了。燒完炕回來的二郎看了眼外面的天色，又見媳婦睡得香甜。想了想，便把自己外面的衣服也脫了，掀開被子窩了進去。

瞇了好一會兒，他都沒睡著，鼻間又淨是媳婦的體香，這讓他意動不已，忍不住毛手毛腳起來。

窒息的感覺讓羅雲初睜開了惺忪的睡眼，剛睡醒的她聲音裡帶著一股沙啞。「你幹什麼？」

他挺起灼熱的亢奮，蹭了蹭她的大腿內側，眼睛直直的看著她。「媳婦，咱們來試試阿德送的這床結不結實？」嘴巴不住地朝她敏感的頸部呼著熱氣。

羅雲初一個激靈，完全清醒了，推拒著。「大白天的，你給我安分點。」哪有白日宣淫的？昨晚這廝拉著自己做了半宿還不夠，現在又來？

「放心吧，門窗我都關好了，別人不知道的。」二郎的手也沒停著，解扣子，扯褲帶。

「唔嗯。」羅雲初不管怎麼掙扎，都掙不脫騎在她身上的丈夫，明眼人一看就知道他這是精蟲上腦了。

拉扯間，羅雲初那紅豔豔的肚兜露了出來，二郎忍不住把大掌覆了上去，隔著薄滑的布料揉搓那柔軟滑膩的蜜桃。

兩人結成夫妻大半年了，二郎自然知道如何能讓她舒服。很快，羅雲初就迷迷糊糊地任他宰割了。

第二十七章 找上門

羅雲初領著飯糰在院子裡醃酸菜，原來房子後面菜地的兩排菜畦，收穫的芥菜不少，前兩天就已經成顆砍下，放在空屋子裡晾軟了。如今他們搬了新家，在新房子後面也開闢了幾塊小菜地，也撒上了菜籽，種上了菜苗。

不知怎的，飯糰這孩子自遷入新居那天起，就變得愛黏著她了，偶爾也會和大胖、大黑他們出去玩，但總玩不久。此刻見她在醃酸菜，儘管人小力微幫不上什麼忙，他還是喜歡圍著她轉悠，時不時地給她舉著一顆芥菜遞給她。

突然，大門傳來一陣急促的拍打聲。羅雲初見廚房裡又是開水又是火的，不放心飯糰一個孩子待在這裡，便抱著他一塊兒出去了。

「二弟妹，是我，開門開門。」

在院子裡就聽到她大嫂的大嗓門，羅雲初眉頭一皺，這女人真煩，不待在屋裡安胎，跑來她家做什麼？若有個閃失……

羅雲初打開門，瞧見大嫂領著一個中年婦女吧？看著穿著不像，太豔，但長相又確實是，那婦女懷裡還抱著一個沒啥精神的男孩。

「大嫂，妳找我有什麼事麼？這位大嬸是？」

大嬸?!李氏一聽這稱呼，嘴裡差點噴出一口血來，她哪裡有那麼老了？她今年才不到二十好不好！

羅雲初完全不知道她一語擊中了人家的要害，害得人家氣得差點兒背過氣去。

「這個是李氏，妳可以叫她雲娘，她可是妳的姊姊呢。對了，還有她懷裡的孩子，是二郎的種。」宋大嫂的眼中有掩飾不住的得意和幸災樂禍。吵吧掐吧，趕緊掐起來才好。她和羅雲初不和，宋家哪個不知？而這李氏當初在宋家時，沒少和她對著幹，此時正好，讓她們狗咬狗一嘴毛！

羅雲初一聽，抱著飯糰的手一緊。這位想必就是二郎休棄的李氏了吧？「大嫂，飯可以亂吃，話可不能亂說。妳能為妳說出口的話負責嗎？」她聲音裡透露出一股嚴厲！

少見羅雲初有這般嚴厲的時候，宋大嫂的心緊了緊。

「妹妹對大嫂這樣的態度恐怕不妥吧？」李氏雖然以前和宋大嫂不對頭，但此刻為了在她眼前賣個好，以便行事，便挺身而出。

羅雲初看了她一眼，輕笑。「抱歉，妳哪位？我羅家一直以來都只有我一個女兒，我可不記得我娘還生了個姊姊來著。」對這種明顯想來破壞她家庭的過去式小三，她沒有必要給她好臉色。而且這女人據說不是改嫁了，咋放著好好的安穩日子不過，來這兒鬧騰？

「妳?!」李氏明顯不是個沈得住氣的人，她抱著兒子。「二郎呢？把他叫出來。」

羅雲初淡淡地瞥了她一眼，沒有理會。

飯糰睜著圓溜溜的眼睛，好奇地看著來人。

李氏見飯糰直瞅著她瞧，想到她會被休全是因為他，遂惡狠狠地瞪了他一眼，眼中滿是怨毒。

今日羅雲初合計著晚點回娘家一趟，遂略作收拾了一番，看著顏色就好上許多。李氏如今見著羅雲初和飯糰兩個穿著錦緞，透過微敞開的大門，裡面的新房若隱若現。對比自己被休改嫁後時不時挨揍的處境，她心中對這小雜種的怨恨更是不可抑制。如果不是他，那麼現在住在裡面錦衣玉食享福的就是她了！

許是她猶如毒蛇般的眼神讓飯糰很害怕，他的小身子抖得像糠篩。摟著羅雲初的小手臂緊緊抱住她的脖子。「嗚嗚，娘，飯糰怕……」

「莫怕，莫哭。」羅雲初拍著他的背，輕聲安撫著，不再理會那兩人，抱著飯糰就想回屋。這事在二郎回來前她不想理會，這女人見了她後眼睛就滴溜溜轉，滿臉的貪婪，一看就知道是個心術不正的。

李氏見羅雲初不搭理自己，急了，扯開嗓門衝裡面喊。「二郎二郎，我帶兒子回來看你來了，你快出來啊！」

眼見這場戲還沒開演就要散了，宋大嫂不願意了，挺著大肚子道：「二弟妹這樣做不妥當吧？再怎麼說，雲娘懷裡的孩子都有可能是二郎的。妳這樣，可是犯了七出的嫉妒喔。」

羅雲初意有所指地看向她的肚子。

「大嫂，我要是妳就趕緊回屋安心養胎，在這外頭亂哄哄的，萬一有個閃失，大哥指不定多難過呢。」

羅雲初的話讓宋大嫂有點害怕，她嘴硬道：「我這不是關心二郎的子嗣嗎？」

「妳作為大嫂，插手小叔的房中之事，說出去妳就不怕沒臉？別和我說長嫂如母的話，妳這大嫂做得稱不稱職妳心中有數，如果妳真是關心二郎的話，就應該帶著這位，哦，李雲娘去見一見娘再說，而不是巴巴地帶她來噁心我！」

羅雲初的話很不客氣。她這回是真的生氣了，嫁進來這兒大半年，這方氏一而再、再而三地挑釁她，真拿她當病貓看待了？羅雲初前頭就當她是蝨子在爬，雖然頗受困擾，但畢竟沒有觸及她的底線，她想著忍忍便過去了。現在她算是明白了，有些人不是忍了讓了就可以的，該強硬的時候就得強硬！妳願意退一步，人家就把妳當柿子捏。而且她自己都滿頭小辮子，還惦記著看別人的笑話？真是好笑！

宋大嫂被她說得臉一陣青一陣白的，卻辯駁不了，眼見著她就要把大門關上了。

「娘，您來了？」宋大嫂很驚喜。

羅雲初關大門的手一頓，好了，即使她想躲清靜，這會兒也不成了。心裡氣悶不已，這都什麼破事啊。二郎之前惹出的債，憑啥讓她來煩心？

「喏，李氏說她懷中的男孩是二郎的，二弟妹一聽就惱了。我尋思著，不管真假，至少該把人請進去問下二郎的意思吧？」

宋母聽了宋大嫂的話，渾身微微一震，但她畢竟老而經事，細細地看了一眼那孩子的面容。不過孩子還太小，看不大出來與二郎像不像。

「娘。」李氏哀哀地叫了一聲。

宋母皺了皺眉頭。「妳喚我宋大娘吧。」

李氏吶吶地應了聲。

「飯糰娘，妳看這事？」甭管孩子他娘的人品如何，一想到那孩子有可能是宋家的骨血，她就……

「這事我不知道，等二郎回來再說吧。」煩躁，老天爺是不是看她最近過得很滋潤，所以給她潑幾盆狗血來著？

「也對。」

「我和狗蛋進去等他。」李氏打蛇隨棍上，說著就要往大門裡面衝去，這麼氣派的房子她哪裡見過？她一定要進去瞅瞅。

羅雲初將門用力一甩，差點打到她的臉，趁她嚇呆的瞬間，將門子落了下來，動作一氣呵成，無比流暢。羅雲初對著門板那個門眼道：「娘，您先把大嫂和李氏帶回主屋吧，待二郎回來我們再過去。」這房子是她的，她絕不允許那女人踏進來一步！

宋母能體諒她的膈應，便領著一臉不甘的李氏回祖屋。

可能李氏勾起了飯糰的一些記憶，回到屋裡後，飯糰抱著羅雲初不肯撒手，怎麼哄都不肯。羅雲初沒法，便抱著他到廚房，給燒著正旺的灶撤了火，然後抱著他一塊兒躺在床上，哄他睡覺。

她一邊輕拍著飯糰的小背脊一邊閉眼思量著對策，突然，她眸光一閃，想到一個方法。不管李氏的孩子是不是二郎的，她只要一個結果，她絕不允許別的女人住進她的家，睡她的床吃她的糧打她的娃兒！

不過她且看看二郎以及宋家眾人的態度如何再說，希望他們不要讓她心寒。

晚點，去鎮上採辦年貨的大郎二郎前腳剛回來，去給恩師送禮的宋銘承後腿也到家了。聽聞了李氏的事，二郎沒想孩子的事，就怕他媳婦會難過。「媳婦，妳別難過，我……」

「如果李氏那孩子真是你的，你是要他們還是要我？」這個問題得問清楚。

「媳婦，我要妳！」想也沒想，二郎就脫口而出。

「那孩子呢？」

想到那個有可能是他的種、他的兒子，二郎很煩躁。「如果是，媳婦，妳能……」媳婦待飯糰很好，這些他都看在眼裡，所以他希冀地看著她。

「不能。」羅雲初不客氣地打斷他，她又不是聖母，能毫無芥蒂地幫他的前妻們養兒子！對飯糰她的確是真心的，那是因為他對了她的眼，而且生母又去世了。

看著二郎不豫的臉色，羅雲初柔下聲音道：「二郎，若那孩子真是你的，李氏又願意將孩子還給宋家的話，就讓娘養在祖屋吧？我們每個月給些錢糧就是了。不久之後，我們也會有自己的孩子的，我沒有那麼多的精力同時照顧三個孩子還要操持家務。」

其實這個問題她大可以不問，因為結果出來後，二郎根本不必糾結於這個問題，但她就是想讓他知道她的底線！她不是什麼事都可以遷就的。而且，待他知道那孩子不是他的後，回想起這一段，他一定會更恨李氏，對自己則更感愧疚，那麼就會更疼惜自己。這就是她問這個問題的目的。

二郎夫婦到的時候，大廳裡已經坐滿了人。李氏一見二郎就抱著孩子激動地湊上前來，二郎沒理會她，拉著羅雲初坐到左側的椅子上。

羅雲初剛坐下，一抬眼便瞧見宋大嫂一臉看熱鬧的表情在她和李氏身上掃來掃去，嘴巴一動。「大哥，大嫂懷著身子呢，不宜太過傷神和操勞吧？」

大郎讓天孝過來扶她回房，豈知她死活不肯，眾人顧忌她雙身子，又不敢對她動粗，沒法，便讓她待在廳裡了。

「二郎，這是我給你生的兒子，你看看，他的鼻子和眼睛多像你啊？」李氏湊了過來。

二郎皺著眉盯著孩子看了一會兒，然後搖頭。「看不出來。」

羅雲初就瞄了一眼，心裡冷笑，這李氏真是個蠢婦，這般小的孩子哪裡就看得出來與誰像了？她看著就不像！

「李氏，妳說這孩子是二郎的，有什麼證據？別扯那些像不像的歪理，咱們都不是傻子，由得妳糊弄。」宋母在意子嗣，宋家雖不是什麼大富大貴之家，但也不想替什麼阿貓阿狗的養兒子！

李氏抱緊了熟睡的兒子。「狗蛋是六月初出生的，這點我們村子裡的人都可以作證。」

她被休回娘家後，哥哥嫂嫂嫌她丟人，沒幾天就給她找了個男人強逼著她改嫁了。遂她也不清楚這孩子到底是誰的，這孩子有一半的可能是二郎的。

去年九月中旬被休，孩子在六月分出生，這時間倒能合得上，但亦不排除有早產的可能。

「別整這些有的沒的，妳說的這些並不能證明那孩子就是我的。」二郎憨，不代表他傻，這些常識他還是懂的。

李氏一噎，她沒想到最先出來質疑她的會是二郎，她知道二郎是很喜歡孩子的，現在自己又給他帶來一個孩子，他應該高興得暈了頭才是啊。

看著囁嚅不語的李氏，羅雲初心中不無嘲諷，面上卻不顯。李氏，妳把人都當傻子耍呢？當時懷上時怎麼沒立即找回來？事隔一年，才帶著一個孩子回來，說是二郎的孩子，為的是哪般，明眼人一瞧便知。還不是瞧著宋家挺起來了。

「滴血認親吧。」沈默許久的宋母開口。

「慢著，李氏，妳先去院子裡待一下。」二郎板著臉，將一臉委屈的李氏趕出了大廳，他對這個女人實在是厭惡至極。

「娘，如果，萬一這個孩子是我的，該怎麼辦？」

宋母一怔，她看了一眼羅雲初。「這個……」

「娘，您不會想去母留子吧？」以己度人，二郎很容易便猜到了宋母的想法。

聽到這話，羅雲初抿了抿嘴唇。

宋母微微點頭，她確實有這個想法，只是二郎媳婦……

「娘，您沒有想過李氏此次找上門的目的嗎？即便這個孩子是我們宋家的骨血，您覺得她會輕易鬆手嗎？我敢說，以她的性子，她一定會乘機敲詐的，我不知道她圖的是什麼，但肯定所圖不小。」二郎剛才看著李氏懷中抱著的有可能是自己骨血的兒子，心中竟然沒有半分波瀾，沒有像看到飯糰一樣，覺得又愛又疼。他只覺得很平靜，如同看一個陌生人一般，連帶的還生出了麻煩不斷的厭惡感。

二郎能說出這番話，羅雲初很意外，在這段相處的時間裡，二郎精明的時候不多，大多時候卻是又憨又傻的，剛才來祖屋的路上仍是，現在是怎麼了？

其實也是她不完全瞭解二郎，之前二郎那樣，只不過是事關親人，他不想太過計較罷了。而且剛才他乍然聽聞李氏給他生了個兒子的消息，心緒一時難以平復，他不是腦筋靈活之輩，心煩之下難免考慮得不多。剛才見了李氏，往日的種種厭惡便浮上心頭，沖淡了那份煩躁，現在能想通，已屬難得至極。

「那依你的意思？」

「不要了，讓李氏帶著她兒子回去好好過日子吧，今天這事咱就當不知道了。」這個孩子即使是他的，他也不想要，要了就代表和李氏有牽扯不盡的麻煩！

「可是，他有可能是你的骨血啊。」宋母大吃一驚。

「即便他真是我的兒子，我也不稀罕，我要兒子我會和我媳婦生！」二郎看著自家媳婦說道。

二郎這段話，讓羅雲初心中微微一暖，總算沒有太失望。她知道自己是個容易心軟的人，一直以來都是這樣。

看著大嫂將整個家鬧得雞飛狗跳，再看看把自家收拾得井井有條的媳婦，二郎深有感觸，娶妻當娶賢啊。李氏的品性比起大嫂有過之而無不及，以前的日子他實在不想再過了，所以他要杜絕李氏回來的一切可能！

宋銘承看著終於開竅的二哥，微微一笑，本來他還以為二哥會犯傻呢。

大郎若有所思。

宋大嫂心中一陣失望，她期望中的掐架沒能掐起來。同時心中對羅雲初又是羨慕又是嫉妒的，二郎竟然可以為了她而放棄兒子！端的是好手段哇！

宋母心中一陣猶豫，她是最重子嗣的……

商量得太過投入的他們沒有注意到門外站著一道影子。驀然，大廳的門被推開了。

「宋二郎，你個沒良心的，為了那不會生蛋的母雞連親生兒子都不要了。」李氏指著二郎的鼻子叫罵著，連帶雲初也捎帶上了。

「妳嘴巴給我放乾淨點！」二郎才為他對媳婦那過分的要求而愧疚，如今李氏又罵她，他自然受不了。

「我偏要說，咋啦?嫁進來大半年了吧，屁都沒放一個，難道我說錯了?你今日不認這個兒子，日後老了沒有人送終可別來求我！」李氏當場擱下狠話。

「即使她生不了又如何？我也還有飯糰！我死後的房子田產都是他的，別人也休想沾上半分！妳就死了四處鑽營那份心吧！」二郎想明白她這回上門為的是什麼，索性把話說絕了，斷了她的念想！

這般爭吵，李氏懷中的孩子自然被吵醒了，正哇哇大哭。李氏只顧著爭吵也沒安撫他，任由那刺耳的哭聲在客廳裡迴盪著。

李氏本來打了個如意算盤，打算憑藉著兒子回到宋家，然後慢慢將羅雲初收拾掉，那宋家的田產房產不照樣落到她手裡。可惜宋二郎根本就不稀罕她的兒子，這讓她大受打擊。

吵得好！宋大嫂一臉興奮，就差沒有手舞足蹈了。

大郎不滿地皺起了眉頭。

「娘啊，狗蛋這孩子真是您的孫子啊，您可不能不管啊。」二郎的態度太強硬，在他那裡討不了好，李氏只好把目標瞄向宋母了。

「好妳個臭婆娘，竟然敢背著我偷跑？」朱大富氣勢洶洶地衝開虛掩的大門，便直奔大廳而來，後頭的趙大山拉他不住，只得跟著一道進了來。

羅雲初嘴角微微一扯，來了。早在李氏他們來鬧不久，她就去找趙大山夫婦幫忙了，和他們說了下情況，趙大嫂是個八卦頭子，十里八村的八卦少有不知道的，自然也知道李氏被休後被她哥哥、嫂嫂逼著嫁給了一個年近四十的殺豬佬。得知她丈夫就是那日給他們送豬肉的朱大富，羅雲初還驚訝了一下，果然應了那句話不是冤家不聚頭嗎？得知了她的丈夫是誰後，便好辦了，她託趙大哥幫她把那朱大富請來。

雖不知道她想做什麼，但趙大嫂還是拍著胸脯熱情地答應了下來。前些日子，二郎教的那個燒炭的法子讓他們家賺了幾兩銀子，趙大嫂自是感激的。

而此時，他來得正是時候！

聽到朱大富那暴怒的吼聲，李氏臉色一白，此次她是偷偷出來的，若事成了她便留在宋家不回朱家了。如若不成，那她無聲無息地回去，也於她無礙，即便有謠言又如何，她抵死不認朱大富也拿她沒辦法。可惜她這次的算盤是落空了。

啪！「我打死妳這個賤人！」朱大富衝進來後，也不管宋家人，對著李氏就是一陣拳打腳踢。李氏這番動作明擺著他朱大富幫人家養了一年的龜兒子！這讓他如何不怒？

李氏死死護住懷中哭鬧的男孩，她知道一切都指望他了。

客廳中羅雲初漠然地看著，她知道男人打女人不好，但如今在她眼裡，這一切都是李氏自找的！如果是路人甲，她或許會在一旁勸一下，但李氏就算了，她可不打算救一條隨時準備著反咬她一口的狗！

除了宋大郎有點不忍外，二郎和三郎都是視而不見。宋母則擔憂地看著她懷中的孩子，生怕被波及到。宋大嫂張大了嘴，吃驚地看著被打得直痛哭哀嚎的李氏，瞧她那熟練的護衛動作，想必沒少挨揍吧，這樣的日子，可怎麼過呀？想到這兒，她抖了抖，暗自慶幸自己被休了還有回來的機會。

估計是揍累了，朱大富這才停了下來，啐了她一口。「臭婆娘，下回再給老子丟臉，老子就把妳揍成豬頭！走，給老子滾回去！」

「娘，狗蛋真是二郎的兒子啊，今天你們不管我，我和狗蛋跟了他回去，我們會被他打死的！」李氏想著天天挨揍的日子，爆發了，叫嚷著。「如果你們不信，可以滴血認親！對，滴血認親！」李氏知道，回到家後朱大富一定會打死她的，所以她要賭，即使只有一半的機率，她也賭上一賭！

「臭娘們！妳找死！」朱大富作勢要打。

聽了她的話，宋母很猶豫。

羅雲初心裡嘆了口氣，知道如果不絕了她這個念想，日後必然會麻煩不斷的。不為宋家，只為自己和飯糰，她今天也一定要出手。

「滴血認親吧。」她淡淡地開口。

「媳婦？」二郎想不明白她為什麼要這樣做，萬一那孩子真是他的，那她……

宋母忍不住點了點頭，她想知道這孩子到底是不是宋家的骨血，有個結果也好。

朱大富瞧著羅雲初那白嫩的臉蛋，就忍不住妄想她衣服下的身段來。

「朱大富，收起你那淫邪的目光，要不然，我讓你豎著進來橫著出去！」許多時候，二郎都是好說話的，不過好說話不代表沒脾氣。相反，在古沙村裡他最是血性，誰要欺負到他的親朋好友頭上，都得掂量一下他的拳頭！如今媳婦都被欺負了，他還不說話，當他是死人啊？

「我去準備水。」羅雲初起身去了廚房，沒一會兒，便端來了一碗水。「狗蛋是妳改嫁後九個月生的，早產的話，妳現在的丈夫極有可能就是他父親。現在妳還在朱家，此時滴血認親，理應讓他先來，對嗎？」

勝負五五分，朱大富來和宋二郎來都沒差，李氏遂緩緩點了點頭。

「我為什麼要……」

羅雲初打斷他。「難道你不想知道你養了大半年的兒子是不是你的種嗎？喏，劃吧，一、兩滴血，死不了人的。」說著遞了把刀過去。

朱大富不自覺地接過，想反悔已來不及，有意在美婦人面前逞英雄，刀往手指上一劃，便往碗中滴了一滴血。

接著便是狗蛋，李氏咬了咬牙，給兒子劃了一刀，孩子吃痛，頓時大哭了起來。

眾人屏息，兩滴血漸漸融到了一起。

「原來，狗蛋竟然真是我的兒子。」朱大富喃喃。

「怎麼會？怎麼會？我不相信！」李氏不願相信，這結果證明宋家這場富貴與她無關，而等待她的將是朱大富永無止境的拳打腳踢！這讓她如何能信？

意料之中，羅雲初不管他們，將那碗帶著血液的水直接潑在走廊上。其實她不過是在水中加了幾滴醋罷了，這樣一來，不管是什麼血型都會相容的，甚至連動物和人的都可以。

此時宋大嫂內急，想出恭，便扶著肚子往外面走去。

而跌坐在地的李氏回過神，把兒子扔在地上，拿起剛才那把刀。「你們不給我活路，那我死也要拖一個墊背的。」

恰好此時宋大嫂經過她身旁，冷不防被她腳一勾，重心不穩地往前面大門那頭撲去，羅雲初見她大嫂眼裡滿是驚恐，朝她撲來。「接住我，快接住我啊。」

羅雲初反射性地一閃，避免當肉墊的可能。而宋大嫂則沒那麼幸運了，肚子重重地磕在門檻上，疼得她冷汗直流。「疼，好疼，孩子……」

李氏絆了宋大嫂一下後，就掙扎著站起來，舉著大刀朝朱大富撲去，她的右手被朱大富緊緊握住。「妳瘋了？」

「是，我是瘋了，被你們這些人逼瘋的，我要殺了你……」李氏瞪大了眼睛，惡狠狠地道。

推搡拉扯間，李氏的右臉被刀劃了一道深可見骨的口子，刀子也被朱大富奪了過來。

「血、血，流血了，哇啊，我的臉……」李氏痛哭失聲。

這場鬧劇發生的時間非常短，被嚇著的宋氏三兄弟回神，大郎抱起宋大嫂就跑回房，宋銘承趕著去請大夫。

「媳婦，妳沒事吧？」二郎扶住呆愣的羅雲初，焦急地問。

「沒事。」想起剛才的鬧劇，她仍心有餘悸。

第二十八章　懷孕

李氏毀容了，那傷口深可見骨，郎中說了，即便日後傷口癒合了，右臉也會留下一條猙獰的疤痕。朱大富得知後，抱著兒子走了，沒理會在後頭苦追他的李氏。

宋大嫂肚子裡的孩子也沒能保住，孩子五個多月了，是個成形的男胎，當宋大嫂得知時，一口氣提不上來，昏了過去。郎中給她掐人中，待她醒來，發瘋似地抓著大郎的手。

「大郎，都怪羅雲初那賤貨，要不是她閃開，我就不會磕到門檻了，我們的兒子也不會就這樣沒了，嗚嗚嗚，我要找她算帳！」

啪！大郎一巴掌甩了過去。「妳醒醒吧，這孩子就是被妳折騰沒的。早讓妳回房休息，妳卻偏要湊這個熱鬧！現在好了，孩子沒了妳就怪在人家身上，妳摸著自己的良心問問，妳要求別人的，妳自己能做到嗎？」

宋大嫂愣愣的，任由他劈頭蓋臉地數落，最後忍不住撲倒在床上痛哭流涕。

「現在才後悔，晚了，早幹麼去了？」宋大郎沈痛地呵斥她。

那兒子流掉了，大郎的傷心不會比她少，但他同樣很清楚，這事怪不到二弟媳身上。但一想起那孩子，他就忍不住地難過，卻對愛折騰的婆娘就越發地憤恨，自她回來後，這個家就沒一刻安寧過。

羅雲初抱著飯糰，表情淡漠地聽著他們房間傳出來的爭吵聲。

宋母想著剛才流出來的男胎，心裡暗道了聲可惜。她看了一眼二兒媳，如今沒了孩子這層障礙，羅雲初嫁進宋家後的點滴在宋母腦中漸漸清晰，對比敗光家產又將自己的兒子折騰沒了的大兒媳，她這二兒媳可以稱得上是宋家的福將福星了，只除了一點，還沒懷上之外。想到孫子，她不得不心焦啊，她今年都四十好幾了，也不知道還有幾年活頭，但宋家大房二房都僅有一個男孩，這讓她如何不急。

「二郎，扶你媳婦回家歇會兒，今天大夥兒都累了。」宋母面容和藹地說。

羅雲初等便告辭了。

「媳婦，飯糰我來抱吧。」

羅雲初沒理會他，板著臉，抱著飯糰，走在前面。

宋銘承拍拍二郎的肩膀，嘆了口氣。「二哥，二嫂心情不好，你多讓著點吧。」

「心情不好？為什麼？」二郎撓撓頭，隱約明白又不明白。

宋銘承搖了搖頭，他也拿他這笨拙的二哥沒辦法，他們兩人中，二嫂比較聰明，煩勞她多擔待點吧。

「飯糰，和娘到舅舅家住幾天好不？」羅雲初捏了捏飯糰的臉。

「是那個有好多好吃的舅舅家嗎？」飯糰雙眼發光地問，小臉滿是期待。

「是啊，飯糰去不去？」她看著雙眼發亮的飯糰問。

飯糰興奮地點著頭。「要去，飯糰要去。」

「可是爹爹呢？」飯糰咬著小手指糾結地問。

「他留在家裡看家。」羅雲初打開箱子，開始收拾衣物。

「哦。」聲音拉得長長的，無精打采，想到有好幾天沒法見到爹爹，飯糰很不捨。

「媳婦？妳為什麼生氣呀？」二郎鬧不明白他哪裡惹她生氣了。

「誰說我生氣了？我只是照計劃回娘家而已。」羅雲初淡淡地道。

現在都不對他笑了，還說不生氣？他是遲鈍，但他不傻，他也是有感覺的。她帶著飯糰回娘家卻沒帶他，這麼明顯他還感覺不到的話，他可以去找塊豆腐自己一頭撞死算了。

「妳什麼時候回來呀？」媳婦回去住兩天也好，消消氣。

「住幾天就回來。」她實在不想面對烏煙瘴氣的宋家了。

「幾天是多少天？」兩天、三天？

「欸，你煩不煩啊？」羅雲初瞪了他一眼。他不明白她的介意不要緊，大夥兒一塊兒難受吧，她心裡不舒坦，他也別想好過就是了。

二郎摸摸鼻子，不敢說話了。

收拾好行李，羅雲初揹了兩個大包袱，將飯糰抱了起來就往門外走去。

「娘揹重重，飯糰自己走。」飯糰去過羅雲初娘家幾回，對路已經有點印象了，在他小小的腦袋裡，去舅舅家要走好長好長的路喔。大多數都是爹爹抱著他或者揹著他的，娘沒有什麼力氣，他還是自己走好了。

「媳婦，我送你們過去吧？」

「不用，你在家就好了。」羅雲初拒絕，現在除了飯糰，凡是宋家的人她都不想看到。他們會讓她想起這些糟心事！

二郎看著媳婦和蹦蹦跳跳的兒子漸行漸遠，突然覺得很孤獨。他想了想，回屋裡拿了一百多文錢，往隔壁村的豬肉攤走去。

聽到羅雲初說要在娘家住幾天，羅家人都沒有意外，阿德和阿寧兩人都很歡喜。只羅母一人欲言又止，阿德朝她搖搖頭，羅母嘆了口氣，從櫃子裡拿出今年新添置的兩床新棉被，給女兒鋪床去。

李氏找上門那事，在附近幾條村子已經傳得沸沸揚揚了，羅雲初有點疑惑，怎麼他們都沒問，不過她也沒多想，以為是他們已經聽到風聲了。

「姊，多吃點肉，這些肉都是剛才姊夫送來的。」阿德這話不知是有意還是無意。

「哦。」羅雲初低頭扒飯，或者給飯糰挾菜，沒其他反應了。

阿德和阿寧對視了一眼，兩人也挺無奈的。

飯後，阿德進了羅雲初的房間，看到四處斑駁掉泥塊的屋子，撓撓頭，不好意思地道：「姊，委屈妳了。本來前些日子就想修一修這破房子的，奈何阿寧懷孕了，一直也不敢動工。」

「這有啥，這十幾年不也是這麼過來的？而且以前咱們床鋪下面墊的是稻草，還沒有棉被呢。」冬天飢寒交迫的感覺讓這具身體印象最是深刻，很多情節她都不記得了，獨獨記住了每年冬天的難挨。

「姊，都過去了，現在咱們不是生活得好好的嗎？」想起以前，阿德也很難受。

「是啊，一切都過去了。」

「姊，這個給妳。」阿德從懷裡掏出一張紙。

「這是什麼？」她好奇地接過，燭光太暗，加上上面又是繁體字，她也認不全，只知道這是什麼契約之類的。

「前些日子不是和妳說想在鎮上開店的事嗎？店已經盤下來了，準備挑個好日子便開張。這是三成的乾股，送給妳。」說到這兒，阿德有點不好意思。「每個月賺的可能也不多，姊妳別嫌棄。」店子沒盤下前，他們做了一些來試賣，結果超乎想像，竟然全都賣光了。遂前天他在鎮上見了這家店急於盤出，開出的價格略比市價低，他當機立斷找到了老闆，掏完身上的錢繳了訂金後，立即回家拿了銀子去把那帳付清了，如今房契也拿到手了。

羅雲初只覺得手上這兩張輕飄飄的紙猶如千斤重，心裡也是五味雜陳。她這個弟弟，真是，真是……

「阿德，姊不和你客氣，這契紙姊收下了。」她在心裡盤算著，該怎麼經營那個店呢。

阿德露出真心歡喜的笑容。「姊，不用客氣，妳出嫁時沒什麼嫁妝，這個就當是妳的嫁妝吧，自己攢點錢以後也好留給孩子。」不用費口舌勸說，挺好。

「姊，我讓阿寧來陪陪妳吧，我去廚房燒水。」

「阿寧知道嗎？」羅雲初揚揚手中的契約。

「知道。」阿德笑笑。「姊妳放心吧，阿寧很贊同，沒意見的。」

這裡的冬天風很大，特別是晚上，呼呼的吹，好些晚上，她都聽到泥牆上的泥沙唰唰地往下流的聲音。她有時睡不著，會擔心這房子會不會被風吹倒了。

感覺著飯糰睡著後不住地往她懷裡拱，微張的小嘴呼出的熱氣煨著她，羅雲初只覺得心裡暖暖軟軟的，她以後生出的寶寶也會像飯糰一樣吧？乖巧懂事。不過有時飯糰卻讓她很心疼，小小的年紀，正是調皮任性的時候，在飯糰身上卻絲毫沒有，只有待在她身邊時，他才會偶爾頑皮一下。

她摸了摸她的腹部，裡面孕育了一個孩子，一個屬於她的孩子，一個和她骨血相連的孩子。在宋大嫂因懷孕而被接回宋家後，她就明白了，一個女人，特別是一個古代女人，要在夫家立足，兒子是必不可少的。

有時宋大嫂經過她身邊時，故意挺了挺肚子，看著她的眼神都透著得意。當時羅雲初並不和她計較，只是暗中開始調理身體，禁止一系列的醃菜，而且不再拒絕二郎的求歡。呵呵，她的癸水已經有大半個月沒來了，看來老天爺還是疼她的，才多久啊，她就懷上了。

其實她也覺得奇怪，二郎的床上能力很強啊，怎麼之前李氏嫁進來一年多就沒懷上呢？這也太奇怪了，二郎沒問題，李氏改嫁後立即生了一個，也沒問題。她只能歸結為兩人體質不合，不利於精卵結合，簡單來說，李氏的體質抗拒二郎的精子，不允許它們靠近。她越想這個可能性就越大，除此之外，她還真沒法解釋了。

她在宋家時便知道自己懷上了，那時她心裡也不是很肯定，本來想著再等幾天如果癸水還沒來，她就把這好消息告訴二郎。可惜卻發生了李氏找上門那檔子事，遂在宋大嫂跌倒的時候，她護著肚子反射性地往旁邊一閃不想被她拖累。她才不會給她大嫂當肉墊呢，沒懷孕時不可能，懷了就更不可能了。

那天，她的心情很糟糕，她知道她需要清靜，待在宋家，只會讓她無止境地心煩氣悶。她知道這樣對胎兒不好，她遂回到娘家，什麼都不去管，每天睡醒就陪著阿寧在廚房裡做些吃食，然後聊一下話便午睡，睡醒後便帶著飯糰到客廳裡做些針線，和阿寧及羅母一道聊些家常。今年的木炭很充足，每天下午都會燒上幾個火盆，把客廳煨得暖暖的。

二郎每天都會送一些肉到羅家，宋家的消息通過他也時不時地傳進她耳朵裡。

大嫂小產後惡露不斷，身體一直不好，纏綿病榻。現在家裡大大小小的事都是宋母操持著，雖然宋家三兄弟有心幫忙，但煮飯燒菜挑糞種菜掃地餵豬之類的，他們真的很沒轍。這些之前都是宋家的女人做的，這會兒大嫂病倒了，羅雲初又回娘家了，擔子幾乎全壓在了宋母身上，才幾天，她就累得直不起腰來了。

二郎的右手習慣性地摸向床的內側，空空的涼涼的，絲毫沒有往日溫軟的觸感，他若有所感地睜開眼，感覺到滿屋子的冷清，他心中若有所失。整個人無精打采地盯著帳頂，懶懶的，不想起床。他想起媳婦在的時候，他每天早起都覺得勁頭十足，地裡山上的活兒再重再累，他也沒覺得苦過，反而覺得這種日子特有奔頭。沒有她在，這個家就像是失了主心骨，支離破碎。

這些天，二郎體會到他媳婦在宋家著實不易。每天起身後便要做早飯，餵牲畜，洗衣做飯，還要照料田地裡的菜，午間得了空還得幫他們縫製衣裳，到他娘那兒盡盡孝心。這些事繁瑣，他做了才知道，做這些事幾乎占了一天的時間，其中不乏他手腳慢的原因。

每天做這些倒也沒什麼，頂多就是身體累點，而他覺得不滿的是，大嫂每回聽到他的聲音就在房間裡死命地咒罵他媳婦，這讓他無比煩躁。他大嫂和他媳婦不對頭，他早知道。不是他自誇，他媳婦的品性是一等一的好的，而大嫂嘛，長嫂如母，他不便說什麼，但她品性如何他心裡也有數。

每天被人這般咒罵著，即便是聖人也是受不了的吧。由此可見，媳婦之前在家時恐怕沒少受大嫂的刁難和謾罵。這讓他心裡很難受，他以為妯娌之間有些口角很正常，忍忍便過去了，他也不瞭解他媳婦受的委屈，甚至沒有過問過一句，更別提說幾句窩心話安慰了。他突然覺得自己好差勁！上回哄她說掙了錢會幫她買支好點的金步搖，一直也沒實現。

難怪媳婦住在娘家不願意回來，連他自己都不願待下去了，但這裡是他的家他的根，他沒法，只有忍著。有時他忍不住恨起大嫂來，他們兩家根本就沒什麼可爭的，她為什麼放著好好的日子不過，就要折騰得人都不安生呢？

二郎看了看天色，大亮了，得起床了。媳婦喜歡吃新鮮的粉腸豬肝粥，一會兒去隔壁村的肉攤買了給她送去吧，也不知道飯糰乖不乖有沒有惹她生氣，唉。不過想到過會兒就能見到媳婦，他的心情暢快了許多，洗漱的動作也加快了許多。

之前二郎每回去羅家，都會追問羅雲初什麼時候回家的。漸漸地，看著羅雲初待在羅家明顯比在宋家那會兒開心許多，氣色也好上許多，再想想家裡的糟心事，便不再提了讓她回家的事了。只每日都將買好的肉送去，與她和兒子說上兩句，便心滿意足地離去。

阿寧接過二郎遞過來的肉，轉身往廚房走去，體貼地把空間留給他們夫妻兩人。

「媳婦，現在天冷，妳晚上要記得蓋好被子，不要踢被子知道不？還有啊，妳體寒，晚上記得用熱水燙燙腳，這樣睡覺會舒服一點的。」二郎不放心地叮嚀著。「還有飯糰，不要太寵他了。」

看著他明顯瘦了一圈的臉，羅雲初咬著下唇，強迫自己移開視線，不准心軟。她知道自己其實是個容易心軟的人，一直以來都是這樣。捨不得自己在乎的人難受，有時候寧願自己難受也不願意看到他們為自己傷神。

第十一天了，這是他第十一天送肉過來了。這傻子，也真是的，家裡的銀子全被她拿走了，就還剩下三百文零散的留在那兒，他還天天買肉送過來，他都不懂留點自己傍身的嗎？萬一有個頭疼發熱的，連請郎中的錢都沒了。

絮絮叨叨了一會兒，二郎依依不捨地走了，他捨不得媳婦在屋外受冷。

「二郎等等，娘有沒有讓你叫我回去？」她很好奇，剛過來那幾天，二郎見著她天天追著她問什麼時候回去，現在怎麼都不提了？

「媳婦，妳安心待在這兒吧，喜歡待到啥時候就啥時候。」二郎避開了這個問題。其實是有的，他娘不止一次暗示過，都被他充傻充愣躲過去了。他捨不得媳婦回去挑起那擔子，那是大嫂的責任！他和三弟每頓隨便對付就過去了，以前很多時候也是這麼過來的。

她用腳趾頭想也知道，答案是肯定的，如今二郎為她著想，她也不想讓他太過為難。

「二郎，我懷孕了。」

二郎瞪大了眼睛，不可置信地看著她。「真的嗎？媳婦，這是真的嗎？」

羅雲初點了點頭，心中不可抑制地滋生出一股喜悅，作為一個母親都希望孩子被他爹喜歡和期待。

二郎傻笑了一陣，就開始在原地打轉，喃喃自語。「不行，岳母這邊的吃食不夠營養，房間也不夠暖和，媳婦還是回去的好。不行不行，家裡如今煩心事多，回去了心情不好，對胎兒不好。」

「媳婦，妳繼續待在這兒吧，回頭我再給妳送兩床棉被來，對了，還有妳那些厚實的衣服，也全送來。」鮮肉還得繼續送，對了，還有那個羊奶，媳婦以前成天叨唸著是個好物，以後也一併送來吧。前頭他懶，加上家裡又沒茶葉了，羊奶全被他擠了餵豬了，打現在開始，可不能這樣做了。

「嗯，不知道小舅子這邊還有多少炭，不夠的話，晚點我一併送來。」他盤算了下，家裡現在還有四百斤炭，回頭他先勻一百斤拿過來吧。

羅雲初好笑地看著他在一旁自言自語，他這是打算把家裡的家當全搬過來嗎？

這回二郎叨唸了很久，才一步三回頭地走了。

她懷孕的事二郎知道了，她也沒必要瞞著娘家了。阿德夫婦聽了這個好消息都為她感到高興，羅母更是喜得雙手合十直謝佛祖。

當時她留意了飯糰的情緒，似乎他並沒有強烈抵觸。

「飯糰，以後你會有一個弟弟，高興不？」回到房，羅雲初把他抱上床後輕聲問。

「高興。」

高興？這和她之前想的不一樣啊。「真的？不許騙人喔。」

飯糰趴在她身上撒嬌。「娘，哥哥說過，以後飯糰也會有個弟弟或妹妹疼飯糰，娘不會因為弟弟而不要飯糰的，對嗎？」

原來是天孝幫了她啊。「不會，飯糰那麼可愛，娘怎麼會不要飯糰呢？以後弟弟妹妹也會疼愛飯糰的，飯糰以後當哥哥了，也要幫娘好好照顧弟弟妹妹好不好？」讓飯糰參與進來，是消除他不安的最佳方法。

「好。」飯糰興奮地點頭，他要當哥哥了。「娘，弟弟在哪兒？」他好奇地看來看去，弟弟到底什麼時候會出現和他見面呢。

「在娘的肚子裡。」

「弟弟什麼時候進去的啊，飯糰怎麼不知道？」對於這個弟弟進去娘肚子之前沒和他這個哥哥打聲招呼，飯糰很失落。

羅雲初無言。

孩子提問這種問題，大多數家長都會煩惱吧？

「娘，我來炒菜吧。」宋大姊一進廚房就接過宋母手中的鍋鏟。

宋母順勢讓她接手，捶了捶腰背，坐在灶前的小兀子上，順手給灶裡添了根柴，嘆了口氣。「唉，老了，不中用咯。」

看著操持勞累的母親，宋大姊一陣心酸。李氏上門鬧的事，她是第二天才知道的，她一向對她大嫂沒什麼好感，也頗能理解弟妹的難處和憋屈，但看到如此疲勞的母親，心裡很難沒有想法。

「弟妹沒說啥時候回來嗎？」這都快過年了，咋還待在娘家啊？

「呵呵，妳弟妹懷孕了。」想到再過幾個月就能抱到孫子了，宋母喜上眉梢。

「大嫂也在床上躺了小半個月了，郎中怎麼說，啥時候會好？」弟妹指望不上，就算回來，她娘也捨不得她做這些活計了吧？如今只好盼著大嫂的病趕緊好了，把家掌起來。

「妳大嫂小產後惡露不止，郎中說，這個病沒個一年半載的好不了，而且他說，即便好了，怕也會牽扯出其他病。」宋母壓低聲音道，畢竟這不是一件光彩的事。「總之房事怕是不行了。」

「那大哥？」這怎麼行，男人忍一時可以，若一直如此，恐怕不妥吧。

「妳大哥最近在妳二弟那兒搭了張木板湊合著。」宋母嘆息。

「可這樣下去也不是辦法啊。」大嫂好不了了，總不能讓大哥受罪吧？

「我尋思著，給妳大哥娶一房平妻。我已經叫蔡大娘留意了。」這事，事在必行，拖不得了。

「大嫂能願意？」

「由不得她不願意！」宋母冷哼，她有啥資格不願意？不願意就給她滾出宋家！

「娘，娶哪家的姑娘，妳心裡有數了沒？」平妻再好聽，也比不上正妻，好人家哪裡捨得送個女兒過來受委屈呢？而前陣子不少媒婆踏平宋家門檻的事她也略有聽聞，而她娘的性子她也知曉，她如今只希望娘不要太挑了，耽誤了她大哥。

宋母搖了搖頭。「我看中的姑娘，讓蔡大娘去探口風了，人家說若是給妳三弟說親，樂意至極，若說給大郎都支支吾吾的。」這些人真是看人不起，哼。

「娘，您就放寬點條件吧。」宋大姊勸道，她只希望娶回的這個平妻是個能過日子的，不要和她那大嫂一樣的性子便謝天謝地了。當下，她便細細地和她娘一一道來，希望能說服她。

「兒呀，這個我得仔細思量一下啊。」近段時間諸事不順，已經磨得她沒脾氣了。如今想來，上回蔡大娘提的許家姑娘，聽著還算不錯的。

宋大姊也知這事急不得，遂按下話頭，扯起其他閒話來。

「娘，我們什麼時候回家？我想爹爹想叔叔想羊咩咩了，嗯，還有哥哥和大胖。」飯糰扳著小指頭一一數來。

「飯糰，舅舅這兒不好嗎？」羅雲初蹲下身子。

「飯糰嫌棄舅舅家嗎？舅舅好傷心啊。」說著阿德就把頭埋在手臂裡，假意哭了起來。

「不是，不是，舅舅，不是啦。」飯糰急得小臉通紅。

「飯糰都要走了，還說不是。」阿德指控，阿寧忍著笑，在旁邊看著。

「飯糰只是回家，回家！以後會來看舅舅的啦。」飯糰跺腳，小肉爪努力地扳開他的手臂，想安慰他。

「真的喔，你打算多久來看舅舅一次？」阿德得寸進尺。

一天？兩天？三天……「十天，飯糰十天來看一次舅舅。」其實他想說一年，但他記得一年好像好長好長的。而他娘只教他從一數到十，十之後是什麼呢，他茫然。

「好，舅舅相信飯糰，飯糰不許騙舅舅喔。」

「才不會呢，飯糰不是那個放羊的孩子，飯糰是小男子漢，不愛說謊。」他皺著小鼻子抗議。羅雲初給他講的故事他都記得牢牢的，他最不喜歡就是那個放羊的孩子了。

「好好好，飯糰是個誠實的小男子漢。」摸摸他的頭，阿德笑著安撫。

「姊，妳回去也好，今天都二十六了，再過幾天就是除夕了。」阿德勸道。

羅雲初點點頭，不像之前一提到這個話題就抵觸，她也不想讓娘家難做。

阿德很開心。「姊，在那邊受了什麼委屈妳儘管回來，咱或許過不了錦衣玉食的生活，但有我的一碗就不會餓到妳。」

「嗯，姊知道了。阿德，你要記著，前頭我給你的那些火鍋鍋底的單子你得收好了，得空去老鐵頭那兒打幾個爐子吧，這樣過了年再給鋪子略裝修一下就能開張了。」

天冷，適合吃火鍋。為了能讓那鋪子一開張就盈利，羅雲初頗費了一番心神。思來想去，她會的那些菜色暫時不合適拿太多出來。主要原因是羅家沒人手，阿寧懷了孕，廚房的重活是幹不了多少的了，阿德要看著大廳，估計這擔子大多還得落在她娘身上。如此的話，她覺得還是火鍋適合，自己配好鍋底的材料，這個需要保密，親自動手比較保險。這樣一來，廚房其他的事可以請個廚子什麼的，幹一些洗洗切切、添柴加火的活計。

火鍋，現代都市人大多數都吃過吧。相較於上館子，羅雲初更喜歡自己動手。她以前在網上搜過不少火鍋鍋底的做法，每年冬天自己必會吃上十次八次火鍋的，這樣積累下來的方子是很可觀的。

阿德點點頭，尋思著，如果這店經營好了的話，再給他家阿姊加兩成乾股吧，這些東西幾乎都是她想出來的，而他只不過是跑跑腿什麼的罷了。

第二十九章　不同待遇

「你們就吃這個？」羅雲初看著桌子上的一盤青菜和三小碟醬菜，皺著眉頭問。

宋銘承眼珠子一轉，放下碗筷，抱過飯糰，笑呵呵地走出客廳，給夫妻兩人空出場地。

二郎看到羅雲初回來了，很驚喜，聽到她的問題，有點無措。「呵呵，媳婦，妳回來啦？妳先坐，我去給妳準備火盆。」

其實他不說，她也知道他身上沒錢了。將近年關什麼都貴，特別是豬肉，一天一個價，現在瘦肉都賣到二十二文一斤了，肥肉就更不用說了。突然間，她有點鼻酸，眼淚嘩啦啦地往下掉。

二郎把火盆搬進來的時候看到就是這麼一幅情景，他忙把火盆放下，攬過她焦急地問：「媳婦，怎麼了？誰欺負妳了？」

孕婦的情緒本來就很莫名其妙，羅雲初搖搖頭，趴在他的肩膀上繼續掉金豆。

「莫哭莫哭。」她不說，二郎縱然焦急也無法，輕拍著她的背，低聲地安慰著。

良久，羅雲初捉起二郎的衣袖擦淚擦鼻涕，呼出一口氣後，覺得心裡壓抑的情緒總算釋放出來了，遂破涕為笑。

見媳婦總算不哭了，露出了笑顏，二郎心中狠狠鬆了口氣。

「你身上還有多少錢？」

二郎有點扭捏。「四十六文。」這些銅板他不打算用在自己身上，全留著給媳婦買肉吃。

「你不惱我把銀子全拿走嗎？」

二郎搖搖頭。「這銀子本來就是交給妳保管的。」

咬了咬唇，雲初說了一個字。「傻。」

二郎撓撓頭，傻乎乎地笑了。

「可不是傻嗎？叫他過去大哥那邊湊合幾頓他也不去，天天在家吃鹹菜蘿蔔。二嫂，妳回來了，可得給二哥好好補補啊。」宋銘承抱著飯糰倚在門邊，笑道。

頓頓吃這些，難怪會瘦了。她明白由儉入奢易，由奢入儉難，更別提她在那會兒最多隔天都會吃上一頓肉的，現在讓他們過回以前半個月才沾一回葷腥的日子，沒有一點毅力的人根本堅持不住，看來她丈夫和小叔都挺出色的嘛。

「三弟！」在媳婦面前被揭底，二郎的臉有點掛不住。「媳婦，妳別聽他胡說。」

「哎呀，曾老師布置的一篇時論我還沒寫，明天就要交了，不行，我得忙去了。二哥二嫂，飯糰我就交給你們了啊。」宋銘承假意敲敲自己的腦袋，一副恍然記起的樣子。

飯糰仰著小腦袋問：「爹、娘，我去找哥哥和大胖玩了喔。」有些日子不見，飯糰著實坐不住了，回到家能忍到這個時候已經非常辛苦了。

「去吧。」羅雲初往他兜裡裝了兩袋零食，拍拍他的小屁股，讓他出去了。「別從大門出，從小門直接過去找你哥哥再去找大胖，知道不？」將近年關，世道亂得很，讓他一個孩子出去玩，真是太危險了。好在當時就考慮到這點，在和祖屋相隔的圍牆那裡修了個小門，掛上一把鎖，方便兩家進出，現在白天，那門一般都開著的。

「娘，飯糰知道了。」

接著，二郎傻傻地坐在床沿上，看著羅雲初歸整行李。「媳婦，妳真的回來了？」

「煩不煩啊你，這都問第五回了！」饒是羅雲初好脾氣，此刻也忍不住翻起白眼來了。

「呵呵，媳婦，一會兒我給妳燒炕，妳睡一會兒吧。」待會兒他過去和娘說一聲媳婦回來了。

「大嫂的病還沒好？」回了家，她就要第一時間掌握這些資訊，做好防範工作。

「嗯，那個，聽娘說，估計這病沒個一年半載的恐怕難好了，娘打算給大哥娶個平妻。」

惡露不止的原因其實就是婦人虛損不足，加上小產後失血沒有好好調理進補，以致操勞傷脾，氣不能攝血，惡露瘀結以致血行不暢，她以前有個好姊妹流產後就是這個情況。當時她朋友就吃了一些益母草、紅花之類的，加上靜心調養，很快便見效了。

不過她是不會告訴她大嫂的，或許對她朋友只是一個例子，對其有效的方法並不一定適用於她大嫂。況且沒事治好她做什麼，讓她生龍活虎地來找自個兒的麻煩？

「娶平妻？」平妻是妻，終究比正妻矮了一小截。

「是啊，娘相中了唐西村許如南的女兒，可能這兩天就迎進門了。」二郎漫不經心地道。

「這麼趕？」羅雲初吃了一驚，古人嫁娶不是頂麻煩的嗎？像她和二郎之前的親事，前前後後忙和了好久。

「那許家的女兒是和離過的，而大哥又是……唉，一個再娶一個再嫁，也就沒那麼多講究了。」

羅雲初瞭解地點點頭，別怪她冷血。對於大郎娶平妻這事，這一切都是宋大嫂折騰來的，若她安安分分的，看在她肚子裡孩子的分上，料想宋母也不會給她添堵。如今她身為長媳，長期纏綿病榻，盡不到做媳婦做母親做妻子的義務，便是休也是休得的。宋母年紀大了，不可能一直撐著這個家，大房遂急需一個女主人來掌家。

這事羅雲初阻止不了，連說話的立場都沒有，若不娶平妻的代價是讓她連大房那邊的家一起管，她也不願。

比起宋大嫂被休，這算是一個比較妥當的處理方式吧。不過這事也給她提了個醒，銀子和二郎得兩手抓，兩手都得硬。私房那是一定要的，阿德給的那些乾股，她就不打算告訴二郎，現在還不想，以後會不會說她不知道，也許待他們老了後她會說吧。雖說家裡的財政大權是她抓著，但這個遠沒有私房錢能給她的安全感。

還有二郎，她得好好調教一下，若他多收了三、五斗就想納妾娶平妻的話，她就與他和離，帶著她攢下的私房，她就不信她在古代活不下去！傍晚的時候，趙家嫂子登門，帶來了一碗肥滋滋的肉，羅雲初從她滿面紅光的神色來看，想必她家的日子因最近燒炭而進帳不少。兩人聊了一會兒閒話，羅雲初將話題扯到唐西村許家女兒的身上，趙大嫂意會，聊了許多許家女兒的事。從中羅雲初瞭解到她這未來嫂子，是個頂厲害的人物，嫁的男人死了，和離後還能把全數嫁妝都拿回來，這不是厲害是什麼？聽趙大嫂說，這許家可不是好相與的人家啊。

闊別半個月，今天是她從娘家回歸的第一天，於情於理都該叫宋母來吃一頓晚飯。此次宋母倒沒有推辭，見到羅雲初時欣喜異常，直拉著她的手親切地說著話，羅雲初簡直受寵若驚，她嫁進宋家這麼久，這還是第一次見到宋母如此待見她。

吃過飯，宋母私下裡又叮囑二郎晚上切不可鬧她，這才心滿意足地走了。

前腳宋母剛走，後腳趙大山就拎著一罈好酒找上門了。

媳婦不喜自己喝酒，二郎知道這點，詢問地看向羅雲初。她微微點點頭，她知道男人們聯絡感情的方式不外乎幾種，喝酒便是其中一種。

「我給你們炒碟花生米作下酒菜吧。」她笑道。

趙大山朝二郎豎起大拇指。「你媳婦上道！」

二郎嘿嘿傻笑，趙大山看他那小樣，暗自搖了搖頭。「我去把你大哥叫過來，一起喝一杯。」

二郎點點頭。

羅雲初給他們炒了一碟脆香的花生，再把今晚趙大嫂拿過來的肥肉炒了，加了兩顆蒜苗爆香。整治好了這些，她便去洗澡了，把廚房留給他們幾個大男人。

洗了個舒服的熱水澡，羅雲初才回到房間，便聽到飯糰奶聲奶氣地說話聲。「娘，飯糰給妳暖好床了，妳快上來。」

「小東西，孔融讓梨、黃香扇枕的故事你倒背得熟。」捏了捏他那白白嫩嫩的臉蛋，羅雲初笑著調侃他。這炕床早就燒熱了，飯糰這娃兒倒是給她賣乖來了。

「嘻嘻。」小傢伙嚶嚀一聲，窩進她懷裡撒了一會兒嬌，然後抬起頭，燦若星辰的眼眸渴盼地看著她。「娘，今天哥哥說，他的弟弟不要他了，走了。娘，我害怕弟弟也不要飯糰，怎麼辦？娘，妳告訴弟弟好不好，飯糰以後一定會很疼很疼他的，讓他別不要飯糰。」

「咱們飯糰那麼好，弟弟才捨不得不要呢。」摸摸他的小臉，羅雲初問：「如果是妹妹呢，飯糰就不疼她了嗎？她聽到的話該多傷心啊。」

「不是的，不是的。」飯糰使勁搖頭，焦急地說。「妹妹我一樣疼啦。」他就想要一個弟弟或妹妹陪他一塊兒玩嘛，只是哥哥說，如果娘生的是弟弟比較好嘛。

「嗯，娘相信飯糰，弟弟妹妹也相信。」

飯糰聞言笑了開來，露出白白的綠豆牙，眼睛滿足地微瞇，像兩彎月牙兒。

羅雲初見著了他那可愛的樣子，忍不住抱著他吧唧地親了一下。

二郎推開門進來的時候看到的就是這一幅景象，他只覺得心裡滿滿的、漲漲的，有種說不出的滿足和感動。他知道羅雲初不喜歡他身上有酒味，於是他洗好了澡才進房，這才耽擱了一會兒。

「他們走了？」

「是啊。」二郎緊挨著羅雲初坐下，抱過飯糰。「你娘有身子了，別鬧你娘。」

飯糰不滿老爹的態度，噘了噘嘴，但還是順從了。

「西屋那邊的炕還沒燒起來，我去燒。」

「今晚飯糰就和我們一起睡吧。」阿德送這張床比之前的大多了，三個人睡完全沒問題，況且現在天冷，擠一擠更暖和。而且這麼冷的天，讓飯糰一個人睡在西屋，孩子會怕，她也不放心。

現在媳婦肯回家，他就謝天謝地了，媳婦說啥自然就是啥，二郎不敢有什麼意見。

沒有意外的，宋許兩家的喜事就訂在臘月二十八那天。因為將近過年，加上一個再娶一個再嫁，兩家人都不打算大辦。

好在羅雲初的年貨早就備齊了，要不所有的事都擠在一起，有得忙了。成親是大事，儘管沒有大肆操辦，宋家這邊要忙的事還是挺多的。羅雲初作為孕婦，而且又是頭三個月，馬虎不得，宋母說什麼都不讓她沾手那些個事，就怕羅雲初有個萬一，她可承受不住再次失去孫子的打擊了。所以羅雲初是宋家除了病歪歪的大嫂外最清閒的一個人了。

天氣寒冷，祖屋那邊人多嘴雜，羅雲初也不去湊那個熱鬧，歪在榻上做針線活，到點吃飯的時候她過去露一下臉就可以了。

好在農村裡許多人還是明理的，二房的媳婦嫁進來大半年了才懷上，著緊點是自然的。其實對羅雲初來說，別人體不體諒無所謂，她在乎的是肚子裡的孩子。

大郎是主角，那請客婚禮的一應事情全落到二郎身上，他這兩天真是忙得腳不點地的，婚禮辦完的當時，二郎回去後擦了把臉，倒頭就睡。

羅雲初，嗯，有點輕微的潔癖，她用溫熱的濕布巾給他擦了擦身體。二郎舒服得直哼哼，擦到那重點部分時，她很猶豫，轉而一想，都老夫老妻了，還害羞個啥？她忍著臉上冒出的熱氣胡亂地擦了幾把，沒兩下，那大傢伙就立起來向她點頭致敬，想著她還沒有如此近距離觀察過它，於是她忍著羞意打量起來。

感覺到抓在手裡的傢伙跳動了兩下，羅雲初伸出食指，輕點了下它的頭，親暱地輕斥。

「安分點。」

手裡的傢伙似乎不斷地在長大，羅雲初覺得不對勁，抬眼一看，撞入一雙充滿慾火和壓抑的雙眸裡。

她不好意思地想鬆開手，卻被他伸出的粗礪大掌包裹住。二郎喘著粗氣，小聲的哀求。

「媳婦，幫我擼一擼，好不？」

好在他沒有精蟲上腦就霸王硬上弓，還記得她是個有身子的。

借著油燈中跳躍的燭光，羅雲初注意到二郎額上青筋畢露，可見他忍得很辛苦。「我睏了，要睡覺，你自己弄吧。」說完抽出手，蹬掉鞋子爬上床，她的聲音裡有說不出的愉快。

「媳婦，別這樣啦。」二郎眼睜睜看著她跨過他，然後拉過被子閉上眼，動作一氣呵成，順暢無比。二郎有點欲哭無淚，不帶這樣耍人的。

閉上眼的羅雲初嘴角偷偷地彎了一下。

二郎沒法，媳婦不幫忙，他只有用自己的五姑娘解決了。

「媳婦，嗯，快，嗯啊……媳婦……」

男性帶著粗喘的呻吟聲鑽進羅雲初的耳朵裡，聽得她臉紅心跳。接著一陣窸窸窣窣的聲音後，二郎才爬上床，摟著她讓她窩進他的懷裡。

「夜深了，睡吧。」

「嗯。」

次日，新媳婦敬茶。二郎夫婦早早就攜著飯糰來到祖屋，宋大嫂見了羅雲初惡狠狠地瞪了一下，哼了一聲後就轉過頭，聚精會神地瞪著門口。

看到這種情形，羅雲初哭笑不得，她該慶幸大嫂轉移敵對目標了嗎？

大郎娶了許氏，原先的房間便留給宋大嫂用了。他們現在的新房就在西廂，原本羅雲初他們的房間。

大郎攜著許氏進來，這許氏給人的第一印象，就是強勢！不好惹啊，她大嫂對上許氏，會有勝算嗎？

大郎本來愉快的臉色見了宋大嫂，皺了皺眉頭。「妳身子不好不躺在床上好好養著，出來做什麼？」

「好你個宋大郎！有了新人忘舊人！你別忘了，再怎麼樣我都是你明媒正娶的妻子。而她？」宋大嫂伸出手指指著許氏道：「平妻又如何？還不得矮我一頭，給我敬茶？」今天她無論如何都得殺殺她的威風。

羅雲初暗自搖搖頭，她這大嫂真是蠢得無可救藥了。這話擺明了打許氏的臉嘛，新婚第一天誰樂意這般沒臉了。

許氏眼中的怒火一閃而逝，轉而平靜地笑道：「大姊說得對，按理我得給她敬茶的。」

接下來宋大嫂又是一番刁難折騰，搞得宋家人的臉上一大早就是陰霾一片。羅雲初讓飯糰接了新伯母的禮物，又把準備好的銀簪子送了出去，認了人，二郎一家便告辭了。

羅雲初打定主意，接下來就關起門來過日子，大房這邊能少來便少來，方氏和許氏要鬥便鬥，她堅決不攪入其中了。對許氏她也打算敬而遠之，若她和許氏湊在一起，指不定就要被拖累了。現在宋大嫂的目標明顯在許氏身上，自己可別那麼傻站在她身前給她當擋箭牌來用。

回到家，二郎匆匆燒水，將他大哥和趙大山叫了來，殺豬！豬舍裡的豬被他們好生伺候了那麼久，終於到牠貢獻的時候了。

二郎家的大門大開，知道他家殺豬的鄰里紛紛上門瞧熱鬧，想著若是價錢可以，割上十斤、八斤也未嘗不可。

四個大男人合力將那頭邊掙扎邊叫的百來斤大豬抬到院子裡，用繩子綁好，趙大山抓著一把從殺豬佬那兒借來的殺豬刀，白刀子進紅刀子出，隨著那豬一道淒厲的叫聲，豬血四濺。

「呀！」飯糰嚇得閉上了眼。「娘，好可怕喔，白白被殺了。」他難過地紅了眼眶。

「叫你別看，你偏要偷看。」羅雲初輕輕責備，摸摸他的頭，她輕問：「飯糰還記得娘和你說過的食物鏈嗎？」懵懂無知的飯糰固然可愛，但他會漸漸長大，如果長大後仍然一副懵懂無知的樣子，就不是可愛而是蠢了。於是她和他三叔借了幾本啟蒙的書，得空時便教他認一些簡單的字，晚上的時候會給他說一些益智的故事。

「記得。」飯糰點頭。「蛇吃青蛙，青蛙吃蟲，蟲吃水稻。」

「飯糰真厲害，全對了。」羅雲初不吝嗇地誇了一句，飯糰的臉頓時紅紅的，眼睛亮亮的，哪裡還有剛才的難過？

「那飯糰明白了嗎？白白也是食物鏈中的一個喔，所以咱們不要難過了好不？」

「嗯。」

羅雲初他們家這隻豬很肥，自己家留了四十斤，外加這些下水、豬血之類的，又給大郎家送了十來斤過去。剩下的便都賣給了鄰里，鄉里鄉親的，也不想占什麼便宜，就想得回個成本罷了，於是價錢比豬肉攤的還便宜上四、五文錢。

看熱鬧的叔伯嬸子們都眉開眼笑地拎了幾斤回去，趙大山走時也得了三斤肥滋滋的肉，心裡美著哩。

偌大的院子很快地安靜下來，二郎才將那一大盆豬血抬回廚房，出來見著院子裡還有人。「李大爺，對不住了，這肉已經賣完了，剩下的得留給我們自個兒家啦。」

那位叫李大爺的，頭髮已經全都花白了，整個人很瘦，顴骨高高突起。見到二郎，他問：「二郎，能否把那些個下水賣給我？」

下水？李大爺還會處理這個？不過他們全家都愛吃這個，可不能賣呀。「李大爺，這下水不好吃。如果你要買肉，我從我那兒給你勻兩斤吧？錢我也不多收你的，十六文一斤就行。」

李大爺動了動嘴，花白的鬍子抖了抖，一聲嘆息。「下水不好吃，但勝在便宜啊，二郎，我這裡有十文錢，能給多少你就給多少吧。」說著他伸出顫抖的手，枯瘦如柴，上面放了十個銅板，銅板很亮很亮，顯然是時時被珍愛擦拭的。

二郎有點無措，羅雲初在一旁看到，嘆了口氣，走進廚房，把那些下水各割了一半，拿盆裝好了端到院子。「李大爺，這些下水，我給你拿幾根稻草綁好，你拿回家吧。」

「李大爺，今年的年成挺不錯的，這都過年了，你咋不割幾斤肉回去呀。」手上動作沒停，羅雲初隨口問。

「呵呵，小嫂子是今年新嫁到咱們古沙村來吧？」

羅雲初點點頭，示意二郎給她遞根稻稈。

買到肉了，李大爺很高興，再加上對羅雲初夫婦的觀感很好，話自然就多了起來。「小嫂子，妳有所不知啊，年成再好，稅收都沒少過，一畝地才產幾斤糧食？每年打下的糧，幾乎上繳了一半啊。而且我家兒子久病纏身，日日得用藥，這銀子如流水般花去。一年到頭，哪裡還剩得下幾個錢？我一把老骨頭了，黃泥都埋到頸了，還有什麼可怕的呢，我只是可憐家裡的幾個娃兒啊，一年到頭不得沾半點葷腥。」

說到最後，他眼裡流出了幾滴淚，他擦了擦繼續說：「可恨的是，那些殺千刀的還昧著良心想賺我們的錢。前些日子，家裡實在擠不出一文錢買藥了，遂打算將幾畝地給賣掉，然後到城裡請個好大夫，抓幾副好藥，盼望著一舉將病治好。那是上好的水田啊，他們才給七兩銀子！這些人，簡直欺人太甚！這點錢想買我家的地？除非我死！」

二郎雲初兩人默默地聽著，她明白，土地就是農民的根，農民的命，如果不是到了無路可走，他們無論如何也不會賣地的。俗話說，有什麼也別有病，不管是古代現代都同樣適用。

或許是積壓多時的憋悶急切地需要發洩出來，回過神來的李大爺有點不好意思。

羅雲初笑笑，回廚房裡給他再撿了幾根骨頭讓他一併帶走。

李大爺走時，兩隻手都拎滿了東西，本來羅雲初打算讓二郎送他回去的，他執意不讓。李大爺心裡充滿了感激，他知道他那十文錢恐怕還買不到他手上這些東西的三分之一，聽村裡人說，現在下水都賣到了四、五文錢一斤了，他來時的打算就是買上兩斤下水回去好好過個年罷了。

第三十章　二郎顯威

這裡過年的年味很重，甭管今年收穫了多少糧食或者掙了多少錢，接近年尾時，每個人都樂呵呵，即便如今正逢隆冬，也讓人打心底裡感到暖和不少。

宋大嫂病重不能持家，每日都需要藥物吊著，聯想起之前她那高利貸事件，這樣子的媳婦宋家還要著不休棄，村子裡的人都說宋家是個好樣的，一時間，宋家在古沙村好評如潮。

如今羅雲初很得宋母的意，他們宋家能蒸蒸日上，有一半的功勞在她身上，加上她如今又懷上身孕，於是宋母每天必過來看一回的。

宋大嫂厭惡羅雲初，能不登門絕不登門。許氏與她不同，新婚第二日便過來串門了，說是以後要常走動增加妯娌間的感情。

羅雲初臉上掛著淡淡的笑容不冷不熱地聽著許氏說話，對宋母和大郎的做法，她無法置喙什麼。宋母是自私，她眼裡只有兒子和孫子，這樣的人現代古代都常見得很，好在宋母只在這部分偏執，並沒有像一些變態的老虔婆，喜歡刻意刁難虐待兒媳婦。

娶平妻這事，較真兒來講，真說不上是誰對誰錯。人人都想過平穩順心的日子，沒人天生就愛折騰的。大郎這些年也攢了一些銀子，也沒見他嚷著要納小什麼的，如今娶平妻一事，宋大嫂在其中起了強烈的「負」作用。

不可否認，大郎是最大的受益者。但這一切是否是他想要的，她不得而知，但她知道這一切是不可避免的。愚孝，加上心中對宋大嫂的失望和不滿，遂他有了平妻。她覺得這違背了她的現代認知又能如何？怪只怪大嫂自己，給了機會讓別人有機可乘。她對此無能為力，別說她冷血，然而想在這古代生存下去，就得遵循它的規則，她只能在能作主的範圍裡努力地讓自己過得更好。

本來她以為她能治得了宋大嫂的病症的，但那天無意中得知了郎中開的那個藥方主要就是益母草後，她便死心了，大嫂那病估計已經引發了一些併發症或者什麼的，她因朋友而知道的那些皮毛藥方已經沒有用了。為此她鬆了口氣，連最後一丁點內疚也煙消雲散了。

大房怎麼樣，她不關心，羅雲初只是心疼天孝、語微兩個孩子，每逢他們過來玩，她總會把家裡做好的一些吃食拿出來讓他們和飯糰分著吃。

她不想和許氏來往過密，這樣子太扎眼，她大嫂此刻恨不得扒了許氏的皮吧，她若和許氏走到一處，少不得會惹火燒身。如今大房二房自成一家，她就希望他們好好過日子，別再折騰了。

送走了許氏，羅雲初嘆了口氣，看到廚房外的那只木桶，笑了。飯糰小包子昨晚尿床了，一大早起來不好意思極了，從主屋出來後便躲到大胖家去了。那被子她正用火籠烘著，希望晚上的時候能乾透，這被套也得趕緊洗淨了晾乾，以便烘乾才好。

她提著木桶往溪邊走去，出門時恰巧遇到趙大嫂，便結伴一塊兒去了。時間有點晚了，溪邊早就沒人洗衣了。她今天的衣物有點多，趙大嫂洗完後，主動拿了兩件大衣過去搓洗。

往回走時，路經一處破落的籬笆牆，裡面的爭吵聲清楚地傳了出來。認出這座房子是李大爺家，羅雲初心一緊。

「李老頭，下水灣那幾畝水田，你賣是不賣？」

聽這聲音，囂張跋扈得緊。

「風小四，別以為你和周老虎有點關係我就怕了你，我告訴你，想買我那幾畝地，行，每畝十四兩，少了一個子兒我都不賣！」

李大爺的聲音蒼老卻剛強，不難想像出他態度很強硬。

「壞了，風小四那小畜生又在欺負人了。這風小四下手慣是沒顧忌的，常常把人往死裡打，這李大爺家肯定要吃虧。不行，我得趕緊回家叫人來。二郎家的，妳現在有身子跑不快，妳在這兒看著這些衣物，啊？」趙大嫂子說完，也不管她有沒有答應，把桶放下就往家那頭跑去。

「趙大嫂，妳趕緊，見到二郎，也把他一起叫上啊。」羅雲初衝著她的背影喊。

「敬酒不吃吃罰酒，砸，給我砸！」接著屋子裡頭就傳來一陣乒乒乓乓東西摔打的聲音。

羅雲初在外頭聽著，心裡很是焦急，他們怎麼還沒來？

「當家的，趕緊抄傢伙去李大爺家，風小四那混蛋又欺負人了。二郎，你也在，正好，你媳婦叫你一塊兒去。」趙大嫂甫進家門，就氣喘吁吁地道。

「什麼，我媳婦在那兒?!」二郎聞言一驚，顧不上什麼，站了起來後就立即跑了出去。

「這二郎，才一眨眼就跑得沒影了。妳慢慢跟著，我先趕過去了。」趙大山道。

「小畜生，你欺人太甚，我和你拚了！」

「哇，不要欺負我爺爺，我咬你！」

羅雲初又看了一眼來處，還是沒見著二郎他們的人影，裡面正吵得激烈。想到李大爺，羅雲初內心總有一股酸楚，因為他的面容很像她前世的爺爺，一個固執又疼她的老頭子。重男輕女的現象在農村很普遍，她家也不例外，幾乎全家人都緊著她的弟弟，只有她爺爺最疼她。她弟弟若得了兩毛錢，爺爺也會翻箱倒櫃偷偷塞給她一角、兩角讓她仔細藏好。有啥好吃的，弟弟總會得到，她則不一定了，爺爺也會分到一點，他總會在沒人的時候招呼她進他屋裡偷偷吃，看到她吃得一臉滿足的時候，他臉上總會笑得像一朵老菊花。可惜好人不長命，他在她十五歲那會兒就去世了，沒得享她一天福。

就衝著李大爺像她爺爺這點，她就不想他有什麼意外。本來她打算晚上時和二郎說說，看看怎麼樣能幫幫他。聽李大爺話裡的意思，是想賣地，但想買地的人給出的價錢太低了，所以才一直拖著。她知道這裡上好的水田能賣到十四兩一畝，沙地、坡地等也能賣到七兩左右一畝，本來他們攢下的那些銀子她就打算買地的，買誰的不是買？若能幫他一把，她很樂意。

「臭老頭，你賣不賣？」

「咳咳，就是死我也不會賣給你的！」

「找死！」

「哎喲，我的腰……」李大爺的痛呼聲傳了出來，這聲音就像一把針般刺激著羅雲初的神經，她心很亂，顧不得什麼，推開虛掩的大門，衝了進去。

「爺爺，哇，爺爺，你不要有事啊！」

古代的房屋大同小異，李家的院子很小，羅雲初很快便來到客廳，一眼看到李大爺整個人倒在門檻上痛苦地呻吟著。

「住手，你們眼裡還有沒有王法？」羅雲初真是太氣憤了。

「臭娘兒們，老子的事妳少管！小心老子連妳一塊兒揍！」一臉凶惡的大漢大聲吼道：

「臭老頭，我最後一次問你，到底賣不賣？」

「你再問一百遍，還是不賣！」七兩銀子一畝，是要他的老命啊，就算他今天死在這兒他也不能鬆口。家裡就靠這幾畝水田了，若因他頂不住賤賣了，他怎麼對得起列祖列宗和子子孫孫？

風小四怒了，掄起一把椅子砸向李大爺。羅雲初見著，臉色一白，照他這角度，肯定是自己先被波及了，這椅子真砸實下來，恐怕她命就要交代在這兒了。羅雲初下意識地護住肚子，心裡暗暗後悔，她真不該一時衝動就跑進來的，人沒救著，反而把自己也搭進去了。

「不……」二郎才進了院子，就看到令他目眥盡裂的一幕。

羅雲初只感覺到自己被人抱住，那人擋在她前面，砰的一聲，椅子生生地砸在他的背部，支離破碎！抱著她的人悶哼一聲。

看到來人，風小四和另外一個幫手愣了愣，風小四認出了來人是宋二郎，本村最會打獵的，去年秋天獨自一人從山裡扛回一隻差不多兩百斤重的山豬，他們都知道深山的野豬厲害，村子裡沒有四、五個人一起，輕易不敢去獵野豬的。風小四知道二郎不是他這種花架子可以惹得起的，避開了地上的雜物就想往外走。

二郎忍著痛，放開羅雲初，見她安然無恙後，將她推到門外，然後彎下腰，撿起一條手臂粗的椅柄。

「想走？沒那麼容易！」二郎冷冷地道。

「你想如何？別以為我們兩個人怕了你啊。」

二郎懶得和他們廢話，搶起那椅柄對著他們就是一陣好打，那兩個人也不是吃素的，手上本來沒有一物的，被狠打了幾下後，從地上也撿了根木棍，朝二郎攻了過來。

雙手難敵四拳，二郎對付一個綽綽有餘，兩個人一起，就有點捉襟見肘了，打人的同時也挨了好幾下，可是他咬著牙根，吭都不吭一聲，流血的地方、打痛了的傷口全都不理，只回以更狠的報復，沒一會兒，三人身上都掛了不少彩。

羅雲初幫著李大妞將李大爺從地上扶了起來，讓他靠著泥牆坐著，她看著不遠處的二郎，一陣揪心。

「宋二郎，你這個瘋子！」

「瘋了瘋了！」

俗話說，狠的怕橫的，橫的怕不要命的，二郎這種傷敵一千自損八百的打法讓風小四他們很是忌憚。

「二郎，我來幫你！」趙大山終於來了。

趙大山加入戰局後，局勢一面倒。

「啊，我的手，斷了斷了！」

「欸，老子的腿啊，痛死老子了！」

風小四等人本來就是遊手好閒的花架子，平時欺負一些老弱婦孺還可以的，哪裡搞得住趙大山他們這些成天幹重活的漢子的拳頭？不一會兒，他們兩人就倒在地上呻吟不已了。

「別打了，別打了，我再也不敢了，哇……」風小四兩人很不要臉地哭了出來。

二郎狠命地往他們身上各踹了幾腳才罷手。

「二郎，你沒事吧？」羅雲初淚眼汪汪地問，沒辦法，孕婦的情緒轉變得太快了，加上她被剛才的事嚇到，急需發洩心中的不安。

二郎勉強地扯了扯嘴角。「別擔心，沒事。」

「走，我們回家，我給你上藥去。」此時羅雲初哪裡還顧得了什麼，只覺得心裡慌亂極了。

「大山，你把風小四他們捆在那樹下，然後去村尾給李大爺把方郎中請來吧。」二郎回頭交代一聲。

「行，你放心吧，保證辦好。你就先回去處理一下你的傷口吧，看著怪磣人的。」趙大山看著他臉上的傷就覺得一陣肉緊，更別提身上某些看不到的傷了。

二郎冷著臉走回家，半路上回頭看了一眼，見羅雲初苦追著他，繼續冷著臉往家裡走去，但步子不自覺地放慢了。

回到家，羅雲初見了宋銘承忙讓他去請郎中，跟著二郎進了房間，又給他倒了杯水。

「二郎怎麼樣？一會兒大夫就來了。」

二郎根本沒理會她這個問題，氣憤地重斥：「妳知不知道剛才很危險？我要是遲去半會兒，妳的命就要交代在那兒了！」想起那個場面，他仍覺得渾身顫抖。

「二郎，我沒事，別怕，我保證下回不會了。」羅雲初如今也是一陣後怕，當時她腦子一片空白，聽到李大爺的慘叫聲，心裡有個聲音直叫她進去。她決定進去的時候未嘗沒有想拖緩一下時間的想法，但看到李大爺倒在門檻上時就控制不住了，一想到她爺爺也曾這麼淒慘過，她當時只覺得心跳都停止了，接下來的行動完全不由自主。現在想來，這做法跟瘋了沒區別，完全不像她！而她也完全沒料到風小四會如此喪心病狂，完全不拿人命當一回事！

二郎見她一臉蒼白，知道她的害怕不比自己少，她又懷著身子，不宜多加責備，當下便安慰道：「下回可不許這般魯莽了，要是我晚去一步，那可就哭都找不著墳頭了。」

羅雲初受教地點點頭，下回遇到這種事，她一定量力而行。「嗯。」她伸出手，攬著他的腰，將臉埋在他的胸前，只有這樣，她才會覺得安心。

「二哥二嫂，方郎中來了。」宋銘承在屋外喊道。

羅雲初起身，將大冷天趕得滿頭細汗的方郎中請進了房間。「方郎中，麻煩你了。」

怒氣過後，平靜下來的二郎才覺得背部生疼，在羅雲初的幫助下漸漸褪去上衣，背部那有四、五條腫得老高的傷，上頭還有一些瘀血。

羅雲初捂著嘴，心裡狠狠地吸了口氣，硬把眼中的淚意逼了回去。這一定很痛吧？她不敢想像那椅子真招呼到她身上的情形。

除了背部，二郎手腳也都有幾道瘀痕，好在都沒有傷及骨頭，饒是如此，也讓他們這些旁人一陣牙疼。方郎中給他診斷了下，確定沒有內傷後開了幾副藥並交代了用法，二郎怕剛才的驚嚇對羅雲初不利，遂讓方郎中一併給她瞧了瞧，診斷結果沒什麼大礙，靜養兩天便可。

羅雲初給了診金後親自送了出去，回頭讓二郎歇會兒，然後她就到廚房煎藥。

宋母不知道打哪兒知道的消息，趕了過來，見她在煎藥，打發她回房休息，然後自個兒接手煎藥事宜。羅雲初拗不過她，只得回去了。此事的來龍去脈宋母並不瞭解，只知道二郎和風小四打架受傷了，於是對羅雲初並沒有過多的責備，她煎好了藥，進來看了二郎一回，又責備了一番，交代了一些注意事體便回去了。

「爹，痛痛。」飯糰皺著小臉，滿眼心疼地看著他爹。

兒子的心疼讓二郎很窩心，摸摸他的小臉。「飯糰好乖。」

突然，他想到什麼，開心地笑道：「爹，飯糰幫你呼呼，就不痛了。」說著，小傢伙對著傷口很認真地給它呼呼。

不知是何原因，清清涼涼的氣吹在上頭，二郎果然覺得傷口清涼不少。

「呵呵，飯糰，你爹喝幾副藥就會好了。」羅雲初把煎好的藥端了進來。

飯糰看著黑糊糊的藥，一臉怕怕的，見他爹面不改色地喝了下去，頓時對他爹崇拜得不得了。

「娘、娘，飯糰以後長大了要幫爹打壞人，保護爹爹，還有保護娘。」飯糰揮舞著小拳頭，一臉認真地道。

「嗯，那飯糰要努力喔，爹和娘等著咱們的小飯糰長大來保護呢。」

「嗯嗯。」飯糰一臉鄭重地點頭。

「二哥，李大哥來了。」宋銘承住西廂，靠大門比較近，外頭有什麼聲音，通常他都先聽到。

「你把他領進客廳吧，一會兒我就出去。」

羅雲初麻利地給他穿上衣服，或許是他動作太大，不小心扯到傷口，痛得他嘶嘶叫。

打開門，二郎並羅雲初一前一後地來到客廳。

李重文見著二郎，站了起來，撲通一聲，就朝他跪了下來，磕了三個頭。「謝謝宋二弟救了我爹，要不是你，今天咱們李家就要辦喪事了。」

二郎嚇了一跳，忙把他扶了起來。「李大哥，你這是做什麼？李大爺以前對我們就挺照顧的，今天任是誰都會這麼做的，你就別那麼客氣了。」宋李兩家的水田緊挨著，李大爺以前去跟水的時候沒少看顧宋家的。

「李大爺還好吧?郎中怎麼說?」二郎問。

「沒什麼,只是腰受傷了,郎中說了,這病得養個一年半載的才行。」說起老爹的病,李重文很憂慮。自己身子又不爭氣,時好時壞的,如今連他爹也病了,這治病的錢就是一大筆啊,這可怎麼辦?想到今天他爹的提議,他在心裡嘆了口氣,恐怕也只有這個辦法了吧。

眾人聽了,嘆了一會兒氣,又對李重文說了幾句鼓勵的話。

其實也是他們李家的房子緊靠溪邊那頭,離村子太遠了,若是近些,李大爺今天就不必受那罪了。如今家裡的東西都被砸光了吧。

李重文笑笑,將客廳打量了一遍。「宋二弟,今年掙了不少錢吧?」

二郎樂呵呵地道:「哪裡哪裡。」

「對了,那風小四,李大哥打算怎麼處理?」風小四的手腿應該被他打斷了吧?當時他清楚地聽到骨頭的斷裂聲。

「揍一頓,扣住再說,等他姊拿錢來賠我家砸壞的東西再放人。」

說來也巧,這風小四正是風二娘的弟弟,風二娘娘家那頭沒人了,風小四跟著他姊到了古沙村這邊,遊手好閒的他儘管不受他姊夫待見,但總能混個溫飽。

「對頭。」二郎讚了句。

「宋二弟,我也不東扯西扯了,直說了吧。我爹讓我問問你們,有沒有意願買下我們下水灣那四畝地？」

二郎收住笑，問：「下水灣那兒的田很好啊，不可能沒人買吧？」媳婦愛吃大米，秋收的稻米全都留了下來，沒捨得賣。他早尋思著買上幾畝水田，每季都種上稻米，這樣一來，媳婦就能常吃上大米了。

「你是我爹的救命恩人，我也不瞞你，那地確實有挺多人想買的，但他們要不就是沒法一次買完，要不就是價錢給得低了點。還有就是你們知道的，我們的地緊挨著周老虎家的，他想買我家的地好久了，但他給的價實在太低了，我們一直不肯賣給他，這殺千刀的風小四多半就是他指使的。而且他也放出話來，誰要敢買那地，他就讓人不得安心。」說到最後，李重文苦笑。

的確，風小四，一個沒錢沒權的小癟三，哪可能一下子掏出幾十兩銀子？

周老虎？別人怕他，他宋家可不怕，宋周兩家為田水的事打過的架數不勝數了，誰也奈何不了誰。「不知你們打算賣多少銀子一畝？」

「我爹說了，若賣給別人，十四兩一畝，少一個子兒都不行。賣給你們宋家麼，十二兩一畝便成。」

一畝少了二兩，四畝就少了八兩。二兩銀子就夠四口之家寬裕地過一年了，這買賣划算。

二郎心裡已經有了主意了，看向他媳婦，羅雲初朝他點點頭。於是他拍板決定了。

「成，李大哥，一會兒我給你付個訂金，待過了年咱們再去量地，然後再把餘額付清，怎麼樣？」

李重文自然點頭應允。

趁宋銘承寫訂金條子的時候，羅雲初好奇地問：「李大哥，李大爺說你身子不爽利，我瞧著你挺好的，不像是……」

見著問話的人是羅雲初，他今天回來時聽他爹說了事情的經過，對她頗有好感。見她問，當下苦笑。「宋二嫂子，妳有所不知，我這病時好時壞，主要病在手腳，平時看著挺好，一到換季或者下雨的時候，疼得厲害。」

羅雲初聽著他的話，心裡很疑惑，這病怎麼聽著像風濕啊？既是風濕，他們咋還住在臨水的地方呢？這樣的話，病就更難好了。不過她也不敢確定他這病一定是風濕，當下也不便多說什麼。

「好了，李大哥，這二兩銀子當訂金，你先拿著。」二郎從房間走了出來。

然後雙方又到了里正那兒請他作了證明，分別在契約條子上按了手印，各執一份，這交易算是成立了。

里正見了宋二郎等，很高興，上回黃連生用別人的幾畝地和一座破房子換了那個燒炭的方子，據說賺了不少錢，自己還得了幾兩銀子的分紅，而且宋家也頗會做人，今天他就收到了二郎送來的幾斤肥肉。如今聽他們的來意是請他做證人，自然不推辭。

羅雲初悶悶地回到家，想起里正一家子，她就鬱悶。若不是他家，他們也不必賣了方子，或許這燒炭的秘密最終也會守不住，但黃連生拿他哥里正的大屁股來壓他們宋家是事實，如今他們吃了虧，還得小意奉承著，怎麼想怎麼憋屈。唉，沒奈何，現在鬥他不過，先忍著吧，撕破臉對他們宋家百害而無一利。

「李大哥，這幾根骨頭，你拿回去吧，多燉點湯給老人家，病好得快。」李大爺長得像她爺爺，她每回想到都頗為心酸，她也幫不上什麼，只希望盡點心意，讓老人少受點罪吧。

李重文感激地接過，禮輕情義重，這骨頭不值什麼錢，重要的是宋二嫂子的一番心意。

他有點明白，為什麼他那固執老爹願意自動降低價錢把地賣給宋家了。

吐。

第三十一章 另一條路子

「嘔……」一陣反胃，羅雲初忙扔下筷子，推開椅子跑了出去，對著水溝就是一陣嘔吐。

「媳婦？」正挾菜的二郎見她這種架式，就知道又要吐了，忙站起來追了出去。

嘩啦！一波接一波，直到再也吐不出東西了，又乾嘔了兩下。羅雲初有點腳軟，身後的二郎忙將她抱了起來，滿臉心疼地道：「怎麼會吐得這麼厲害？」

二郎摸摸她癟下去的肚子，皺眉。好了，剛才吃進去的東西全吐完出來了。

羅雲初難受極了，沒答他，二郎將她放在椅子上，給她倒了杯水，她接過後漱了口，然後喝了幾口。

「娘——」飯糰一臉擔心地看著她，伸出小肉爪摸摸她的肚子。「弟弟不乖——」

「娘沒事，過段時間就好了。」羅雲初緩了口氣，摸摸他的小臉，勉強地笑笑。她肚子裡的小傢伙最近真折騰人，每天早晚都用這麼激烈的方式來宣告他的存在。

「媳婦，接著吃點吧。」二郎往她碗裡挾了兩塊瘦肉，他知道她愛吃這個。

羅雲初搖搖頭，她真的沒有胃口。「你們接著吃啊。」她可不願意他們爺兒倆陪她一塊兒餓肚子。

看著她變尖的下巴，二郎嘆了口氣，決定一會兒請娘過來給她熬個粥，這個的話她多少能吃一點。

回到房裡，羅雲初拈了一顆酸梅，吃得津津有味，見飯糰好奇地看著她，她笑問：「酸梅子喔，飯糰要不要？」

娘又在騙飯糰了，小傢伙嘟著嘴搖搖頭，上回他就被娘騙了，說這個東西好好吃，他好奇試了，又酸又鹹，好難吃，還不准他吐出來，啊嗚，娘壞。

羅雲初一臉可惜。嗯，不過趙大嫂家做的酸梅子真的挺好吃，開胃！

宋母端著一碗熱粥進來時，看到的景象便是二媳婦抱著一罐酸梅在吃。酸兒辣女，頓時宋母笑得見牙不見眼。「來來來，飯糰他娘，喝碗粥，這粥我熬了許久，保證好吃。」

羅雲初忙站起來接過，笑道：「娘，真是麻煩您了。」

「哪裡麻煩了？這樣的麻煩娘樂意著呢。」宋母熱切地盯著她的肚子。

羅雲初被她盯得不自在，遂轉移話題。「娘，天孝在私塾還好吧？」今年初八剛過，大郎就將天孝送去學館了。去的時候捉了一隻雞，帶上兩斤臘肉和一兩銀子做束脩。

說起天孝，宋母臉上的笑容淡了淡。思忖，天孝這孩子最近也不知道怎麼了，自己留給他的好東西當著她的面轉手就給了妹妹。像今天早上她偷偷塞給他一顆水煮蛋，他禮貌客氣地笑笑，然後隨手就給了他妹妹；天孝這是在剜她這老太婆的心哪，當時她心裡說不出的難受。不過這些她都不打算和兒媳們說，掩飾地笑笑。「聽說前兩天得了先生的誇獎，不錯。」

「那就好。」羅雲初現在懷了孕，心淡了，對大房的事，她都懶得過問，只要不鬧到他們這邊來都隨他們折騰。

婆媳兩人又聊了些別的閒話，宋母瞧了瞧天色，不放心大房那邊，便告辭了。

傍晚的時候，阿德來了一趟，說鎮上那店已經收拾得差不多了，明天就開張了。

羅雲初看他坐立不安的樣子，笑著安慰了幾句。「阿德，別擔心，一切都會好的。」

阿德搓搓手，不好意思地笑了。「姊，沒事，投了這麼些銀子下去，我只是怕掙不回來而已。」

羅雲初笑而不語，她不知道會不會掙，但虧不了她還是有自信的，畢竟這些材料都挺便宜。

不知想到什麼，阿德遲疑地看向他姊。羅雲初察覺。「怎麼了？」

像是下定了什麼決心，阿德決定攤開來說。「姊，妳怎麼會這些東西的？」出嫁前，他姊會些什麼，作為她弟弟不說知道個十成十也能知道個八成。但現在有些東西本來就不是她會的，吃食什麼都還好說，但讓老鐵匠打的那個爐子，連老鐵匠都不會的東西，他姊怎麼就會了呢？

羅雲初心裡一驚，卻強自鎮定，將之前她準備的一套說辭拿了出來。「這個麼，是這樣的。有一回我和你姊夫去鎮上，你姊夫到書齋給三郎買兩本書。我也跟著去了，在那裡看到一本叫「天工論物」的書，一時好奇就翻來看看。當時我覺得裡面的東西都挺有用的，後來我自個兒掏錢把它買了下來，像那些吃食的做法之類的，都來自這本書上呢，還有上回和你說過的爐子，也在裡頭。」那誰，你的《天工開物》被我改了個字用了，希望你不要介意啊。她不知道這朝代有沒有這麼一本書，覺得還是改一下名字比較保險。

「原來如此。」疑惑解開，阿德笑了，對他姊的說法完全沒有懷疑。

「可惜了，上回那書我一沒留神被飯糰拿去玩，掉水裡報廢了。」小飯糰，替娘背一下黑鍋吧。

阿德聽了也是一陣可惜，姊弟倆接著扯了一些家裡頭的事，阿德推辭了羅雲初的留飯，回去了。

晚上，羅雲初將飯糰哄睡了，二郎便回屋了，她起身幫他將外衣脫掉。「回來了？」

「嗯，又在做針線啊？不是讓妳得空多睡一會兒的嗎？這般暗的燈，仔細傷了眼睛。而且胎兒還小，這些小衣服也不急於一時嘛。」二郎責備她。

「才做這點活兒哪裡就累了？」羅雲初笑。

昏黃的油燈將兩人的影子拉得長長的，室內充滿一股說不出的溫馨。

「二郎，咱們山地今年種什麼？」

「大哥說，春季主要多種點花生吧。我的意思也是這樣，花生能多得些油。」

羅雲初咬了咬唇。「二郎，山裡的那幾畝地，咱們能不能種棉花？」

二郎驚訝。「怎麼想到種這個了？」這個棉花不好種啊，而且產量低，去籽又麻煩。價錢貴是貴，可一畝也產不了多少斤。

「上回回娘家時，和阿寧說起的，覺得種棉花不錯。」去年上好的棉花能賣到二十五文一斤，次點的也能賣個十來文。

上回在娘家時，阿寧做針線時無意間感嘆棉花又漲價了，一床新被子十斤棉花就花了三百文錢。當時她聽阿寧說了，感興趣地問既然棉花這麼值錢，咋就沒人種呢？阿寧說種這個不容易，半年忙和下來，一畝地就收了少少的棉花。

她好奇地問，這裡棉花畝產是多少。阿寧說，伺候得好的，每畝一百來斤；伺候不好的，頂了天就一百斤每畝。

當時她皺眉，這裡的一百斤還不到現代的六十公斤，怎會那麼少？她記得小時候家裡種過棉花，種了兩畝地，就得了好幾床棉被呢，當時她家第一次種，也沒見伺候得多好。

於是她之後又追問了這裡的人是怎麼種棉花的，好在阿寧娘家有一年種過，也能回答上她的問題。播種、施肥、澆水、治蟲，都有了，當時她聽了，總覺得有點不對勁，似乎有什麼重要的事沒有提及。對了，就是打頂！阿寧所說的過程都沒有提及打頂！棉花有頂端生長優勢，必須適時打頂，這樣才能增加產量，若不然，即便伺候得再好，每株的產量仍然很低。

當時她禁不住問：「你們都不打頂的嗎？」

「什麼叫打頂？」當時阿寧疑惑地問。

她解釋了，阿寧還是搖頭，後來她又問了阿德，得到的答案還是相同的，這裡的棉花種植都不打頂。她想了幾天，便有了種植棉花的主意。這地方有許多作物，稻穀、麥子、番薯、洋芋啥的都有，她也沒什麼方法能讓它們增加產量，如今好不容易有了一樣她知道，不好好利用就太浪費機會了。

而且如今燒炭那法子也廢了，看吧，今年夏、秋兩季肯定很多人燒炭的，到冬天時那些木炭的價錢肯定賤了。香芋綠豆這做法是可以用，但小鎮的購買力畢竟有限，而且這材料明擺著的，難免會有人模仿。她如今倒希望阿德那店在前期能多賺點銀子，什麼東西都一樣，火了，必然有人爭相模仿的。

「媳婦，種棉花不划算，以前我們家就種過，那年白白浪費了一年的山地啊，要是種木薯、花生之類的，兩季能收好幾百斤的呢。」二郎試圖說服她，媳婦對田地間的事不太懂，所以才想當然了。

「不，二郎，你聽我說。」當即，羅雲初就把她的想法說了出來，當然打頂這一說法就推給那本「天工論物」了。

「種棉花還有這說法？」二郎還真是頭一回聽到這種說法。

羅雲初猛點頭。

「按這說法，每畝棉花的產量少說也要增加好幾倍呀。」伺候得好的話，每增加一倍是兩百來斤，再加一倍是三百來斤……七倍是七百來斤，二郎扳指頭算了算，很是心動。

「這個，我得想想，明天我找李大爺合計一下再說。」幾畝地啊，可不能亂來。

沒有一下子否定了就好，於是羅雲初笑問：「李大爺還有這本事？」手上卻開始整理被子，不早了，也該歇了。

「呵呵，這妳就不知道了吧。李大爺呀，是老莊稼把式了，上回咱們家種棉花還是他教的哩。」二郎等羅雲初上了炕後，才坐了上去，順手將帳子放了下來。

「那敢情好，這回他不會藏私了。」羅雲初緊挨著他的胳膊，舒服地嘆了口氣，好暖和。

當晚，二郎思前想後，突然他靈光一閃。那年，他家種了一小片棉花，當時最靠邊有兩株結出了一片白白的棉花，他還當是那兩株吃的肥多。今天聽媳婦這麼一說，他倒是想起來了，那兩株是在他施肥的時候不小心折斷了頂，這不就是她剛才說的打頂嗎？

這麼一想，二郎興奮了一宿，待羅雲初醒後，便和她說了自己的決定。

羅雲初也很高興，她還以為要好些天二郎才想通呢，她都存了長期給他洗腦的心理了。

「二郎，這法子咱們夫妻知道就好，你可千萬不能告訴別人啊。」她還想靠著這棉花一次攢夠一輩子的花銷呢。

「連大哥那邊也不行？」二郎皺眉。

「不行，大哥那邊如今亂得緊，你有把握他們一定能守得住這秘密，保證大哥不和大嫂說？大嫂知道了，一定不和她娘家說嗎？」上次木炭的法子她與宋家眾人共用了，替他們也賺了不少錢了吧？她自認為她和二郎做得也夠多了。當然她同時也為娘家扒拉了不少，這點就算了。但誰說她有了新的賺錢路子就一定得分享給其他人？她承認她不是個事事大方的人，藏私的心理她也會有。

二郎想想，媳婦說得對。

「我也不是不講情理的，你可以邀大哥一起種，前頭讓他和我們一塊兒幹活，好好伺候那些棉花植株，待打頂之時及後續的活計，全交給我們便行了，方法是一定不能告訴他的。」羅雲初知道，以大郎保守的性子，在不知道緣由的情況下，恐怕很難會放開手和他們一塊兒去拚。不過他若答應了的話，羅雲初咬咬牙，大不了費點人工幫他把後面的活兒幹了便是了，反正方法是一定不能說給第三人知道的。

二郎點頭，覺得這樣處理最為妥當，而且媳婦提出這個要求也是為了這個家好，他也不是吃裡扒外的，硬要把好東西往外面施。

「什麼，二弟，你要種棉花？」大郎驚訝地看著自己的弟弟，這孩子該不會發燒說胡話了吧？

二郎認真地點點頭。「是的，大哥，你要和我一起種嗎？保證產量是以前的三、四倍。」他最多就能透露這麼多了，至於媳婦說的那些頂端優勢和打頂的話他是不會說的，媳婦叮囑過他了，這方法輕易不能說與他人知道。不是他不相信他大哥，而是大哥這邊真是太亂了，難保他人嘴巴不緊，若他大哥信得過他的話，那他也不會讓他失望便是了。

大郎很猶豫，感情上他很相信自己的弟弟，但理智上他卻覺得這是不可能的。李大爺知道吧？多少年的莊稼把式了，種田的一把手啊，種出來的棉花也不過是一畝一百五十斤左右而已。而且他活了這麼些年，也沒聽過有人能種出這般高產的棉花來。二弟說的三、四倍，莫不是每畝三、四百斤？這讓他想都不敢想。

於是大郎看著自己弟弟，拍拍他的肩膀，語重心長地道：「二弟，咱們要腳踏實地啊，別想那些個不實際的，啊？」

「不是的大哥，你聽我的吧。」二郎想著答應過他媳婦的話，焦急地看著他大哥。

「大哥知道你想多掙點錢，但咱得實際點。這兩天咱們得種木薯了。」

看著他大哥明顯聽不進勸，二郎洩氣了，遂不再爭執。二郎又看了自家大哥一眼，咬咬牙，道：「大哥，你那五畝山地讓給我種一年吧，我把坡地沙地都讓給你種一年，外加一畝水田。」既然決定做，就要做大的，十畝山地全種了棉花！花生、木薯產量再多，能有棉花值錢嗎？先種上一年棉花試試，再說如今家裡也小有家底了，這個險還是冒得起的。

大郎見二郎如此執迷不誤，本想再勸，但也知他拗起來，十頭牛都拉不動。也罷，那幾畝地換種就換種吧，他今年好生伺候著，待二郎碰了壁，他再把收穫的糧食勻一半給弟弟好了。

二郎和大郎商定好了換田耕種的事，便去找李大爺了，畢竟他種這個是種出心得的，得他指點幾句，能少走許多岔路。

「李大爺，我決定用山上那幾畝地來種棉花了，到時你可不能藏私，得給咱指點指點啊。」二郎一進門便笑呵呵地道。

聽了二郎的請求，李大爺也略顯驚訝，棉花這東西，村子裡少人敢種啊。出於好意，李大爺也略勸了幾句。

二郎笑道：「李大爺，這個你放心吧，咱們且種一年試試，若不好，明年便不種了。」

李大爺見他自信滿滿的樣子，遂不再多言，他想，或許這宋家小子有什麼訣竅也未可知，當下拍拍胸脯答應下來。「成，以後只要用得著咱這把老骨頭的地方，你就儘管開口吧。」

「呵呵，李大爺，我在這兒就先說聲謝謝了。」

當下，李大爺就著自己種植棉花的經驗和二郎聊了開來，從選種、施肥、澆水除蟲等注意事項一一道來，二郎頻頻點頭，邊聽邊用心記了起來。

次日，二郎進城選購棉花種子。

因為棉花要過了二月龍抬頭方才播種，二郎他們倒也不用急。倒是李家聽從了羅雲初的建議，搬離了原來臨水的住處，感念宋家的恩情，李家特意和別人兌了地，把房子建在羅雲初家旁邊。他們這裡一過了正月，春雨就歇了，泥塊的乾爽度也足夠夯泥房的了。自趙大山幫羅雲初他們蓋了這麼一座房子後，他泥瓦匠的名聲在這十里八村都是響噹噹的，誰家要是蓋個房子都願意請他，這回李家也不例外。

趙大山二話不說答應了下來，沒兩天就拉拔了四、五個壯男給李家夯泥房。李家這次建房的工程明顯要比二郎之前的艱難辛苦許多，因此工錢自然也比之前的高上十來文，李家的房子是比照著羅雲初他們家蓋的，花了整整半個月的時間才夯好。

喬遷新居的時候，宋家眾人也去了，羅雲初代表二郎封了個大紅包隨禮。

顧氏拉著羅雲初的手，壓低聲音。「建這房子，足足花了五兩銀子哪，光那人工錢就花了差不多三兩銀子。」

「李大嫂，這是一座房子耶，要的啦，光那木板，上回我們就花了二兩銀子。」羅雲初安慰道。

「可不是嘛，這兩間房的木板是孩子他爹借了牛車大老遠地去城裡捎回來的，要不又得多花一兩多銀子。」顧氏搖搖頭，這銀子真不禁花，好在前頭賣了四畝坡地，要不然這樣子花下去，銀子沒了，地也沒得。

「呵呵，待李大哥和李大爺的身體好了，日子便好過了。」

「是呀，這房子貴是貴了點，蓋了也好，以後大妞幾個娃便能一人一間了，用不著像之前一樣，幾姊弟擠一間屋。」看著她公公和丈夫的身體一日好過一日，顧氏感慨，說起來這宋二郎一家子還真是他們李家的貴人。

「這些日子妳還吐得厲害不？」顧氏關心地問。

肚子裡的娃兒折騰了她近一個月，總算良心發現了。「不吐了，就是老想著酸的。」前幾日，阿德回來的時候又給她捎了一罐酸梅，她已經吃得差不多了。

羅雲初如今倒不擔心她娘家那頭了，阿德在鎮上的店開業了，據他說生意不錯，才開業小半個月就掙了二十兩銀子，當然其中不乏人們好奇新事物的緣故，待這新鮮感一過，這生意便會回落一段。但她預計每天還是會有八百文錢以上的進帳的，純利。阿德來報告好消息時，還硬塞給她八兩銀子，說是給她的分紅，羅雲初見他堅持，便收了。這筆錢她可不會告訴二郎，要留著給她兒子討媳婦或者給女兒攢嫁妝用的。

「那成，回頭我再給妳帶兩罐酸豆角回去。」

「哎呀李大嫂，不能說這個了，妳一說我口水猛的流了一地。」

兩人才說了幾句話，李大妞便進房來叫顧氏出去接待客人了。羅雲初也不好意思耽擱她太多時間，遂笑笑，到大廳和村裡的婦女一道聊聊天，說說閒話。

過了年不久的時候，羅雲初催著二郎給家裡添了兩頭豬。本來二郎見她懷孕，不樂意她這般操勞，羅雲初不聽，硬要養。二郎無奈，只得捉了兩頭斷了奶不久的乳豬回來，但每頓都不許她提潲水去餵豬，啥重活都是他包攬了。

其實羅雲初也明白自己懷孕了做不了這些活兒，但這豬若是年初不養，過年就不肥了。

農村沒啥吃的，都是餵一些潲水和雜糧，也沒有什麼飼料、催肥劑之類的，養起來頗費一番功夫，不過豬肉的口感倒比現代的要好。

春天生機勃勃，田野綠油油的一片，趙大嫂中午幹完活兒過來邀羅雲初一道去田野裡打點豬草回來餵豬。二郎本來在雜物房裡推著石磨磨著木薯粉，聽了兩女人的對話，黑著臉出來，正好看到羅雲初挎了個籃子，籃子裡還放了一個麻袋，正要出門，當下二話不說地跟上。

羅雲初勸了勸，他不聽，她無奈，便隨他去了。

「欸，還是妳家這口子會疼人啊。」趙大嫂往她後面努努嘴，打趣道。

「趙大嫂，就妳愛調侃人。」羅雲初不好意思。「要我說呀，最會疼人的還要數趙大哥。」

「去，妳這小嘴，真是一點虧都吃不得。」

春天，田裡的野菜、野草多，沒一會兒，羅雲初帶來的籃子和麻袋都裝滿了，二郎悶不吭聲，肩上揹一袋，手上拎一籃，跟在她們後面慢慢走回去。

趙大嫂看著羨慕不已。

第三十二章 鄉試

一年之計在於春，對農民來說，這話不啻於金玉良言。自二月二龍抬頭到三月清明，二郎便忙得腳不點地，自己家裡有十幾畝地要種。

阿德一家子自從在鎮上開了個店後，家裡的地暫時也顧不上了，前陣子阿德特意抽了個時間回來，和他姊說了，今年春耕他家的地就讓他們種，也不要他們繳什麼租子，只要他們把上半年的賦稅繳了便成。

羅雲初娘家的地雖不多，前前後後也有六畝。加上自家的，總共近二十畝地，光靠二郎一個人幹活是不行的，肯定會誤了春耕。而且今年秋闈三郎是一定要參加的，二郎雲初兩人可不想因為春耕這事誤了他的前程。就算他們肯，宋母也不會答應，沒辦法，只好請短工了。

好在這十里八村的村民，少田地的人家有好些，每日花個二、三十文工錢請個短工也不算太虧。經過多方打聽，羅雲初挑了一對勤懇踏實的錢姓夫妻來幫忙春耕，談妥了價錢，夫妻兩人每日六十文，包午飯，訂好了來幫忙的日子，羅雲初總算能喘一口氣了。

山上那十畝棉花的種植自然不能假他人之手的，全由二郎一人包完。羅雲初倒想幫忙，可人家二郎嫌棄，說她一個孕婦不好好在家安胎，跟著上山做什麼，還要他分神來照料她。羅雲初有點洩氣地看著她微微隆起的肚子，罷了，清閒點也好。

羅雲初恍惚記得，在棉花地裡套種玉米可以防蟲來著，她把這事和二郎提了。二郎覺得這樣頂好，可以雙豐收，也不費什麼事，便在棉花植株間交錯地撒上一些玉米種子。

農忙的時候，羅雲初雖然不用去田裡幫忙，但家裡的家務也夠她忙和的了，宋母擔心她太過操勞，每日都過過來搭把手。連帶的，許氏也會經常到二房這邊來串門兒。

其實許氏是羨慕羅雲初的，她的運氣實在比自己好太多了。嫁給二郎後不久便分了家，如今更是搬出去自己另蓋了房子居住，自己家的事完全是自己拿的主意，前妻的兒子小，還是死了娘的，而且飯糰看著就是個孝順的，好好養著，想必長大後也不是那種白眼狼。雖說和小叔一起住，但三郎看著就是個有出息的，今年就要參加秋闈了，要是祖上保佑，高中了，二郎一家子的好肯定被老三記在心裡的。

這麼一通對比下來，許氏都不禁在心裡嘆氣了。人比人真是氣死人啊，想她以平妻的身分嫁進來，上頭有個病歪歪、腦筋不清楚的正室壓著，還有個婆婆跟著一塊兒住，正妻的兒子又長大懂事了，不是她能輕易拉攏的。

話說，許氏嫁進宋家不久便知道了分家時的詳細過程，她打心底裡對方氏瞧不上眼。這都什麼眼力見呀，放著明顯有前途的小叔子不扒拉，還偏要推到二房去，合著她就是個鼠目寸光的！二郎這邊種的是宋銘承名下的地，相對大郎來說是占了大便宜了。宋銘承小小來說都是個秀才，有一定的特權，如他個人的賦稅和徭役都被免了，這一年下來，少說也省了兩、三百斤的糧食啊。你說她咋就那麼頭髮長見識短呢？

不過這些話許氏可不敢和大郎說，大郎對他這些弟弟怎麼樣，許氏也看在眼裡，她輕易不會去觸碰他心裡這條線。

清明一過，緊趕慢趕的，總算把該種的都種下了。羅雲初的身子也有四個多月了，偶爾能感覺到胎動。到了四月時，她的肚子又大了許多，胎動也更頻繁了些，晚上的時候，飯糰爺兒倆老愛趴在她的肚子上。

「飯糰，讓個位置。」二郎拍拍他的小屁股。

「欸，爹爹，你不要和飯糰爭嘛，人家要和弟弟打招呼啦。」奶聲奶氣地說完，飯糰一隻肉爪子放在羅雲初的肚皮上。

肚子裡的娃兒果然很給面子地往肉爪子所在的那塊肚皮踹了一腳，羅雲初暗自把呻吟吞下。

「呀，娘，弟弟和飯糰打招呼了。」飯糰興奮地看著羅雲初，彷彿得了多大的便宜般。

羅雲初捏捏他的小臉，笑道：「這是當然啦，飯糰天天陪著弟弟，弟弟都認出你的聲音來了。」飯糰每天都由她帶著，他時不時地給她唸些《三字經》上的文字，有時還對著她肚子裡的娃兒說故事。一開始的時候他磕磕巴巴的，漸漸的，吐字便清晰了，字正腔圓，加上他聲音糯糯的，常讓她聽著聽著便睡著了，小傢伙為此抗議過好幾次。飯糰幾乎可以說是全程由她啟蒙的，《三字經》、《千字文》這些書她都看得懂，即便有些個別的繁體字她不認識，但通常都能猜得出來，實在不懂的，她會問宋銘承，幫飯糰啟蒙那是完全沒有問題的。

二郎在一旁沈不住氣了，兩隻大手一抓，將飯糰拎到床的一邊，然後再把他原有的位置給占了。

可憐飯糰人小力氣小，手忙腳亂地從被堆裡鑽出來，鼓著胖乎乎的小臉抗議。「爹，你怎麼可以這樣啦？」

二郎正貼著雲初的肚皮聽動靜呢，哪有空理他？

「飯糰，來來，這邊。」羅雲初在右側空了個位置出來。

飯糰看著，欣喜地手腳並用爬過來，見到他爹哼了一聲便不說話，小肉爪在羅雲初的肚皮上挑了塊空位搭了上去。「弟弟！」

果然，肚子裡的娃兒又朝他小手所在處踼了一腳。

「咯咯……」歡快的笑聲從他的小嘴裡逸出，有股說不出的輕快。

飯糰一時得意，小手拍蒼蠅似的和肚子裡的娃兒玩了起來，這裡一下那裡一下，肚子裡的娃總能及時地給予回應。

二郎在一旁看得一愣一愣的，他趴在媳婦肚子上聽了好一會兒，一點動靜也沒有。他心裡道，這娃兒可真偏心眼啊，光理會飯糰這個哥哥，卻不鳥他這個當爹的。

不過這可苦了羅雲初了，肚子裡的娃兒上戰場似的折騰，好一會兒，肚子裡的娃兒總算消停下來，沒有動靜了。

「娘，弟弟怎麼不玩了？」往他娘的肚皮上摸了兩把，肚子裡的娃兒也沒給他一點回應。

「弟弟說他累了，要去睡覺覺了。飯糰下回再和他玩好不好？」

「好，弟弟是乖娃娃，明天飯糰給他唸詩。」

宋銘承從他恩師曾有國的屋舍裡出來，懷裡還揣著一封他給的推薦信。他八月便要參加鄉試了，考場設在榆南；此去榆南，大約得費時半個月，且不說去到後還得上下結交打點一番，頗費時間和精力。於是他打算早點出發，把這決定告知家裡人的時候，他們都點頭贊成。

此去鄉試，宋銘承知道家裡必會有一番表示的。果然，啟程的前兩天晚上，他娘就把他叫到祖屋，只見她從房間的床底下拿出一個盒子，坐回床上，拍開上面的灰塵，打開，從裡面小心翼翼地拿出五個銀元寶遞給他。

「老三，再過兩天你就要出發了，這裡有五十兩銀子，你拿著。」宋母道。

「娘，我身上也有一百五十多兩呢，這銀子您就自己收著吧，想買啥就買啥。」他已經打算好了，自己身上也有一百五十兩左右，參加鄉試盡夠了。家裡的老母、大哥、二哥好不容易才又攢了點家底，而且他們都各有各的難處，老娘這麼老了，他可不能要她的棺材本兒。大哥、二哥成家了，負擔重著呢，他實在不願意為了自己而把他們的老底兒都吸光。

「兒呀，你不用擔心娘，娘留有哩，整整十兩那麼多！」宋母把那盒子打開，示意所言不假。

宋銘承看著盒子裡面的散碎銀子，心裡一陣難受。兒行千里母擔憂……

「娘，我身上的銀子夠啦，這些您幫我存著先吧。待我中了舉，日後進京還需要一筆銀子呢。」他暫時就只能這麼勸著了。

宋母猶豫地看著他，怕他此去鄉試不夠用，又怕他以後進京沒盤纏。

「娘，我是說真的，您還不信我嗎?兒子啥時候和您客氣過呀？」宋銘承坐到她旁邊，幫著她將那五個銀元寶放進盒子裡鎖好。

宋母看著比自己高大許多的兒子，欣慰地笑笑，拉著他的手嘮叨著出門在外該注意的事項。

宋銘承和他娘坐在一處說了好一會子的體己話，見他娘累了他才告辭出來，才走到院子又被大哥拽進屋。

「大哥？」宋銘承感覺自己手裡被塞入兩個沈甸甸的東西，甫一接觸它們，他就知道這是銀元寶，十兩一個的銀元寶。大哥如今有多少家底，他都略能猜到一些，絕對不超過六十兩。

「哪，這銀子你拿著，也沒多少，老三你可別嫌棄啊。」大郎道。

「大哥，我自己的銀子都比你多咧，再說如今家裡又是正用錢的時候，我哪好意思要你的銀子啊。」宋銘承推了回去。

兄弟倆推辭了一番，宋銘承堅決不收。大郎想著他剛才的話，又思及自己這邊確實……便不再強迫他收下了。

宋銘承從屋裡出來，如釋重負，娘和大哥都搞定了，就差二哥了。不過若是二哥來，倒也好打發，只怕是他二嫂來而已，說實話，對上他那二嫂，他還真沒轍。

臨行前一晚，二郎給他送來了兩套衣裳。那兩套衣裳他瞧著眼熟，是了，前些日子便見他二嫂在縫製了，當時他沒承想竟然是給他做的。

「老三，你明早就走了，這兩套衣服是你嫂子給你做的，一併帶上吧。她說了，這套天青色麻布的在客棧裡穿最是舒適，透氣吸汗，這套寶藍色錦緞的麼，則是做給你出門會友的。她說了，城裡人慣會踩低捧高的，咱萬不能讓那些狗眼看人低的傢伙看輕了去。」二郎將衣服放下，拍拍他弟弟的肩膀，道：「老三，去了城裡好好考，盡力便行了。考不中也沒啥，回來哥教你種地，保證不藏私。」

宋銘承哭笑不得，他敢說，前面那段話肯定是他二嫂教二哥說的，後面那段是二哥自己加進來的。不過被他二哥這麼一插科打諢，他的心情反倒沒那麼沈重了。

「好啦二哥，衣服我收下了，你趕緊回去陪陪二嫂吧，她懷孕了不容易。」

臨行前，二郎又把宋銘承拉到一處。「老三，偷偷告訴你，你二嫂偷偷在那件天青色的麻布上衣衣角裡放了一張三十兩的銀票。你放心，她是用防水的紙包好才縫進去的，不會輕易壞的。這銀票是給你以防萬一的，能不動便不動，曉得不？」

宋銘承苦笑，難怪昨晚二哥絕口不提銀子的事，他還以為……現在他才知道自己放心得太早了，但他現在也不可能打開包袱，將那衣服還給他二哥，若那樣做的話，成什麼樣子？

宋銘承走了，偌大的農家小院裡只剩下一家三口。頓時羅雲初就覺得自在多了，雖然宋銘承在的時候她也未必見得有多壓抑，但家裡有個除了丈夫之外的成年男子，終歸有許多要注意的地方。如今便好了，待在家裡比以前隨意多了。

四月，初夏，正是風和日麗的時候，羅雲初喜歡太陽下山後帶著飯糰在院子裡活動，摘摘菜、做做針線什麼的，總讓人覺得很自在。房子靠西的那邊本來就有一棵大樹，前兩月羅雲初又問別人要了一株葡萄栽了下去，讓二郎給她搭了個架子。她嫌葡萄長勢慢，又撒了一把七里香，如今七里香綠油油的嫩芽正在努力地爬架子。羅雲初趁二郎有空的時候，讓他弄了張石桌擺在架子上面，又弄了幾張石凳。

趙大嫂偶爾來串門，見了不止一次說雲初會享受，日子過得真滋潤。可惜這悠閒的日子只過了小半個月，麻煩便來了。

「啥，大哥那邊蓋房子要借我們的房子住？」話喊了出來，羅雲初才意識到自己反應太激烈了。「我是說，蓋房子是好事。」

「呵呵，媳婦，剛才我也像妳一樣激動。」在家人面前一向缺心眼的二郎嘿嘿直笑。

「嗯，大哥有沒有說怎麼個借法？」先搞清楚再說，她可不能自亂陣腳。

「這個他倒沒說。」當時他太高興了，倒沒問清楚。

羅雲初在心裡翻了個白眼，她就知道！天啊，大哥不會打算一家子窩進她家吧，她不要啊。

她琢磨了一下開口。「娘是一定要住進來的，我想那房子肯定是祖屋先拆吧？她就住在西廂我們之前準備好的那個房間吧。」先給他打支預防針再說，省得一會兒大哥一開口，這傢伙就傻乎乎地答應下來。

二郎點頭。

「天孝、語微就和飯糰住一間吧，把飯糰之前的那張小床打開給語微睡，那房間兩張床擠一擠應該放得下的。天孝就住房間上面的閣樓吧，飯糰和語微他們還那麼小，是一定不能住閣樓的。」天孝八歲了，住上面倒也沒什麼。若是天冷讓他和飯糰擠一擠，可惜盛夏馬上就要到了，飯糰又是個怕熱的，一到夏天喜歡在大床上滾來滾去，她可不願意委屈了她的小傢伙。

「咱們這房間的閣樓已經放滿糧食了。」即便不放滿，她也不准非至親的人住在上頭的。

「老三的房間可不能動，裡面有許多他的私人物品，若我們收拾了給大哥他們住，待他回來時指不定心裡多埋汰（注）我們呢。」

說到現在，即便二郎再遲鈍也明白過來了。「老三的房間不能動，這是自然。」

「雜物房那邊我們自家就堆滿了東西，大房那邊的糧食雜物必然不少，這兩天我得空了就清理出一半地兒給他們放東西吧。」他們的房間看著挺多，其實真算下來，能空出一、兩間已算是不錯了。

媳婦的言下之意已經很清楚了，二郎想了想道：「嗯，確實是這樣，媳婦，回頭我和大哥說吧，讓他把娘和孩子送來。靠西那邊的房子是老三的，不會拆，讓大哥和兩個大嫂暫時住在那邊吧。」如果大哥他們過來，那他們這邊怎麼著也得空兩個房間出來，實在是沒法了，一會兒和大哥說說去。

其實羅雲初還有一個擔心，若他們都住過來了，必定是在這邊煮飯的，建房子請的短工必定不少，人來人往的，她看著堵心。而且萬一有些個冒失的，撞著她傷了肚子裡的孩子的話，後悔都找不著墳頭哭。

二郎摸摸她的肚子，估計也想到這個問題了，霍地站了起來。「我這就和大哥說去。」

大郎對這樣的安排沒什麼意見，在他的想法裡，老二能照顧好娘，又幫他看顧好孩子，已經算很不錯了。而且老房子的院子裡堆積著蓋房子的材料，他得在那邊盯著。

倒是許氏，覺得可惜了，要是能住進老二家的房子，這一個月肯定會很舒服，不過想到不久後的新房，她又覺得這點子苦不算什麼。宋大嫂也沒什麼意見，如今她見到羅雲初時已經平靜了許多，亦不反對兒女住進去。

沒兩天，大房那邊就搬空了，宋母還有天孝兄妹都住進了二房這邊。大郎直接扛了兩袋

注：埋汰，北方話，有貶低人、不齒之意。

糧食過來，說是他們的口糧，羅雲初也不和他客氣，他自己的娃兒不自己養，難道還指望她家二郎養不成？

那邊大房蓋房子忙得不亦樂乎，二郎田間事多，也是忙得暈頭轉向的，將近二十畝的地，活兒可不輕，雖說除草的那會兒可以請短工，但山上那十畝棉花全部是由他親力親為的。李大爺的腰已經大好了，二郎十天半個月左右總會請他一起到山上看一看。

村子裡除了李大爺和他大哥，誰也不知道他們家竟然下了如此血本，敢用十畝地來種棉花。就是李重文也就隱約知道那麼一點，不過他本人也沒多在意。

李大爺用手拈了一塊黑紅的泥，放在掌心用手一捏，任由它細細地滑落回地上，他眯著眼睛往上看去，眼前一片綠油油的。「二郎，好在你們這片山地挺肥的，去年種的又是木薯，挖木薯那會兒相當於深耕打壟了。棉花這玩意兒挑地挑得緊，不肥、土層不深厚的地它不愛。」

二郎聽了，喜在心裡，嘴上嘿嘿直笑。「李大爺，過了年那會兒我聽了你的話，把家裡攢著的肥料都挑來放了，得空時又把地給整了整。」那時才是正月呢，他就頂著春雨忙和開了，如今看來，果然是一分耕耘一分收穫啊。

「呵呵，天公作美啊，正月那會兒下了將近一個月的雨，這片地都濕透了吧。得益於這個，你這片棉花才長得這般好哇。」李大爺笑笑，拍拍他的肩膀，安慰。「還有，你也別心疼你那些肥料，播種前的肥料施得好，後面省了一番功夫呢。」

二郎聽著頻頻點頭，暗記在心裡。

「走，我們到上頭看看去。」

「好咧，李大爺，我扶你。」

「沒事沒事，這路好走，我這把老骨頭還能動，用不著扶。」李大爺罷罷手。

雖說如此，二郎仍舊讓他走在自個兒前頭，有個什麼意外他也好防範。

李大爺回頭看了一眼，見二郎正亦步亦趨地跟在他身後警戒著，他自然知道這是為什麼。他心裡一暖，暗想，宋老二夫妻都是實誠的好人，這次種棉花他得拿出看家本領來幫他們才行，十畝地的棉花，可不能讓他們血本無歸啊。

「娘，在做什麼？」灶臺太高，飯糰太矮，他雙手攀著灶臺，踮起腳尖兒勉強看到一點。

他本來一見著他娘就喜歡抱著她的大腿的，可是爹說了，這樣他會嚇著娘，娘現在懷著弟弟，力氣沒有以前大了，讓飯糰體諒一下他娘。飯糰聽了，乖乖地點頭。他如今握著胖乎乎的小拳頭，暗自想，爹，飯糰有乖乖聽話喔，飯糰每回見了娘都很想親近她的，可是飯糰都忍著忍著，忍得好辛苦喔。

羅雲初看著小小的他，慈愛一笑。「在做木薯糍粑。」

飯糰眼睛一亮，激動而結巴地問：「是，是上次那個這麼大、這麼大的，甜甜糯糯的餅嗎？」小短手還不住地比劃著。

羅雲初忍住笑道：「對。」她就知道這小東西抗拒不了甜食的。

「哇啊。」飯糰驚喜地叫了一聲，激動之下早忘了要忍耐什麼了，抱著他娘的大腿蹭了起來。「娘，妳好好喔。」

好在羅雲初早有準備，扶著灶臺，穩當當地任他蹭著，笑道：「你不趕緊放開娘，就要等好久才能吃喔。」其實木薯粉已經和好了，一會兒揉成薄薄的餅子煎熟就行了。

「好，娘，我幫妳燒火喔。」說著就邁著小短腿，穩穩當當地坐在小兀子上，托著下巴看著火。

呵呵，這小傢伙，還燒火咧，看火還差不多。

「欸，老二家的，不是我說妳，都雙身子的人了，還老慣著家裡的幾個娃兒。家裡有飯、有窩窩頭，還淨折騰這些吃食，沒得把幾個孩子的嘴給養刁了。」宋母手裡拿著一把菜，進了廚房看到羅雲初挺著個大肚子在忙和，就止不住地嘮叨開了。

「娘，做好這個木薯糍粑，二郎去田裡地裡幹活都能帶幾個去，方便。而且俗話說，半大小子吃死老子，天孝正是長身體的時候，一到學館就待半天，哪有不餓的？若他去學館也帶上兩個，就不愁餓著啦。」最重要的是，咱們的小飯糰喜歡吃這個，所以才會常常做呀。不過她寧願把二郎和天孝拉出來頂缸，也不願飯糰受到丁點指責。

「唉，不知道怎麼說妳才好。妳坐下看火吧，我來弄。」宋母放下菜就想接手，合著她就是個天生勞碌命的，見不得兒媳婦挺著個大肚子忙和。

「不了，娘，做這個不費事的，我來吧。」煎這個需要費點油的，宋母燒菜歷來就是個吝嗇的，真讓宋母接手，煎出來的餅子還能吃嗎？那她前面的功夫就廢了。

宋母剛去了一趟菜園子，蹲在地上拔了一地的草，此刻也累著呢。見兒媳臉色也正常，不像累著的樣子，遂不再堅持，決定回屋躺躺。

這餅子剛煎好，許氏就過來了，羅雲初少不得要請她嚐嚐。

許氏洗淨了手，拿了一塊煎著酥黃香脆的餅吃了，感慨道：「二弟妹，妳手就是巧，同樣是木薯磨成的粉做的餅，我就做不來這個味道。」

「大嫂，這有啥。其實這個餅吃起來比較糯比較香，無非是我把那些木薯放在水裡泡過罷了。」

去年年尾收木薯那會兒，她讓二郎扛了兩袋生木薯扔溪邊泡了一個多月才讓他弄回來的。當時一扛回來，她就分了好些給人，交好的那幾家都得了，他們照著她說的法子弄來吃了，都說比新鮮時要好吃。大胖還特別愛吃這個，趙大嫂為此還腆著臉跟她要了半盆子。這樣一來，半麻袋的木薯就沒了。剩下的一袋半，羅雲初用竹子編了個長長的圍欄，把木薯都晾在上面，晚上灶裡有炭，她還不時地把它放在上面烤一烤，乾了後，便讓二郎用自家的石磨磨打成粉，只得了大半缸木薯粉。

在這三、四月份青黃不接的時候，這木薯粉總算是派上了用場。

許氏聽完，笑著打趣。「今年我也讓大郎扛幾袋去溪邊泡才成了。」

羅雲初意會。「村子裡有這想法的人不少，咱們可得趁早呀。」

第三十三章 禍起

敲敲打打近一個月，大郎家的房子總算完工了。喬遷新房的時候，羅雲初包了二兩銀子的大紅包隨禮，這在農村來說已是了不得的大禮了。上回他們進新房時，他大哥給的也是這個數，如今不過是還回去罷了，人情人情，就是這樣。

倒是三郎，那回私底下足足給了十兩銀子，一個沈甸甸的銀元寶。說是不想讓村裡的人知道。因為登記紅包的帳房先生都是在客廳做記錄的，誰給了多少都是透明的，避不了人眼。

天孝抿著嘴收拾自己的私人物品，其實他有點不捨的，住在二叔、二嬸這裡，他感覺到很舒服自在。儘管如今他家新蓋的房子不比二叔這邊差，但在這裡，他便不用面對他娘的臉色，和二娘若有似無地討好了。不過再不捨，他還是得搬回去的。

「哥哥，飯糰不讓你走，飯糰把房間讓給你睡，你不要走好不好？」飯糰抱著天孝的大腿，仰著頭可憐兮兮地看著他。他這段時間過得可開心了，白天陪著娘，晚上哥哥回來後，都會和他說些學館裡的新鮮事物，這讓他的小日子過得賊滋潤。

天孝今年八歲了，長得比村裡一般的男孩都要高出半個頭。他看著這個扒拉著他的腿死活不肯讓開的小堂弟，無奈極了。彎下腰，將他抱了起來。「飯糰，你又胖了，哥哥都快抱不動了。」

飯糰不開心地扭動了下肉肉的小身子。「哪有啦，娘說了，肉肉的才好摸。」

「是是，小肉蟲。別扭，再扭就掉下去了。」

飯糰嚇得摟住他哥哥的脖子，不敢動，不過他有點傷心地問：「哥哥，飯糰真的很胖嗎？」嗚嗚嗚，人家不要長得像大胖那個大胖子一樣啦。

見他快要哭出來了，天孝不忍逗他了，摸摸他的小臉，道：「還好啦，不算太胖。」

飯糰這才笑了，在他身上扭來動去，得意洋洋地道：「就是嘛，飯糰怎麼可能會胖？娘說了，肉肉的，手感好。」

飯糰再小，也有二十來斤，抱久了手也會累的，天孝艱難地摟住他。「對對，你娘說的都對。」天孝對他的戀母情結很是無奈，不過二嬸確實值得他如此。

「好啦，撒嬌也撒夠了吧，今天哥哥要搬回去了喔。咱們住得近，晚上從學館回來我再來看你。」

一提起這個話題，飯糰就一臉委屈地看著他。「哥哥為什麼要走？不喜歡飯糰的家嗎？」小小的他不明白，哥哥住得好好的，怎麼說回去就回去，而且兩處不是只有一牆之隔嗎？在他心裡，住哪兒都一樣啦。

天孝有點頭疼。「飯糰的家很好，哥哥很喜歡，但哥哥也有爹和娘啊，哥哥也想像飯糰一樣，和自己的爹娘一起住呢。」剛四歲的小孩，真難講道理，再怎麼難，也得把他哄住才成，遂他只能挑一些簡單的來和他說了。

飯糰聽後，使勁地點著小腦袋。「飯糰明白了，可是飯糰捨不得哥哥。」

「養只飯糰不容易，以後記得要孝順你娘知道不？」此話一出，天孝便感覺到自己的口氣太老氣橫秋了，要知道，自己比飯糰也大不了幾歲啊。不過有這樣的娘，他不逼著自己長大又能如何？

飯糰似懂非懂。「飯糰很難養嗎？」他覺得自己很好養啊，給什麼吃什麼，又不挑食，和豬圈裡的白白一樣好養著呢。

天孝摸摸他的頭，笑了笑。養一只飯糰容易，養好孝好卻不容易。小堂弟現在還不懂，他也希望他永遠不懂。

今年羅雲初懷孕了，去年的計劃自然就擱淺了。好在現在阿德他們在鎮上開的店生意不錯，五月初時，羅雲初索性也將香芋綠豆的做法教給他們，夏天賣這個最適合了，火鍋這生意在夏、秋兩季可以適當停停。當時阿德正為店裡一日不如一日的生意發愁呢，這下可解了燃眉之急了。此事之後，阿德對他姊越發的親厚，每個月得空時都會回來看她一趟，順便把每月的分紅送來。

日子不緊不慢地過著，七月的時候，二郎並著大郎和趙大山一塊兒搶收了一季糧食。眼看著就要進入八月份了，羅雲初的肚子是越來越大了，走兩步都讓人扶著。

宋母進來屋裡的時候就看到二兒媳拿著針線坐在那兒慢慢縫著孩子的小衣物，她走過去，將它拿開。「欸，沒幾天就要生了，妳咋還幹這活兒呀？」

羅雲初扶著腰，笑道：「娘，沒事的，幹這活兒不累人。而且手頭上沒點事，我心裡不踏實。」

「妳呀，和我一樣，天生勞碌命啊。都八月了，也不知道老三那邊如何了？」兒不在眼前，宋母頗為擔憂。

「娘，您就放心吧，三弟一定沒問題的，您就等著好消息吧。」羅雲初寬慰。

宋母見羅雲初情況尚好，也不像馬上要生的樣子，遂放下心來，兩人又東家西家地扯了一會兒，她便起身走出了房屋。

官商官商，這生意若想做長久，必須得和官府裡的人打好關係，就算是高利貸的也不例外。除了逢年過節必不可少的孝敬之外，更要時不時地表忠心和誠意，不僅要將當官的本人伺候好了，連帶他的親戚也不能得罪。這不，李金財正帶著縣太爺的公子到鎮上最豪華的酒樓消遣。

「對面那店是賣什麼的，看著生意很紅火啊？」張正德朝對面那叫羅記食坊的小店努努嘴。

倒茶的店小二見問話的是熟客——縣太爺之子，當下快嘴地答道：「張大爺，對面的店家姓羅，近日來正在賣一種叫香芋綠豆的吃食，生意天天都那麼紅火。」

「李小牛，你這傢伙還不趕緊給爺滾，在張大爺面前，哪有你插嘴的餘地？」李金財踹了他一腳，笑罵，順手給了他十個銅板。

那叫李小牛的店小二心領神會，笑嘻嘻地退了下來。

張正德聽了，眼珠骨碌一轉，黃傑意會地湊上前。「爺，我打聽過了，對面那店賣的那啥香芋綠豆冰，賣八文錢一碗。我讓人算了算，這店一天少說也能賺這個數！」他伸出一個巴掌。

「到底多少，你倒是說呀，少給爺賣關子。」張正德一向沒什麼耐性，拿起扇子敲了他一記。

黃傑摸摸被敲的腦門，討好地道：「是是是，我剛才說的，羅記食坊光賣這個香芋綠豆冰一天少說也能賺二兩銀子。」

李金財低頭喝茶，掩飾他眼中的不屑。同是李大耳的乾兒子，李金財一向都不怎麼看得上這個黃傑，他除了逢迎拍馬外，其他的什麼也不會。

張正德聽得很是心動，他雖然紈袴，但這點帳他還是會算的。八文錢一碗，一天能賣二兩銀子，其中的利潤不難想像。可是他耳邊又響起他老爹張有仁的警告之語，讓他最近安分點，別惹麻煩。

黃傑雖然愚鈍，但張正德的喜好他是清楚的，這衙內（注）有個特殊的癖好，丫鬟、窯姊兒的他都不愛，偏就性喜良家婦人，當下他便附在他的耳朵上低語。

李金財一直有注意黃傑和張正德這邊的動靜，當他隱約聽到羅家有一姊兒，嫁了人，容貌嬌美之詞，又看到張正德越來越亮的眼睛，心裡暗自叫糟。他們做高利貸這行的，對鎮上以及周圍十里八村的情況都要瞭若指掌，對面羅記食坊的情況他自然也清楚。羅記食坊的老闆有一個姊姊名叫羅雲初的，說起來還和他打過交道咧，膚白身段好，臉蛋亦不錯，當時他知道她嫁了個農夫還暗道可惜來著，心中暗想，若他早一步遇到，指不定他亦會上門求娶呢。

如今他見張正德動了色心，心裡暗暗著急。卻又不敢上前打斷，那樣顯得太刻意了，反而不美。而且黃傑這傢伙一向和他不對頭，被他看出心思的話，肯定會死死咬住這個問題不放的，到時他就不是幫她而是害了她了。

趁他們歇了話的空檔，李金財假裝不經意地道：「爺，昨晚我在浣衣巷那邊碰到莫雲娘了，她向我打探您來著。她讓我轉告您，說您好久沒去找她了，怪想您的。」

想到莫雲娘那豐滿的玉體，張正德滿臉潮紅，說話間也帶著一股狠勁。「那騷婆娘，今晚我去治死她！」

李金財心裡鬆了口氣，以為張正德會忘了剛才那茬。

沒承想，張正德轉過頭去就對黃傑說道：「那事交給你去辦了，記住，辦得漂亮點，誰要敢擋就報出我的名號來。」

李金財一怔，沒一會兒便回過神來，卻見黃傑看著他露出一臉不懷好意的怪笑。

「岳母？」二郎剛從山上的棉地回到自家大門前，就見到氣喘吁吁的岳母大人，頓時嚇得把背上的柴卸下來，忙上前扶住她。「發生什麼事了？」

「二郎？快快，扶我進去，阿德被官差捉了，我得趕緊告訴雲初去。」羅母見著女婿，臉露喜色，想到生死未卜的兒子她的心一揪，她唯一的兒子要是有個三長兩短她也不活了。

阿德被官差捉了？聞言二郎一驚，隨即想到家裡大著肚子的媳婦，這消息太震驚了，萬一……當下，他半拖半扶著岳母到不遠處的柳樹下。

「欸欸，二郎你做什麼，我要去找雲初！阿德那邊還等著呢。」羅母焦急地掙扎著。

注：衙內，仰仗父輩之勢為惡的官宦子弟。

二郎嚴肅地道：「岳母，雲初這幾天就要生了，您知不知道她現在很危險？她一旦得知這個消息動了胎氣怎麼辦？」您眼中可不能只有兒子沒有女兒呀。

他語氣中的指責，讓羅母嘩的一聲哭了出來。「哇，我能怎麼辦？我就一個兒子，和一個女兒。兒子出事了，人家指明讓雲初拿錢去贖，我這不是沒法子可想了嘛，嗚嗚……」

「您別哭了，到底怎麼回事？趕緊說呀。」二郎催促。

「事情是這樣。」宋母抹了把眼淚，徐徐道來——

「讓開讓開，都讓開……」羅記食坊剛開店不久，黃傑領著三、四個官差便橫衝直撞地闖了起來。

店裡的食客都是平頭百姓，一下子見到這麼多官差，就知道不好了，紛紛作鳥獸散，有些個大膽的便在外頭探頭探腦。

阿德見顧客都走了，忍著氣上前。「你們想幹什麼？」

「你是羅德？」黃傑不懷好意地笑問。

「正是。」阿德的眼力在這大半年裡也歷練出來了，他甫一見著黃傑這個胖子，心就沈了下去，知道事情難了了。

「今早范老三在你這兒吃了那個香芋啥的中毒了，我們懷疑你店裡的東西不乾淨，跟我們走一趟吧。」黃傑眼熱羅記食坊好久了，自開張起，這店生意就紅火得緊。四、五月份的時候淡了下來，當時他也歇了心思，卻沒想到六月份又火了起來，每日見沒權沒勢的羅家摟了那麼多銀子進口袋，他實在眼熱得緊啊。此次將羅德弄了進去，他一定會把那些賺錢的方子都逼問出來的，哈哈。

范老三是誰羅德不知道，而且每天來他們羅記食坊買吃食的人那麼多，怎麼別人都沒事就他有事？羅德注意到黃傑一臉貪婪的神色，便知道多說無益，肯定是自己家有什麼東西被人惦記上了。掙扎也於事無補，不過樣子還是得做做的，要不不就是顯得心虛了嗎？

「差爺，這其中是不是有什麼誤會？范老三是誰我們也不知道，況且咱們羅記食坊每日賣出的吃食沒有上千也有幾百，一直都沒事。」

言下之意，是那個范老三的故意栽贓陷害的吧？

黃傑虎眼一瞪。「你的意思是咱們當差的故意為難你咯？」

「不敢不敢。」你個胖子沒穿差服，連個差爺都不是，憑啥多管閒事啊。顯然這裡頭貓膩重重，羅德的心直往下沈。

「不敢最好，來呀，帶走。」黃傑一揮手，下面的官差立即將羅德押走了。

羅母剛從後院出來，就看到羅德被人押走，頓時慌忙將手中的物事丟下，趕上前去想拉住兒子。「你們幹什麼？為什麼要捉我兒子？」聲音透著明顯的驚慌。

不料羅母卻被黃傑推了一下，又攔在她前頭。「老東西，安靜點，再亂嚷嚷連妳一塊兒抓！」

「娘，我沒事的，您在家好好照顧阿寧和孩子，有事就去找姊姊、姊夫商量。」阿德回過頭來急忙囑咐，他現在就怕他娘亂來。他如今慶幸阿寧還在後院坐月子，兒子也陪著她，若不然這種場面不小心被傷著了……

「兒呀，阿德啊，你咋那麼命苦哇！」眼睜睜看著兒子被差爺帶走，羅母跌坐在地上，痛哭失聲。

黃傑想到這事還沒完，又見外頭一幫平頭百姓在那兒探頭探腦的，頓時氣不打一處來，衝著外頭就是一嗓子。「看啥看？都給老子滾！小心我把你們都捉去吃牢飯！」

「老東西，別哭了，若想救妳兒子，就讓妳女兒帶五百兩銀子來！」黃傑俯下身子，低聲威脅。方子他要，銀子他也要，人他更要給張正德弄到手。

五百兩？羅母一聽這個數，頭都暈了，正在嚷嚷。

「想妳兒子活命就給我閉嘴，照著我說的話去做，若不然……」黃傑做了個砍頭的動作。「哼哼。」

羅母被嚇住了，驚懼地看著他。黃傑很滿意他造成的效果，站起來，大搖大擺地走了出去。

「這人誰呀？口氣這麼大？」

「李大耳的乾兒子唄。」

「李大耳不是放高利貸的嗎？咋能指使差爺？」

「這你就不懂了吧？」

「你別光是笑呀，你懂就別給老娘賣關子。」

「一句話，利字當頭哇……」

旁人聽了，聯想到縣太爺那寶貝兒子的德行，若有所悟。

這計謀很拙劣，明眼人都看得出來羅家多半是被栽贓陷害的，但架不住有效啊。而且黃傑這頭豬剛才的表現明擺著告訴別人，他和這案子脫不了干係！其實來羅記食坊捉人這事根本就不用他出面，也是黃傑心急了，想在張正德跟前好好表現。

李金財在一家不顯眼的茶坊喝著茶，這齣戲他從頭看到尾，一絲不漏。哼，這黃傑自以為聰明，後面的苦頭有得來吃呢。想到他近日得知的，羅雲初已經懷孕並且快臨盆的事，他心中有股小失落的同時又升起一股惡劣的快感。黃傑，讓你自作聰明，拍馬屁是吧，這回拍到馬腿上了吧？張正德即便再喜歡良家婦人，還能喜歡一個懷著身子的大肚婆？

二郎聽完，沈吟片刻。要五百兩銀子？還要他媳婦親自送去？要銀子他是明白的，但為什麼要他媳婦親自送去，這點他想了好一會兒都沒想明白。而且他聽到這事有黃傑插手的時候，他就知道肯定是他們那店的生意太紅火招人惦記了，他雖然不知道具體賺了多少銀子，但聽他媳婦說生意挺不錯的。

「岳母，那黃傑除了要銀子還說要什麼嗎？」自古民不與官鬥，他們想要什麼，羅宋兩家還真沒什麼法子阻擋的。

「沒說了。」羅母擦擦眼淚。「二郎，現在怎麼辦？」

「我先送您回去吧，然後我先去牢裡看看阿德。」

二郎一聽到這個壞消息的時候腦子就在不住地轉動，想想有什麼人什麼方法可以幫得上忙。可惜他宋家如今也是一介平民，若是老三此回高中，那境遇就不同了，至少不會像現在這般，任人拿捏。他想想，他認識的人中有可以幫得上的嗎？常大叔？不行不行，他還沒夠分量讓差爺買帳；柳掌櫃？在商言商，人家不一定肯幫忙……

一連想了好幾個人都被他否定了，突然他靈光一閃，想起一件事來了。如果是那人，指不定真能幫上忙。

「岳母，我想起一個人，或許能幫得上忙。一會兒我送您回去，順道去他家拜訪一下。」

羅母抹淚的動作一頓。「真的？」

「嗯，您在這兒等我一下，我先回去換身衣服。」二郎決定把這事給瞞下來，家裡誰也別說，省得媳婦聽到動了胎氣。

「好好好，我等著，你快去快去。」二郎換了身衣服，問羅雲初要了四兩銀子，說要去鎮上辦點事。羅雲初不疑有他並沒有多問，給了銀子後，又讓他帶上一壺涼開水，外加兩張餅子。

「二郎，你說的那個人是誰呀，他真能幫忙嗎？」羅母趕了一會兒路，抹了抹汗，忍不住問道。她現在滿心都是兒子在牢裡怎麼樣，再沒點安慰她就快承受不住了。

二郎看著一臉心焦的羅母，也不賣關子，緩緩將那人的情況一一道來。去年的這個時候，二郎有一回到鎮上，經過鎮上浣沙河的時候，看到一個孩子在水裡撲騰，當時他想也沒想便跳下水去，將孩子救了上來，好在搶救得及時，孩子倒沒什麼大礙，只是受到了點驚嚇。那會兒也是八月分，熱得很，他並那孩子在樹下等了挺久，才等到他家的人找來。

後來他才知道他無意中竟然救了他們縣裡韓師爺的大孫子，韓師爺在他們縣裡也是個說得上話的人物，縣太爺對他可是器重得很。被請到韓家當時他就懵了，謝禮啥的都沒拿就跑了出來，有個老人追著出來在他後面喊，叫他以後若遇到什麼麻煩便來找他們韓家，只要能力所及的都會幫忙云云。此事過了後他也沒放在心上，如今想起來了，要幫助阿德少不得要腆著臉去求一求韓師爺了。

羅母聽了，喜笑顏開，提著的心總算放下了一大半。

二郎將他岳母送回店裡後，去肉攤割了兩斤上好的肉，懷著忐忑的心情，依著模糊的記憶找到了韓家所在地。他鼓了鼓勁，然後上前敲門。

那婦人在門內皺著眉打量了他許久。「你是？你是啊啊……」

她指著他，驚訝地叫了出來，接著她立即打開門，將二郎迎了進去。「快快請進。」

從韓家出來，二郎略鬆了口氣，雖然韓師爺沒有打包票說一定會放人，但他答應了幫忙總比自己像無頭蒼蠅似的亂轉好。而且他們想還了他這個人情，必定會盡力的。

他決定去牢裡看看阿德，他腦中想起剛才韓師爺的話：「張正德想要啥就給了吧，給了什麼都好辦，硬磕著的話東西保不住不說，少不得還要吃些皮肉之苦。」

二郎心裡既氣憤又無奈，民不與官鬥，鬥也鬥不贏。他此刻只想老三此次若能高中舉人的話，他砸鍋賣鐵也給老三弄到盤纏上京考會試，家族中有個當官的太重要了。他按捺下心思，先到南街那頭打了兩壺好酒，又到酒樓買了兩個下酒菜，便向縣衙所在處走去。

「一刻鐘，有話就趕緊說啊。」看門的官差打量了二郎一眼，又掂量了下錢袋子裡的銅板，嗯，六百錢是有的，和瘦子平分了自家也還能進帳三百文，不錯不錯。

「謝謝差爺，你們先喝點兒酒，我去去就來，保證不讓你們難做。」二郎拱著手，笑道。

「嗯，去吧。」見他識相，胖子也不為難他，揮揮手便讓他進去了。

「又是來看最裡頭那單間的犯人？」瘦子挨過來問。「嘿嘿，今天少說也撈了一吊錢了？」

「是啊，今天早上那婆娘出手也夠大方的。」在這小縣城，油水少得很，今天有一吊錢已經算是意外之喜了。

「真希望這樣的犯人多幾個，這樣咱兄弟倆就不愁了。」

「喝酒吧，想得美呀你。」

「阿德？」二郎試探地喊了一聲。

「姊夫？」羅德從陰暗處走了出來，見到他姊夫很激動。

「你沒事吧？他們有沒有用刑？」二郎上下打量他。

羅德搖搖頭，問及家裡的情況，二郎說一切尚好，順便告訴他這一切他姊還未知情。

「這樣也好，我還怕姊姊知道後動了胎氣，我就罪該萬死了。」

「阿德，別擔心，我已經找了韓師爺來幫忙了。」

「韓師爺？」阿德很吃驚，姊夫啥時候和韓師爺有交情了？

二郎三言兩語便把其中的淵源解釋清楚了，順便還把韓師爺的話複述了一遍。

羅德不笨，他姊夫說的他都考慮到了，只是……「姊夫，我不甘心哪。」

二郎嘆了口氣，拍拍他的肩膀。「錢財身外物，人活著才是最重要的。」
羅德艱難地點了點頭。
「好了好了，時間到了，趕緊出來。」
「這兩只饅頭你拿著，晚些時候我再來看你。」
羅德接過那兩只尚熱的饅頭，等他姊夫走遠後才坐回陰暗處，憤恨地咬了一口。他進來了這麼久還沒有人來提審他，他用膝蓋想也明白他們想晾一晾他，如同熬鷹（注）般，待他受不了了才會出現。他握了握拳，你們要方子是吧？給你們就是了，不過他敢保證裡頭一定會少了某味材料或某些關鍵地方的。

「銘承，你可歸過家了？」曾有國問。
「尚未歸家，學生路經先生住處，尋思著也有小半年未見了，便先進來看望看望。」宋銘承淡笑著答道。
曾有國感受到弟子的愛護之情，佯怒。「這次且饒了你，下回可不許這樣了。為師就住在此處，多等兩日也無事。」
宋銘承淡笑給他敬茶，並不答話。
「此次入考場，感覺如何？」曾有國接過他的茶，輕啜了一口，問道。

「感覺尚可，先生，這是我的答辯，請您過目。」在歸程途中，宋銘承便把他在考場裡答的題全都默背下來了。

曾有國接過，細細地閱讀起來。宋銘承靜靜立在一旁，並不催促。

「銘承，好哇，尤其是這策論，你答得真是精彩！你若不中，為師都不信了。」曾有國看向宋銘承的目光中充滿了讚賞。

「一切都是先生教導有方。」

「不驕不躁，甚好甚好。當初為師還擔心你的身子骨熬不過下場那幾日的，不過如今看到你的策論做得如此之好，想必之前的幾科都發揮得不錯吧？」默寫出的字好不一定代表當時就好，一切以卷子為基準啊。

「呵呵，如先生所料。不過這一切都多虧了我家兄嫂給的兩只香囊，臨行前，二哥說讓我進考場時才打開帶進去。可惜，用了三天，兩只香囊的氣味都淡了許多。」

若羅雲初此時在的話，肯定會笑開來的。這兩只香囊通過乾燥法和密封法能保存幾個月，用在考場幾天，已經算是不錯了，真當它是萬能的不成？

「哦？還有這等物事？下回我可得見識見識。」

「下回吧，我讓二嫂再給我做兩只。」

注：熬鷹，不讓獵鷹睡覺，使牠疲乏，磨滅其野性，直到牠變得順從。

宋銘承想起來，進考場前，他將信將疑地帶上。想著，這是二哥二嫂的一番心意，而且又是透明的紗縫的，並不違反規矩。卻沒承想，那兩只香囊似乎有驅蚊和提神的效果。答題的時候，他將其放在鼻前聞一聞便覺得頭腦鬆快許多，文思泉湧，下筆如有神。

交卷發卷之際，他注意到有不少人暈倒或者滿臉是紅點的被人抬出去，走出考場時，大部分考生都面有菜色，而他只覺得除了累了點外一切如常。如今想來，便是這兩只香囊的功勞了吧？如此一來，他心裡對二嫂更是充滿了感激，二哥二嫂這兩年確實為自己費心頗多。

「呵呵，你還未歸家，為師便也不留你了。趕緊回去等好消息吧，得空了再來探望為師。」

「是。」

「爺，喝茶。」韓師爺接過丫鬟捧來的茶，將人打發走後，親自給張有仁端進來。

「先志，你來了？呵呵，快來看，想不到咱們小小的青河縣裡竟然出了三名舉子。這上京發來的捷報，是聖上特意嘉獎我等的啊。」張有仁將捷報遞給韓師爺後，便端起茶杯，志得意滿地喝了起來。

「哦，大人，大喜啊，大人治下，果然是人才輩出啊。」韓先志小小的恭維了一下。

「呵呵。」張有仁笑呵呵的，顯然韓師爺的馬屁拍得得當，讓他心裡很受用。

「大人，我算了算日子，似乎前往榆南參加鄉試的秀才們尚未回到呀？這捷報？」

張有仁心情很好，摸了摸下巴的鬍鬚，笑道：「捷報先行的事也是有的。鄉試是在八月初，八月十五揭榜，青河縣到榆南，坐馬車少說也要大半個月，上京的捷報一般都是六百里加急送到各縣手上的，所以捷報先行不奇怪，不奇怪。」

「那豈不是得等秀才們歸家方去宣讀皇恩？」

「這是自然。」

韓師爺仔細地將那捷報看了一遍，注意到中舉的三人中有一個名字叫宋銘承，他心中一動。既然打算幫忙，他自然要弄清楚這事情的來龍去脈以及牽涉到的人物，立即聯想到今天宋二郎求他辦的事。

這宋銘承是宋二郎的弟弟，也算得上是羅德的親戚，這下事情好辦多了。他心裡暗喜，真是磕睡了就有人送枕頭啊，想什麼就來什麼。「這個宋銘承……」韓師爺賣了個關子。

「怎麼，他有問題？」張有仁斜眼過來。

「問題倒沒有，這兩天我聽說了一個事，說他二哥的小舅子被抓進了牢裡，據說還是黃傑帶人去捉的。」此事他也只能點到為止，可不能大剌剌地指明了是縣太爺的公子讓人幹的，那樣的話不明擺著打縣太爺的臉嗎？

自己的兒子什麼德行他心裡清楚，張有仁很快便明白了韓師爺的言下之意，咬牙道：

「黃傑！」
黃傑最近一直跟在他兒子的屁股後面混，看來這事和他那孽子脫不了干係，但痢痢頭兒子都是自家的好，若有什麼不好的，肯定是別人帶壞了他！
「這事在這當頭影響太不好了，若是去報喜的當頭爆出這事……」
張有仁咬了咬牙，深吸了幾口氣平穩了情緒後道：「這事我知道了，你一會兒親自走一趟，讓他們把人放了。」
「是，我這就去。」韓師爺暗喜，想不到這般容易便辦妥了。
張有仁差人喚了兒子來跟前，一見他兒子那吊兒郎當的樣子氣就不打一處來。「孽子，看你辦的都是些什麼事！」
「爹，怎麼了？」張正德被他爹嚇了一跳。
「怎麼了，你還有臉問我怎麼了？我那天不是叫你最近要安分點的嗎？你一天不去給我惹點事會死啊？你要把你爹我的烏紗帽給弄丟了才安心是不是？」他這話絕對不是危言聳聽，宋銘承如今中了舉人，誰知道他會不會上京考會試，誰知道他會不會中貢士？誰知道……反正現在就是不能和他交惡！
後面這話就重了，把張正德嚇了一跳，他很清楚，自己如今能過著錦衣玉食的生活全虧了他爹頭上這頂烏紗帽的。「爹，我做錯了什麼您直說，我改便是了。」

張有仁看著仍舊一頭霧水的兒子，嘆了口氣。「你今天讓人抓的那個叫羅德的傢伙，他姊那頭出了個舉人的小叔子。」

張正德嚇了一跳，他欺負平頭百姓還可以，讓他去挑戰有功名在身的舉人進士之類的，他是萬萬不敢的，誰知道會不會危及到他爹頭上的烏紗帽啊。想到這兒，他跺了跺腳，咬牙切齒。「黃傑那傢伙，害死我了。」

「你最近給我乖乖地待在家裡，少和那姓黃的瞎混！」

羅德才關了兩天一夜，於次日傍晚便被放出來了。他覺得有點莫名其妙，被關了兩天，人都沒有見到一個，之前他們猜測的也沒有發生。難不成他們猜錯了？

「呵呵，羅相公，我們這邊查明了。范老三並非吃了你店裡的食物中毒的，這一切都是誤會誤會。」韓師爺笑呵呵地給張正德擦屁股。

「哦，那就好那就好。」沒事就好，他懶得想那麼多了。

第三十四章　雙喜臨門

此次羅家的麻煩來得快，去得也快。羅雲初直到事情過去了才從自家弟弟的嘴裡知道了這事，她知道後，對二郎這個丈夫的好感度直線上升。女人都希望依附強壯的男人，不管是身體上還是能力上，她也不例外。

阿德回到家時，他老娘和媳婦抱著他哭了許久，將媳婦老娘安慰好了，阿德走向偏廳，二郎早在那兒等著了。剛才二郎不好意思打擾他們一家子，便退到偏廳來，阿德和他說了後面的事，又轉述了韓師爺的話，重點說了那句恭喜。

二郎想了想，也搖搖頭表示不解。不過阿德能順利出來，一定有韓師爺的功勞，這點他得記在心裡，待得了空一定要備上一份禮物表示感謝。

「欸，姊夫，說實話吧。今天不管是哪路神仙保佑我平安歸來，我都打算將這店關了回老家去了。這大半年我也賺了不少銀子，回去蓋幾間新房，再置上十來畝地，盡夠了。」這兩日他在牢裡雖然沒受什麼罪，但想到家中擔憂害怕的老母和妻子，他就一陣難受，更別說妻子因為擔心他，不顧自己月子沒坐完便去牢裡探望他這點了。他這回算是想明白了，這回不知道什麼原因自己被輕易放出來，有驚無險，下回可能就沒有那麼走運了。錢雖好，但也及不上家中的妻兒老母重要不是？
二郎對他這個決定深以為然。「你回來得正好，你家的地你拿回去種，正好趕上播種時節。」
羅德點點頭，兩人又聊了一會兒，二郎掛心家中的妻子，見阿德這頭事完了，便準備回去了。
「姊姊那肚子有九個半月了吧，穩婆有說什麼時候生嗎？」阿德親自將他送了出去，隨口問道。
一提起這個，二郎就有點發愁。「按穩婆的說法，前兩天她就應該生了，可是她肚子就是沒動靜。」他媳婦的肚子也大了點，又是頭胎，他真怕……他心裡好希望她肚子裡的孩子快些出來。
「姊夫，別擔心，這也挺正常的。」羅德安慰。
二郎點點頭，如今也只能這般自我安慰了。
其實羅雲初已經很注意控制自己的食量了，她知道這裡可沒有婦產科，醫療技術也遠遠比不上現代，若出現難產什麼的，一個弄不好就是一屍兩命的下場。生產是個力氣活兒，每日早晚她也會在院子裡走走什麼的，一些輕省的家務活兒她也樂意動手。
可肚子裡的孩子是個慢性子，外頭的親人都急死了，他還不願意出來，連帶他娘也是一副老神在在不急不躁的樣子。

馬車平穩地在道路上走著。

「宋相公，這路怎麼走？」趕車的老車夫看著岔路，不得不詢問。

宋銘承探出頭看了一眼，道：「走右邊這條道。」

「好咧，坐穩咯。」

宋銘承閉上眼，腦中不斷地回想他恩師剛才的問題。

「銘承啊，你這份卷子不管到了哪個考官的手上，都讓人挑不出毛病。中舉是沒問題的，不過你下一步有何打算？是進京參加春闈呢？還是瞅著咱們縣裡某些行將就木的小官員屁股下的凳子？」

他恩師當時並不急於讓他回答，而是讓他回家好好想清楚。

舉人，已經具備做官的基本條件，當縣官出缺離任或任期滿，舉人可以直接代理縣務，上報朝廷後可補缺轉正。如今他們青河縣的縣官張有仁明年三月份任期將滿，是離任還是連任，尚未可知。不過張有仁已經連兩屆了，而且任滿的時間點太敏感了，正是春闈結束不久，依他看來，連任的可能性不大。

若他留下來，或許等張有仁離任後可以撿個便宜。但他朝中無人幫襯，這椅子估計也坐不穩，三月，正是朝廷人才濟濟的時候，上頭極有可能會另派縣官下來管理青河縣的。

而且最重要的是，宋銘承心裡是願意去拚一拚的，他今年才十七，明年十八，若是能更進一步，就能領先許多人了。即便不能，進京一趟也能結識一些可交的舉人朋友。官場講究的就是人情交情，利益不足以打動人的時候，人情交情往往能起到不可思議的效果。

他想著他恩師問他這問題時那似笑非笑的表情，想必他也想看看自己這個弟子是不是目光短淺之輩吧，只看到眼前的利益。思來想去，思緒紛雜，不過他也漸漸下定了進京一趟的決心。

八月的日頭，熱氣熏人。羅雲初他們的房子建得高，加上閣樓就相當於雙層，遂比別處來得涼快。加上院子裡樹木蓊蓊鬱鬱的，他們家著實是避暑的好去處，宋母及一些與羅雲初交好的婦女下午的時候，都愛來她這兒做做針線說說閒話。

宋母將衣服上的線頭給剪了，放下剪子，略顯擔憂地說道：「算算日子，老三也該回到了才是，怎麼還沒見著人影呢？」

「娘，您別擔心，或許路上有什麼事耽擱了也不一定。」以古代的交通設備，晚個一、兩天不奇怪。

「是啊，宋大娘，妳就別操心那麼多了，三郎我看著就是個有福氣的，妳就安心等著享福吧。」

李大嫂一開口，就把宋母哄得笑不攏嘴。「承妳吉言了。」

「二嫂子，妳的肚子大得嚇人，莫不是雙胎吧？穩婆瞧了是怎麼一個說法？」福二娘好奇地問。

羅雲初看著自個兒高聳的肚子，無奈地道：「穩婆瞧過了，說不像。」

「我看呀，二嫂子肚子裡就是個頑皮的胖小子，還想在裡頭折騰他娘幾日，捨不得那麼快出來呢。」趙大嫂笑道。

一群女人在屋裡有說有笑，突然大胖衝了進來，嘴裡嚷著。「娘、娘，我在村口看到宋三叔了，宋三叔回來啦。」

「渾小子，你宋三叔趕考去了還沒回來呢，你莫不是眼花了吧？」趙大嫂輕斥。

「我保證沒看走眼，他當時坐在馬車裡，還衝我笑了呢。」

聽到這兒，宋母坐不住了，霍地站起來。「我去看看。」

「我也去。」羅雲初也想站起來，趙大嫂見了，忙扔下手中的針線，過來扶她。「渾小子，最好你說的是真話，若不然，仔細你的皮！」

其他人也站了起來，嚷著要出去看準舉人。

當她們來到門口時，正好看到宋銘承掏了一塊銀角子給那車夫，他見了他娘和二嫂，笑道：「娘、二嫂，我回來了。」

「回來就好，回來就好。」宋母抹了抹眼角，笑道。

「是呀，宋大娘，宋老三大老遠剛回來，您也別給他罰站呀，趕緊進去給他喝碗水吧。」福二娘提醒。

其他人紛紛附和。

「對對對，瞧我這糊塗的，這太陽大著咧，趕緊趕緊。」

「劉大叔，你先別急著走，進去喝碗水吧。」宋銘承對趕車的車夫道。

宋母這才注意到站在一旁的車夫，也忙請他進去歇會兒。

「呵呵，謝謝宋相公，那老頭子就厚著臉皮進去討碗水喝，叨擾了。」

說話間，一群人便往院子裡走去，獨羅雲初定定地站在那兒，臉色很奇怪。

「二郎家的，咋啦？」趙大嫂關心地問。

「趙大嫂，我可能，快生了。」她感覺雙腿間一股溫熱的液體沿著大腿一直往下流。

趙大嫂一聽，唬了一跳，低頭一看，果然如此，她衝著院內就是一嗓子。「宋大娘，妳兒媳婦要生啦！」

「哎呀！可算來了。趙大家的，麻煩妳扶她到屋裡。」宋母顧不得剛歸家的三兒子了，衝著老大家的屋子大喊了一聲。「二郎，你家媳婦要生啦！趕緊去將孫穩婆請來。」

正回家拿鐵鎚的二郎聽了這話，嚇了一跳，手上的大鐵鎚掉了，砸中了腳拇趾，疼得他直皺眉。

宋母眼力好，一眼就瞅中他站在那裡，沒好氣地道：「還站在那兒傻愣著幹麼，趕緊去呀！」

二郎一聽，也顧不得疼了，飛也似的跑了出去，見著自家老三，也僅是點了點頭算是打了招呼了。

女人生產九死一生，在場的幾個婦人都是生養過的，而且和羅雲初一向交好，此時也不吝嗇賣點力氣幫襯一把。趁著請穩婆的空檔有的燒熱水；有的給她端點吃的，好讓她一會兒生孩子的時候攢點力氣；有的則在房裡安慰她，並叮囑一些生產時候該注意的事項。

宋銘承見二嫂要生產了，很自覺地不去添亂，有幫得上的地方也不推辭。這樣的他一致獲得了趙大嫂幾個女人的認可，不過她們也知道宋母眼界高，看不上村裡的姑娘，心裡暗道了聲可惜，明明一個很好的男人，卻白白便宜了別人家！

「欸，宋家老二，慢點慢點，容我喘口氣。」孫穩婆掙開二郎的手，一手扶著牆，一手拍著胸口直喘氣。「哎喲喂，我這把老骨頭就要散架了。」

「孫大娘，您快點行不行？要不，我揹您吧？」這當頭，二郎也顧不得什麼男女大防了。

「冷靜冷靜，你媳婦頭胎，沒那麼快的，我們一定趕得及的。」生產的事，孫穩婆見多了。

「那我扶著您走吧。」說完二郎不等她的拒絕，攙著她快步往家裡頭趕。

孫穩婆理解地笑笑，努力跟上他的腳步。

外面的吵吵鬧鬧羅雲初全部無暇顧及，她只覺得肚子一陣陣抽搐，光應付這一陣陣的疼痛已經耗費了她大半的精力。

「娘，孫穩婆來了。」

「快，快請她進來。」

羅雲初很痛，痛得恨不得將二郎的肉咬下一塊來，幸虧生產中的她尚有一絲理智，要不然不知道會喊出什麼離經叛道的話來。

過程中，她完全遵從了穩婆的指令，讓她吸氣她便吸氣，讓她用力她便用力。

宋銘承回來那會兒，飯糰正在屋裡睡得香甜。後來那麼大的動靜，他迷迷糊糊地醒來，出了房間，見屋子裡的人忙進忙出，羅雲初痛苦的呻吟聲從房間裡傳出來，把小小的他嚇了一跳，他邁著小短腿焦急地跑過去，剛碰到門卻被人一把撈起來。

他不知所措。「奶奶？娘，娘痛……」

「哎喲喂，我的小祖宗，你娘正在裡頭生弟弟呢，趕緊到外面去，別在這兒添亂了。」

焦急的宋母往院子一喊。「二郎二郎，趕緊進來，把飯糰帶出去。」

二郎疾步過來，抱過兒子，忙問。「娘，媳婦她？」

「你媳婦正在裡頭努力，好著呢，一邊待著去，別在這兒擋道。」宋母說完就去了廚房打熱水，沒理會他們。

「弟弟，快出來，哥哥陪你玩，別折騰娘了。」飯糰沒有鬧騰，乖乖地在一旁等著，小嘴喃喃自語，眼睛渴望地看著他娘所在的屋子。

「呀，那是什麼？敲鑼打鼓的？」在田間耕作的老農瞇著眼看向村口，那處人聲鼎沸，兩匹高頭大馬並排著行走，後頭跟了一組獅隊。領頭的是一個撐著大旗的漢子，中間報帖升掛著，上面寫著「捷報貴府老爺宋銘承高中榆南鄉試第三名經魁，京報連登黃甲」。

「莫不是誰家娶親了吧？」

「放屁！你見過娶親不抬花轎的嗎？」

「老黃，你識字，快給瞧瞧，上頭紅布寫的是啥？」

名叫老黃的老者，瞇著眼一一將上頭的字唸了出來，越唸神情越激動。老天保佑，他們村出了個舉人老爺了啊。

他這麼一唸，周圍的人也明白過來了，均滿臉喜色，如同中舉的是自家人一般。「走，咱們跟上，給新舉人老爺賀喜去，順便沾沾喜氣。」

「是極是極，咱們古沙村好久沒有這樣的喜事了呀。」

隨著賀喜的隊伍一路往村子裡深進，尾巴就越長，待到了宋家門口，竟集結了幾十人之多。

「大郎，你家老三中了舉了！」葉老六剛到宋家大門，見到大郎，忙喊道。

大郎不信，這葉老六是個促狹的，經常愛捉弄人。「葉老六，你就別添亂了，我家二弟妹正在生孩子，家裡亂著呢。」

「我騙你做啥？報喜的隊伍都快到了，喏，你看那不就是？」大郎順著他指的方向看去，果然見了那報喜的隊伍正朝著家門走來。而且那報帖上的字，他也認識幾個，宋銘承高中……鄉試第三名……有些字不認識，但這並不妨礙他認得一個事實，那就是他三弟高中了，是舉人老爺了！

想到這兒，他顧不得前頭他是打算回去拿什麼東西了，忙跑回頭告知家人這一好消息。

「欸，大郎，等等我啊，一會兒發喜錢可別忘了我那份啊。」葉老六在後頭叫著。

「知道了，忘不了你那份的。」

宋家眾人聽到這個好消息，簡直高興壞了。

「快請宋銘承宋老爺出來，恭喜高中了。」此時報喜的人都到了，院子裡亂成一團。

宋母直接雙手合十，感謝佛祖。

二郎雖然也高興，但自家媳婦還在生死掙扎呢，於是他勉強笑道：「老三，恭喜你了。」

中舉之事宋銘承心裡有底了，此時倒沒顯得欣喜若狂，他拍拍他二哥的肩。「二哥，咱兄弟不用這麼外道。二嫂還在裡面生孩子，你在這兒陪陪她吧。娘，二嫂生孩子要緊，我和大哥去招呼報喜的人，這裡就交給您。」

說話間，就將報喜的人領到大郎那邊的屋裡。

孫大娘擦了把汗，瞧了一眼，喜道：「看到頭了，看到頭了，快，加把勁！」

折騰了許久，羅雲初已經渾身汗濕了，她深吸了一口氣，咬住嘴巴裡的布巾，猛一用力。

「出來了，出來了。」羅雲初聽了這話，如獲大赦。房間裡的血腥味汗味交織，她感到一陣暈眩。

孫穩婆抱著孩子，見他不哭，立即給他清理了口鼻裡的穢物，用燒酒泡過的剪子給嬰兒剪了臍帶處理好，然後往他的腳底拍打了一下，嬰兒吃痛，大哭了起來。在確定聽到孩子的啼哭聲後，羅雲初放任自己昏了過去。

孫穩婆用溫熱的布巾給他清理乾淨，給他穿上宋母準備好的小衣，才將他抱了出去。

二郎和宋母早就焦急地等在一旁了，孫穩婆一出來就笑道：「恭喜恭喜，添了個大胖小子。」

宋母頓時笑得合不攏嘴，將孩子抱過，心啊肝啊地叫了起來。

「孫大娘，我媳婦呢？」

「你媳婦有點脫力，昏睡過去了，晚點會醒過來的。」

聽了這話，二郎總算能放下心來看孩子了，張開雙臂就要將孩子抱過來，卻被宋母攔下了。「你全身髒兮兮的，孩子嬌嫩受不住，你趕緊洗了再來抱。」

被拒絕了，二郎也不惱，看著紅彤彤的兒子傻笑。

飯糰抱著二郎的腿，踮高了腳尖也沒有看到弟弟，不禁有點洩氣。此刻聽了奶奶的話，似乎說洗了澡就能抱弟弟了，他竊喜。「爹，飯糰也要洗，洗了便能抱弟弟了。」

「孫大娘，麻煩您了，回頭別忘了給咱娃兒洗三啊。」二郎包了個大紅封，親自將穩婆送了出去。

孫大娘捏了捏，裡面少說也有七、八十文錢，心裡樂開了花，當下笑道：「放心吧，我省得的。」

宋母抱著乖孫，見了洗淨換衣後的二郎，笑道：「你媳婦如今可是咱們宋家的功臣，一會兒我親自殺隻雞給她補補。」

「都聽娘您的，還有三弟今天剛回來，又中了舉，咱們也得慶賀慶賀。」他將兒子從他娘懷中抱過來，暗忖，媳婦坐月子，可不能省。家裡還有八隻雞，隔天給媳婦殺一隻，大概能撐半個月，估計還得再買十隻左右。還有雞蛋也得買一點，每頓的消耗量可不少。

「那是那是，這娃兒是個帶福的，才出生他三叔就中了舉，好好好！」宋母今天可高興了，添丁中舉，雙喜臨門啊。

「娘，您回大哥那邊瞧瞧吧，我怕大嫂他們有什麼疏漏的地方。」

宋母想著不靠譜的方氏，心裡也沒底，在原地略作收拾就想回去了。

「宋大娘，這邊已經忙完了，聽說三郎如今可是舉人老爺了，我們想過去討點喜錢，順便沾點喜氣。」趙大嫂將手往圍裙上一抹，笑道。

「去吧去吧，都有都有。」宋母笑瞇了眼。

「各位嫂子，今天多虧了妳們，待孩子滿月時，妳們可得來喝杯水酒啊。」二郎忙道。

「鄉里鄰里的，客氣啥。」

「這是自然，即便你不叫，我們也要來沾沾這胖小子的福氣的。」

福二娘等人接口，其實能幫上忙，她們心裡美著呢。這才多久的工夫，宋家就出了個舉人老爺了，雖說只是二郎的弟弟，但他們跟羅雲初交情好了，多少也能攀點交情不是？

羅雲初醒來時，房間已經打掃乾淨了，床的被褥也換了乾淨的。

「媳婦，醒了？來，喝碗雞湯吧，油我已經幫妳撇乾淨了。」對他媳婦的喜好，二郎已經摸得很清楚了。

羅雲初這才注意到孩子就放在她旁邊靠裡面那頭，那小子皮膚仍舊紅紅的，皺皺的，吮著手指頭，睡得正香。

「我睡了多久了？」她伸手，想將碗接過，卻被二郎躲過了。

「一個多時辰，我餵妳吧。」

羅雲初樂得有人服侍。「飯糰呢？」

「今天一下午都在呢，見妳一直沒醒，剛才才去了大哥那兒找天孝玩。」二郎接著便將三郎中舉的事說了。

羅雲初聽了也很高興，以後的日子總算好過了，有好東西也不會再被村子裡的人惦記了。即便誰想覬覦，也得掂量掂量自己的斤兩再說。

「娘，妳醒了？」飯糰先探了個頭進來，見羅雲初醒了，很驚喜。他都回來好幾趟了，娘和弟弟一直在睡，他又不敢進去，怕吵到他們。

羅雲初被他小心翼翼的樣子逗樂了，向他招手。「飯糰，進來。」

飯糰聞言，歡快地跑了進來，撲在她身上，小短手摟著她的腰蹭了蹭。

「飯糰，你在這兒陪陪你娘，爹去做飯了。」二郎收拾了碗筷便要出去。

飯糰乖巧地點了點頭。

「二郎，再給我盛碗雞湯吧。」羅雲初開口，其實她已經飽了，只不過她剛才瞧見飯糰看著那空碗偷偷嚥了嚥口水的樣子，心微微地泛疼。

二郎不疑有他，不一會兒，便又端了碗雞湯進來。

待二郎出去了，羅雲初才端起那碗雞湯，舀了一勺，吹了吹。眼角餘光見飯糰撇開了小臉，小心地嚥著口水，生怕動作大了被人發現。

「飯糰，來，喝雞湯咯。」

飯糰轉過頭，驚訝地看著他娘，映入眼中的卻是她溫柔的笑臉，「來，不燙的。」

小傢伙搖了搖頭，不肯喝。

「怎麼了？」

「奶奶說了，這雞湯是給娘補身子的。飯糰喝了娘就沒有了，所以飯糰不能喝。」

羅雲初見他明明很想吃，為了她卻願意壓抑這份渴望，這樣乖巧的孩子讓她如何能不疼？「傻孩子，沒事的，廚房裡還有好多呢。快喝吧，涼了就不好喝了。」

聽到廚房還有很多，飯糰放下心來，順著勺子喝了一口，香甜的味道讓他笑眯了眼。

看著他娘溫柔的動作，心裡最後一絲不安也消失了。他好怕娘有了弟弟就不疼他了，現在看來，娘願意把這麼好喝的雞湯分給飯糰喝，說明娘還是很疼很疼他的，是不是呢？

當晚二郎看著羅雲初歉意地說道：「媳婦，真對不住，本來妳剛生產完，我應該多陪陪妳的。可是山上的棉花已經能採收了，明天一早我就得去忙了，明早我讓娘過來幫幫忙吧。」

二郎見孩子捧著媳婦的豐滿，小嘴一動一動的吃得正起勁，忍不住伸出食指逗了逗他，粗糙的手指戳得孩子嫩臉生疼，他不滿地哼唧了一聲，然後繼續努力地吃奶。

羅雲初拍開他作怪的手，感興趣地問：「山上的棉花怎麼樣，開花多嗎？」那十畝地棉花是六月十五左右打的頂，至今已有兩個月了。忙和了近半年，終於可以陸續採摘了嗎？

這打頂也有講究的，打頂時間以六月十五左右為宜，長勢弱的要早打，長勢壯的要推遲三、五天，一次將主莖、葉枝頂尖都打去，強調打小頂、早打頂，主莖打頂後會長出兩到三個果枝。整枝工作只要做好，八月分最後步驟就是掰除贅芽，打掉邊心。當時她怕他不會，剛種棉花時她就考慮到了，讓他在後院也種了幾株，看著長勢，手把手教會他。

說起山上的棉花，二郎雙眼發亮，興奮地道：「媳婦，照著妳說的方法打頂後，每株果然結出了更多的棉花桃。」

「那真是太好了。」別看她一副老神在在的樣子，其實她也會擔心，如今聽二郎這麼一說，總算略微安心了。

「李大爺種植棉花的經驗是很豐富的，什麼時候該施肥，什麼時候該防蟲，什麼時候該澆水，澆水的量是多少，他都能說得上來。這回咱們的棉花地能豐收，還多虧了他頭幾個月的幫忙。」一時間進入六月分後，李大爺也要忙自家的地了，所以棉地裡的活兒一直都是二郎自個兒一個人在忙的，他們棉花打頂這一技術倒也沒有透露。

「這倒是，還有娘，最近可幫了咱們不少忙，等我出了月子，咱們去鎮上扯上幾尺好布，給娘做一身衣裳。李大爺那兒，你隔三差五拎點骨頭去他家，老人多喝點骨頭湯對身體好。」羅雲初這人就是這樣，誰對她好，她就掏心窩子對誰好。

二郎笑著應了。

剛出生的寶寶食量不大，吃著吃著就睡著了。二郎待他媳婦將睡著的孩子放在床的裡側後，他遞上一大碗溫著的羊奶，高興地道：「這羊奶果真是個好物，娘說了，喝了大半年，身子骨瞧著都比以往好多了。飯糰也是，不僅長高了一截，還結實了許多。」

羅雲初白了他一眼，東西不好，她能扒拉回家？「孩子他爹，咱們兒子還沒取名呢。」

「哎呀，竟然忘了，吃晚飯的時候我和老三說了，他是讀書人，我讓他幫咱兒子取個大名。他給了幾個名字，天朗、天佑、天瑞、天青，我瞧著都不錯，不知道要哪個好。」呵呵，以後再生幾個孩子，這些名字都用上。

「你當我是母豬啊？生這麼多！」羅雲初想到生產的時候那個痛，如今還心有餘悸呢。收到媳婦的白眼，二郎才曉得自己竟然把心裡的想法說出來了，當下摸摸鼻子，討好地笑道：「媳婦，妳覺得哪個好？」

羅雲初想了想，道：「天瑞吧，瑞雪豐年，這個寓意不錯。」

「那就天瑞，宋天瑞。」

「孩子他爹，咱們再給孩子取個小名吧，像飯糰都有小名呢。」

「娘，你叫我？」稚嫩的聲音裡帶著孩子特有的軟糯。

羅雲初一眼看過去，只見飯糰正站在門口處使勁地揉著眼睛，還打了個哈欠，那模樣迷迷糊糊的。「你怎麼起來了？」

「嗯，起來尿尿。」然後看到爹娘房間裡還亮著，有說話聲，他就慢吞吞地走過來了。

「我和你爹正幫你弟弟取小名呢。」

飯糰一聽，雙眼發亮，好奇地問：「是和飯糰一樣的小名嗎？」

「是呀，飯糰有什麼想法嗎？」

「娘，弟弟叫湯圓好不好？」

「為什麼要叫湯圓啊？」叫湯圓也不錯。

「湯圓好聽，人家一聽就知道湯圓是飯糰的弟弟！」小傢伙挺著小胸脯理直氣壯地道。

羅雲初樂了。「行行，就叫湯圓！好叫別人知道，湯圓是咱們飯糰的弟弟。」

得到准信的飯糰終於滿足地笑了，嫩白的小臉就像一顆包子，讓人忍不住想咬一口。

小湯圓洗三的那天很熱鬧，除了宋家的親戚，村子裡有頭有臉的人都來了。宋家出了個舉人老爺，他們還愁找不著機會親近呢，現在宋家老二提供了這麼一個機會，不抓緊的才是傻子呢。

孫大娘看著澡盆裡的銅板，喲，還有一小塊銀錠子，頓時笑眯了眼，幹起活兒來更賣力了，這些個銀角子和銅錢一會兒全歸她了呢。

給小湯圓洗完澡後，二郎三兄弟在外頭招呼客人，村子裡的婦女都窩在客廳裡，小湯圓由宋母抱著，和眾人逗趣。

「這娃兒天庭飽滿，一看就是個帶福氣的。」

「可不是嘛，這孩子甫一出生，他三叔就中舉，真真是個小貴人。」

「呵呵，這娃兒我瞧著，以後定比他爹他三叔還出息。」

許氏羨慕地看著那細棉布裡包著的孩子，大廳裡這麼吵，那娃兒照樣睡得香，一看就知道是個好帶的。她摸了摸自己的肚子，癸水似乎遲了十天？她心裡有點忑忐，不敢確定。她按捺住心思，等等，再等些日子便知道了。

羅母笑著說：「親家母，湯圓睡著了，我抱進去給孩子他娘，這裡的嬸娘嫂子就麻煩妳先招呼著了。」正巧，她有幾句私房話要與女兒說。

「親家母，麻煩妳了。這孩子是個嬌氣的，雖然睡著了，瞧那小眉皺得緊緊的，定是不滿別人吵他了。」宋母慈愛地說道。

羅雲初將孩子接過，小湯圓估計是聞到了熟悉的奶香味，歪過腦袋沈沈睡了過去。

「娘，外頭來了很多人？」她如今坐著月子，門窗都關得死緊，也不知道外頭是個啥情形。她那小叔也回來幾天了，兩人就回來那會兒見了一面。不過這也是沒辦法的事，誰讓她坐著月子，為了避嫌，丈夫以外的男人輕易不能進她的臥房。

「是啊，人多著呢，我活了這麼些年，還是頭一回見一個孩子的洗三有這麼多人來。對了，你弟也來了，不過他不好進來，在外頭陪著他姊夫說話呢。」

羅雲初知道外頭那些人不少是衝著宋銘承來的，近日聽二郎提起，請老三吃飯的人不在少數，不過老三他只應了幾個足夠分量的人物的邀請，其他人一律都回絕了。儘管如此，每日登門的人也沒少下來。因她正在坐月子，二郎又早出晚歸地忙著棉花地裡的活兒，那些個登門的客人都往大房那邊擠去了。

「弟弟也來了？」

「是呀，聽說妳生了，他到鎮上買了些上好的紅糖、各色果子、雞蛋等，阿寧也趕緊用家裡頭的細白麵給妳擀了些掛麵。這回呀，咱家可沒給妳丟臉。」想到剛才那一屋子婦女見到那一挑子的禮物時那驚訝的樣子，羅母心裡就覺得很快意。其實她心裡一直對女兒嫁過來時沒給豐厚嫁妝一事耿耿於懷，那會子不是她不肯給，而是實在是沒辦法，手心手背都是肉，她膝下就這麼兩個孩子，她咋會不疼？

「到鎮上？」這話怎麼聽怎麼不對勁，聯想到前幾日二郎老往鎮上跑的事，她覺得自己似乎抓住了什麼。「弟弟那店不開了？」

羅母發覺自己說漏嘴了，而女兒又一語中的，見她神色尚好，便不再什麼都捂住，挑些能說的說與她知，也省得她胡思亂想。「前些日子，我們將鎮上那店賣了。搬回老家了，現在家裡正在蓋新房咧，估摸著還要再買上一些地。哎呀，不說這些了，我和妳說呀，這坐月子對女人來說可是大事，大意不得，該注意的還是得注意。現在八月，我知道這時坐月子辛苦，妳可不許貪涼在月子裡吹風洗澡什麼的。」

羅雲初見宋母轉移話題，明顯不想說，也不追問。她想事情應該過去了，人沒事就好，一些身外物的損失倒不用太在意。

「哎呀，娘，這些事我都曉得了，您就別再嘮叨了。」大熱天的要悶在房間裡一個月，她一想就煩，自己的娘難得來一回，還老提醒她這個煩心事。

「死丫頭，為妳好我才說的，別人我才懶得理呢。」羅母伸出指頭，點了點她的額頭。

羅雲初摸摸被點紅的額頭，眼睛直直控訴著她的暴力。

豈知羅母沒理會她，只來回打量她的房間。「妳這房間不錯，涼快不悶。」

房門和窗口都關上了，哪涼快了？

「妳別不信，當年我生妳弟弟那會兒，正是炎夏，那個房間像火爐般，哪有妳這兒舒服？妳就知足吧。」

好吧好吧，她知足。

「難怪妳弟硬是要建一個像這樣的房子，我前頭還嫌它多費銀子，這會兒可算是體會到它的好處了。」羅母越看這房子越滿意，恨不得家裡的立即蓋好才好。

羅雲初很驕傲，得意洋洋地道：「那是，閣樓上還可以放糧食呢，乾爽，不愁被水潮著。」近日來，二郎對他們房間裡的閣樓滿意得不得了，每日採摘回來的棉花在院子裡曬乾後，便拿到閣樓上放好，完全不擔心會沾上水氣。

第三十五章　三郎上京

用過飯後，在宋家耍了小半日的眾人見老宋一家似乎有事要商量，大家都極有眼色地起身告辭了。見羅家被留了下來，不少人打心底裡羨慕，不過也沒法，誰讓自己不是人家的親家呢？

宋母領著羅母、許氏等人進了羅雲初房裡說閒話，二郎三兄弟並阿德就湊在一塊兒聊聊。

宋銘承問：「阿德，你將鎮上的店賣了？」他趕考前隱約聽說他店裡的生意經營得很不錯來著。

「是啊。」當下二郎羅德兩人便把當時的情況說了一遍，順便把他們的疑惑也說了出來，他們就是不明白怎麼莫名其妙地就被放出來了。

大郎聽了，大吃一驚，隨即心裡很不是滋味。這麼大的事，二弟竟然也不和他吱一聲，雖然他可能也幫不上什麼大忙，但好歹自己也是他大哥不是？

「二弟，這麼大的事，你也不說一聲？」

「大哥，當時情況危急，我也不知道韓師爺能不能幫得上忙。我連娘都沒告訴，就怕娘婦知道後會不好。」

大郎聽後，點點頭。「下回可不許這樣了啊，你哥我不是那種喜歡嚼舌根的人。」

宋銘承聽了阿德和他二哥的話後，陷入沈思。他想起昨晚張有仁邀他們三個舉子過府吃飯的情景，飯桌上，大家相談甚歡，張有仁根據他掌握的訊息，說了不少他知道的一些考官的喜好，以及告知他們京城各個官員的基本資料，如他們的背景和喜好等。其實張有仁離京已有五、六年，這些資料好些都對不上號了，不過當時宋銘承仍然聽得很仔細，將那些訊息銘記於心。

飯後喝茶時，張有仁更是給了他們一人三十兩，說是他們青河縣的一片心意，給他們上京趕考的盤纏，希望他們能順利高中歸來。

當時他們三人面面相覷，對這筆意外之財接也不是不接也不是。

宋銘承當時細細一想，這明顯是張有仁是想賣個好給他們，透露出想結交他們的意思。三十兩銀子，不是收買，不是要脅，這銀子的數額不大，即便日後此事被人拿來當把柄也無關痛癢、沒意思，這筆銀子只是一份心意。

從張有仁一整晚的舉止來看，必定是預料他極有可能出仕。新任縣令是何人他也不得而知，他們三人亦是有可能的，提前套好交情也方便日後行事。張有仁極有可能就是打著這主意，弄明白了張有仁請他們吃飯的意圖，宋銘承心裡一陣苦笑，敢情這是提前對他們進行感情投資啊？而後頭的那個舉動更是佐證了他的想法是正確的。

宋銘承此時能明顯感受到張有仁釋放出來的善意，三十兩的銀子，對他來說不算多，但對另兩位麼，就算是一筆大財了。沒看到梅若海那樣子嗎？眼睛都黏在上頭了，貪婪的目光一覽無遺；而這木訥書生周墩遲則是一副大吃一驚的樣子，顯然這銀子對他來說分量也不少。

弄明白了那層，那三十兩，宋銘承收起來毫無心理壓力。另外兩人見他收了，亦不再推辭。

張有仁見他們收了銀子，很高興。待他們起身告辭時，還特意將宋銘承留了下來，當時梅若海臉色一變，眼瞳緊縮，而周墩遲則毫無異常。

「銘承啊，我留你下來，是想讓你給羅相公帶句話，上回是咱衙門辦事不力被人蒙蔽了，讓他吃了些苦頭，你告訴他，這種事絕對沒有下回！」

當時宋銘承聽得一頭霧水，諾諾地答應下來。

現在回想起來，張有仁這話暗含了到此為止的警告，安撫之餘，未嘗沒有給在意的人開脫的意思。阿德被捉，幕後主使，他已料到是誰，他畢竟也是土生土長的青河縣人，對那位的品性也略有耳聞。

張有仁那晚那番舉動，加上他算了算日子，阿德被放出來的日子和他回鄉的日子差不多。如此看來，阿德被放出來，這裡面固然有韓師爺的功勞，但其中更多的還是因為他這個新出爐的舉人，不過他不需要告訴他二哥和阿德了。

「你們想不明白就別想了，阿德，張大人和我說了，你若還開店，保證沒人敢去找你的麻煩，你看要不要把那店再買回來？」阿德是他二嫂唯一的親弟弟，二哥二嫂對他一直都很不錯，能幫他自然是要幫著點的。

羅德抓了抓頭，不好意思地笑了笑。「還是不了吧，暫時還沒那個打算。家裡的地也剛請了短工種了，家裡正在蓋房子，忙著咧。而且這店開了大半年了，每天都累人得緊，難得能鬆快一下，便讓我偷懶幾日吧。」

這話說得，眾人都笑了。

「大哥、二哥，我想再過十日左右便啟程去京城了。」趁人都在，宋銘承決定把自己的想法說出來，這兩天將家裡的事忙完他便閉門謝客，拜訪他恩師去。

「這麼快？不等過了湯圓的滿月再走？」二郎很意外。

「是啊，這才回來幾天呀。」大郎也抱怨，不過這也無可奈何，若誤了老三的前程，那就不好了。

「呵呵，現在都九月初了，這裡到京城坐馬車都要一個半月左右，緊趕慢趕，能在入冬前抵達便好。」

大郎道：「也好，這事宜早不宜遲，回頭我讓你大嫂給你準備準備，我可聽說了，京城那裡的冬天可比咱們這兒冷多了。」

待眾人解散了，二郎才鑽進宋銘承的房裡。

「老三，你老實說，身上還有多少銀子？」二郎琢磨著要拿多少銀子出來才夠他的盤纏。

「此次去榆南，我只花了五十多兩，現在身上還有一百兩。喔，對了，差點忘了，昨晚縣令還給我三十兩呢。我估摸著，應該夠了。」

宋銘承心中一暖，原來二哥也有細緻的一面嘛，剛才他沒有提這個問題，就是考慮到大哥剛建了房子，身上估計也沒有多少銀子剩下了吧。

「唔，我知道了。」說完，二郎沒多說什麼，便出去了。

宋銘承一見他二哥這樣子，就知道他剛才的話，二哥明顯沒有聽進去。他嘆了口氣，希望二哥二嫂別再像上回一樣往他衣服裡縫銀票了，現在太平盛世的，哪有那麼多強盜小偷？

後來的事情證明了他二哥二嫂這法子是多麼有先見之明，若不是他們往他那舊棉衣裡縫了張五十兩的銀票，身上一窮二白的宋銘承恐怕連活命都難，更別說能平安到京城參加會考了。不過這都是後話了，也正因為這個事，讓他以後無論什麼時候，只要二哥二嫂需要他，他都盡自己所能來幫他們的。

宋家出了個舉人老爺，在古沙村風頭一時無二，幸好宋家一向都是知禮講德的人家，倒也沒有發生什麼仗勢欺人之事。倒是一些心虛的，如周老虎一家，如今生怕宋家和他們清算這些年來田水的帳，夾著尾巴做人，田水當然不敢跟宋家搶了，一見到宋家的人，他們周家的便遠遠地避開來。

十日時間實在是太短，好在羅雲初的身體一向很好，坐月子也沒有什麼不舒服的地方。她每日抽點空出來，給宋銘承縫了件新的棉衣，裡面的棉絮用的是自家新採摘的，保證暖和。然後她讓二郎將宋銘承的舊衣也拿了來，慢慢地給他縫補好了。本來她想將那張事先準備好的銀票縫到新棉衣裡去的，後來她想了想，覺得不如舊衣安全，便趁著給他縫補舊棉衣的時候，將用防水紙包好的銀票仔細地縫了進去。

十日很快便過了，大郎二郎親自將宋銘承送到鎮上。他們事先已經雇好馬車了，趁著大郎去催人的空檔，二郎低聲和他交代了銀票的事。

宋銘承早就料到了，倒也不吃驚，苦笑道：「二哥，我早說過啦，我身上的銀子夠用了，這五十兩你留下來多置幾畝地多好。」

二郎瞄了眼四周，壓低了聲音說：「哎呀，你就別擔心我和你二嫂了，偷偷告訴你也無妨，咱家裡還有一百多兩銀子呢。這五十兩你用不掉最好，若有個萬一，也能應個急。」

話都說到這分兒上了，宋銘承還能怎麼說。

沒一會兒大郎便回來了，說再等一到兩刻鐘，待車夫餵好了馬便出發。二郎見大郎欲言又止的樣子，便識趣地找了個藉口躲開了。

一刻鐘左右，二郎回來了。車夫已經等在一旁了，旁邊還站了個憨厚的書生。

「老三，準備了吧？早點出發也好，莫要趕不上打尖的地兒。」二郎勸道。

「二哥，還有個人沒來，再等會兒吧。」同是青河縣唯三的舉子，宋銘承早和另外兩個約好了結伴而行的，可是現在都過了時刻了，還未見梅若海出現。

又等了一刻鐘，還是沒見梅若海出現，此時一個孩子氣喘吁吁地跑了過來，遞給宋銘承一張紙，說是一位公子讓他轉交的，然後就跑了。

宋銘承打開來看，苦笑。「走吧，周兄，梅兄說家中老母突然大病，讓我們先行一步。」

周墩遲遲疑。「這可如何是好？」

宋銘承見他一副遲鈍的樣子，心裡暗自搖頭。「沒事，他說會在後面趕上來的。」

辭別了兩位兄長，宋銘承靠在馬車廂內閉目養神，難怪梅若海見了他倆旁敲側擊地問了好幾回他們上京的意願呢，原來如此啊。

天剛擦黑，二郎扛著一麻袋壓得實實的棉花，愉快地歸家，肩上的棉花很沈，二郎心裡美美的。照這收成，十畝地收四千來斤不成問題。

剛到大門，就被剛從地裡的大郎叫住了。

「二弟，你山上的棉花還沒收完？」大郎疑惑地問，他似乎半個月前就在忙和這事了，有那麼多棉花可收的嗎？這一麻袋的棉花，恐怕是一、兩畝地的量了吧？

二郎撓頭，真不知道該怎麼說，只得含糊地說山上的事還得忙，下水灣那幾畝水田請他多看顧看顧。

大郎不疑有他，拍著胸脯保證沒問題，又閒扯了兩句，這才各歸各家。

對於沒和他大哥說實話，二郎心裡有點過意不去，不過當他進了房間見著了妻兒，這一想法便被拋開了。人都是自私的，為自己這個小家多想一點沒錯，況且這法子還是他媳婦教給他的，現在說了也於事無補，大不了明年再種棉花的話，叫上大哥一道就是了。

「回來了？」羅雲初聽到外頭聲響，抬眼，正好看到他推門而進。

「嗯，今天飯糰湯圓兩個小傢伙沒鬧騰妳吧？」

飯糰嘟著嘴不滿地抗議。「爹，飯糰一直都很乖的啦。飯糰有幫娘看著弟弟喔，娘，妳說對不對？」爹怎麼可以這樣說飯糰嘛。

「呵呵，小子，爹只說了一句，你就抗議了好幾句呢。」

「是啊，咱們飯糰是個好哥哥呢。」小孩子需要鼓勵，而且羅雲初也希望兄弟兩人的感情能好起來，於是她常常讓兩孩子多親近親近。

被誇獎了的小傢伙不好意思了，臉微微地紅了，但他仍瞪大了眼睛，力持鎮定。

「孩子他爹，把那濕布巾遞給我。」羅雲初想給吃完奶的小湯圓擦一下小嘴，可她躺在床上，不湊手。小傢伙吃著吃著就睡著了，剛才她想把他放床上睡，可是小傢伙一離了奶頭就不樂意，癟著小嘴，皺著小臉一副快哭的模樣，輕拍著哄了好久，才把他哄睡的。湯圓這娃兒好帶，就是太黏她了。

「我來我來。」飯糰哧溜一下滑下床，咚咚咚地跑了過去，將那布巾給她拿了過來。

「娘，弟弟什麼時候才能長成飯糰這樣大呢？」現在的弟弟好小好軟喔，爹娘都說他還小，抱不動弟弟的，等弟弟大點再讓他和他一塊兒玩。飯糰明明很努力吃飯了，而且明明他的力氣很大的，爹和娘為什麼都不信呢，現在他自己一個人都可以把廚房那只菜籃子提起來了，雖然只提起來一小會兒。

「飯糰別急，弟弟長大需要時間呢。飯糰也是花了好長好長時間才長這麼大的喔。」羅雲初安慰飯糰這個心急的哥哥。

「娘，妳讓弟弟快點長大好不好？飯糰把肉肉都讓給弟弟吃，還有，還有羊奶也讓給他喝。」飯糰吃這些都有長高長壯，於是在他的小腦袋裡，誰吃這些都能長得飛快。

「臭小子，你當養弟弟是養豬啊？」二郎笑罵。

飯糰疑惑，難道不是這樣嗎？

羅雲初忍住笑，難怪了，從來沒人和飯糰這個孩子說過這種問題，不過，小孩子的想法果然好可愛。

「你弟弟還沒牙呢，吃不動肉的。」

「那弟弟什麼時候長牙？」飯糰一臉可惜，肉肉很好吃的說。

「三、四個月吧，快了，等長了就告訴飯糰。」

「嗯。」等弟弟長了牙，他一定讓弟弟吃飽肉，一定不和他搶。

九月十六，是湯圓小傢伙的滿月。九月農閒，加上宋家的人緣一向不錯，於是來道賀的人不少。滿月酒的一應事物都是宋母領著幾位嬸娘嫂子幫二房打點好的，趙大嫂等人也過來搭把手，整個酒宴辦得熱鬧又不失了禮數。

許氏在前兩天就檢查出懷了一個多月的身孕，當下把宋母喜得笑眯了眼。家裡的許多活計都不讓她做了，此次小湯圓滿月更是直接打發了她在屋內陪伴羅雲初和孩子。

羅雲初臉上笑著，心裡卻暗暗叫苦。娘啊，您這不是把我放火上烤嗎？還嫌大嫂不夠恨她？好不容易，她那大嫂才轉移目標了的。果然，許氏進來她房間後，方氏也乘機溜了進來，說了幾句酸話，夾槍帶棒的。許氏可能覺得自己隱忍夠久了，肚子裡又有了塊肉做倚仗，當下反唇相稽，一時之間吵吵嚷嚷的，直吵得人頭疼。估計是感受到他娘的不滿，小湯圓放聲大哭。

當下她真恨不得這滿月酒不辦也罷，直接將大房的人轟回家，讓他們關起門來自己鬧去。

「好了，妳們都別吵了，今天是我兒子的滿月酒，妳們做伯母的給個面子成不？」要吵回家吵，別在她家丟人現眼，她們不要臉，她還要呢。

羅雲初無比慶幸這個房間裝了門，要不然這齣戲就全部落入外人的眼中了，當初二郎貪圖便利不想裝，是她堅持才安上的。

宋大嫂估計也想到再吵下去，被宋母和大郎知道了肯定沒好果子吃，遂識相地閉上了嘴。她盯著羅雲初和她懷裡的孩子，冷哼一聲，扭頭出了房間。

羅雲初在心裡搖頭，她這大嫂，身體調養了那麼久都時好時壞的，前兩天還聽說又臥病在床了，今天卻硬撐著要過來。她可不會自作多情以為方氏是多麼在乎這姪子，宋大嫂無非是想趁此機會擺擺正妻的派頭罷了，過來晃一圈，好讓別人記住她始終都是宋家的長媳。

「二弟妹，謝謝妳了。」許氏感激地道。

羅雲初哄著兒子，沒看她。「妳也不用謝我，我只是不想妳們太大聲嚇著湯圓而已。」

如果許氏以為憑這兩句不痛不癢的感謝，她就會出手教訓方氏，那就大錯特錯了。對他們大房那破事，她才懶得管。

許氏不理會她的冷淡，兀自說道：「二弟妹，妳不知道，天孝他娘好可怕，有時晚上不睡覺，卻貼著我們的房門聽壁腳。有回我渴了想到廚房舀碗水喝，甫一開門就見她站在那兒，大晚上的，差點兒沒把我嚇死。」

羅雲初臉上淡淡的，心裡卻很不厚道地笑翻了，不是幸災樂禍，而是她大嫂這做法完全吻合了她之前的猜測。大郎一家子喬遷新房的時候，她得知大哥將許氏和方氏安排在主屋的西側間時，就不厚道地猜想，她那大嫂晚上睡不著覺的時候會不會去偷聽丈夫和平妻的壁腳？事實證明，果然會嘛。

許氏繼續嘮叨著宋大嫂做的某些不著調的事，羅雲初可有可無地聽著，她知道許氏未必在意她有沒有在聽，只不過是急需一個通道來發洩心中積壓的不滿罷了。在宋母或大郎面前她是不敢說的，娘家也不能常回，家醜又不可外揚，所以怎麼看，羅雲初都是最適合的垃圾桶。

好不容易挨到用飯時間，有人來請她們出去。羅雲初抱著小湯圓往客廳裡走，她鬆了口氣，心裡對她大哥充滿了同情。看來，齊人之福並不好享啊，他就自求多福吧。

滿月了，羅雲初最喜歡的一點便是，她終於能洗澡了！整整一個月，她都不能碰水。二郎對她一向心軟，以往只要她軟語哀求幾回，他都頂不住，沒兩下準投降。但在這事上，他卻跟他老娘保持了高度一致的立場，堅決不允。

她說她受不了自己身上那個氣味，二郎卻說她很好聞啊。好聞個屁！當時她就恨得咬了他一口，偏他還一副樂呵呵的樣子，似乎一點也不疼。晚上為了證明他所言不虛，睡覺時竟然是緊抱著她的。當時她心裡發狠，不給我洗澡，熏死你！最後卻是她敗下陣來，不敗能如何？人家完全一副沒事人的樣子，兀自睡得昏天暗地。

坐月子那整整一個月的辛酸，不說也罷。反正羅雲初是打定主意了，下回受孕她一定要掐準時間，堅決不在夏季生產了。

晚上，禁令解除的羅雲初指使二郎給她提了兩次洗澡水，足足洗了半個時辰方罷。洗過澡後的二郎爬上床，抱著羅雲初挨挨蹭蹭。「媳婦，妳好香喔。」

挨吧，蹭吧，一會兒你就知錯了。

羅雲初察覺他的硬碩正以不可思議的硬度和熱度膨脹著，她一把握住它，媚眼如絲地問：「想要？」

二郎點頭如搗蒜，雙眼流露出赤裸裸的渴望。

「可是，娘說了不行耶，還沒夠四十天。」可憐見的，這都多久沒聞過肉味了。

二郎挫敗極了，這話他老娘也和他說過，今天還特意叮囑他了，說女人的月子一定要坐足了，讓他千萬別猴急，給他媳婦惹來一身病。

好吧，為了媳婦，他忍！再過十天就可以了。

「睡覺了。」他悶悶地說道。

羅雲初突然覺得自己過分了，坐月子的時候他不讓她洗澡也是為了她好。懷孕三個月的時候，她見他忍得辛苦，曾告訴過他懷孕也能做的，只要溫柔點就行，可是二郎顧及她肚子裡的孩子硬是拒絕了。坐月子的時候他也沒嫌棄她氣味難聞而搬到別處去睡，她聽趙大嫂說了，趙大嫂月子內那會兒，和趙大哥分床睡了足足一個月的。

這般想著，她迅速鑽進他懷裡，拉過他的大掌讓它搭在她的腰際。老天爺真的很厚愛羅雲初，這次生產，她除了身材變得豐腴一點外，其他的都沒走形。

二郎不明所以地看著她，羅雲初湊近他的耳際，輕喃了一句，他的眼睛瞬間發亮，搭在她腰際的手動了，來回地撫弄著。

「媳婦，妳真好。」

羅雲初橫了他一眼，臉微微發熱，漸漸俯下身去，小嘴來到他的腰際。

二郎被她睨了一眼，只覺得骨頭都要酥了，隨著她的動作，他的呼吸漸漸急促起來。

第三十六章 棉花後加工

九月、十月的古沙村暗暗流露著一股詭異的氣氛，興奮而神秘。不少山頭冒出了陣陣黑煙，不少村民見面了臉上的表情似乎都透露著另一層意思，通透的自然通透，不明就裡的仍然不明就裡。

「媳婦，山上的棉花已經收完了，我們和大哥搭個夥燒炭吧。咱們村今年有許多人燒哩，黃連生、趙大哥他們都燒了好幾窯了。」二郎抱著小湯圓，在他嫩乎乎的臉上親了一口，下巴的鬍碴刺得他不舒服，癟了癟嘴就哼唧起來。

「你這人真是的，哪天不逗他哭一回你就不舒服是不？」羅雲初白了那傻笑的傢伙一眼，抱過兒子哄了起來。「小湯圓乖乖，你爹壞，咱不理你爹了喔。」

「呵呵，我這不是見他不哭不鬧不像個娃兒嘛。」二郎摸摸鼻子。

敢情孩子好帶他還嫌棄了？不過湯圓確實太好帶了點，除了吃就是睡，偶爾醒過來別人逗他，他也很給面子地露出無齒之笑。只是這娃兒愛乾淨，一到要解決人生大事時必定哼個兩聲，若沒人理就大哭，若拉了你慢個一時半刻沒給他清理，必定鬧騰得不行。小湯圓這作派搞得羅雲初很納悶，這娃兒的表現似乎有嬰兒穿的潛質？她暗自觀察了幾回，發現是她想多了。

「爹你又欺負弟弟了？」飯糰指控道。

二郎納悶，兒子看問題啥時候這麼一、一針見血了，對，就是一針見血。他也不想想，湯圓一般在羅雲初身邊時都乖得很，極少哭鬧。好幾回大哭都是他這當爹的逗的。

接著飯糰看著他爹搖頭，一副老氣橫秋的表情。「爹啊，你也老大不小了，怎麼可以老欺負弟弟呢？」

飯糰很護著他這個弟弟，見不得他受一點委屈。

「臭小子，讀了幾天書倒教訓起你老子來了？」二郎笑罵。

「好了好了，你們爺兒倆別鬥嘴了。飯糰你不是和你天孝哥在書房裡寫大字的嗎？」

自宋母搬回大房後，羅雲初見西廂光線好，和宋銘承挨得又近，索性收拾出來充作書房。而大房那邊的房間不多不少剛好夠用而已，若要空出一間屋子來作書房很是勉強。天孝去學館也有大半年了，羅雲初便和宋母、大郎說過，讓他放學後就過來這邊書房溫習功課，順便教教飯糰。他們都覺得這主意不錯，遂不反對，只是宋大嫂頗有微詞。天孝本人卻是樂意的，每日放學回來都待在二房這邊，直到用飯方回去。羅雲初做什麼好吃的也不避著他，有飯糰的一份定然少不了他的一份，這些天孝都看在眼裡，記在心裡。

「嗯，剛寫完兩頁大字，姊姊就過來叫哥哥回去吃飯了。」

「寫得怎麼樣？」羅雲初隨口問道。宋銘承回來時，她就讓他得空時寫了幾張書帖，專門留給飯糰描紅用的。畢竟之前他留下的那些字都太過深奧了，不適合初學者用。

「哥哥誇飯糰有進步喔。」

「還記得龜兔賽跑的故事嗎？飯糰不能驕傲喔。」

「嗯，飯糰不驕傲。」

交代了飯糰看著弟弟，羅雲初和二郎便來到廚房整治晚飯。

趁著洗洗切切的空檔，羅雲初對正在燒火的二郎說：「孩子他爹，你剛才說和大哥搭夥燒炭的事，我看行，左右無事，田裡的莊稼一時半會兒也還沒到收成的時候，你且去吧。」

「嗯，我也是這麼想的。大哥都賣了三窯了，只不過價錢一次比一次低，希望過段時間會漲點吧。」其實他能理解大哥想多攢點錢的迫切心情。

聽了他的話，羅雲初不以為然，在她看來，這木炭的價格怕是難漲上去了。不過她覺得無所謂，冬天快到了，自家也是要用炭的，若賣的價錢不划算的話，大不了留給自家用唄。

也不知道那法子是如何流傳出去的，總之現在雖然還達不到人手一份的誇張程度，但就古沙村來說已有不少人懂得這個法子了。物以稀為貴，什麼東西一多了就不值錢了，這木炭也不例外，多了，價格自然就賤了。她現在覺得慶幸的一點便是，這裡是古代，是機器不普及的時代，他們砍伐的木材大小清一色都是手臂般粗的，大的樹木都沒有被砍。

「對了，現在的棉花行情如何？」

羅雲初盤算著，家裡的棉花連籽足足有五千斤，家裡的兩間閣樓都堆得實實的，原本放在上頭的糧食還特意搬到飯糰那房間和外頭的東廂放著，給那些棉花騰地方呢。那會兒家裡的麻袋都不夠用了，二郎特意到鎮上買了兩大捆回來才勉強裝得完這棉花的。

「嗯，今天去問了，去籽的是二十五文錢一斤，不去籽的是十二文一斤。不過我看這個價錢隨著天漸漸冷下來，還會往上漲的。」去籽和不去籽價格相差太大了，也難怪，有籽棉花重了許多。不過即便如此，他們今年也賺大了，五千斤的棉花連籽全賣了，能得六十兩呢。這銀子自然比不上他們前頭賣木炭方子那麼多，但這全是種地得來的啊，有些人種了一輩子的地，都掙不了這麼多銀子呢。

羅雲初停下菜刀，細細想了一番，覺得賣棉花不划算，這賣原料和賣後加工品價格相差太大了，中間一大段利潤生生被人吃了。

「二郎，還記得去年咱們給飯糰買的那床新被子嗎？」

「記得啊，咋啦？」

「那兩張被子總共才六斤吧？就賣四百文錢。」那兩件被子小，長約四尺寬約三尺，三斤一張才顯得沒那麼寒磣人，若是配給他們睡的那張大床，嘖，不知道有多薄呢。

「那兩件被套也不是什麼好料子，我算它一百六十文好了。這樣一來，相當於六斤的棉花稍微加工一下，變成棉被，他們就賣了兩百四十文，差不多每斤四十文！」其實那布的價格是她高估了，繡坊大宗生產，價錢應該更低才是。僅僅把那棉被加工一下，價錢就翻了一倍多，想想她就眼熱，這都是白花花的銀子啊。

二郎聽著他媳婦的話，心頭也是一片火熱。「那咱們把棉花都加工成棉被吧。」

羅雲初讚賞地看了他一眼，這傢伙，不笨嘛，連加工一詞都懂得現學現用了。

「咱們附近有沒有人懂得彈棉花的？或者在繡坊做過此類活兒的呢？」彈棉花的過程她很小的時候見過，但需要的技巧和工具她也說不清，她覺得還是請個專門的人來做這個好了。

「我想想。」二郎給灶裡添了根柴後凝神思考，羅雲初也不催他，把切好的肉放下鍋去煎油。

「對了，我想起來了，村東邊的莫老漢莫大娘以前似乎就是幹這行的，據說在繡坊幹了十幾年了，後來那繡坊換了東家，新東家嫌棄他們老了幹活不俐落，便把他們辭了。」

他們村還真是人才濟濟，打鐵的、接生的，現在連彈棉郎都有！

「那敢情好，你抽個空去問問他們願不願意幫忙吧。咱也不虧待他們，每彈出一張棉被，給他們十五個銅錢。」計件給錢，不怕他們出工不出力。

二郎覺得這個法子好，當下應了下來。

次日二郎便跟著大郎到山上燒炭，此次大郎燒炭的地點是在他們山頭的另一面，上山的路不一樣。於是大郎才沒有發現棉地裡的異樣，而二郎在收完棉花後，怕那些棉株留著惹事，加上挑回去當柴火燒也不妥，遂將它們全砍了，原地燒掉。

趁著中午回來吃飯的空檔，二郎去村東邊尋了莫老漢夫婦，說明了來意後，他們沒有討價還價便同意了。

莫老漢夫婦膝下只有一個兒子，前些年死了，給他們留下了兩個孫女，兒媳也改嫁了。莫老漢夫婦在繡坊幹了十來年，倒也攢了一些家私。這下他們兒子死了，救也救不回來，他們這一家成了絕戶，心灰意懶之下，買田置地的想法就淡了。一家四口僅耕著兩畝祖上傳下的地，反正買了，以後也是便宜了那些白眼狼親戚，索性他們就捂著那些銀錢，待兩孫女大了給她們置辦一份嫁妝，讓她們體體面面嫁了便是了。

既然打算製棉被，那棉花就不得不去籽，如果光靠羅雲初，整到明年恐怕都不行。思來想去，羅雲初準備請人。此時正是農閒，村子裡休閒的婦孺挺多的，就讓她們幫忙，每去籽十斤棉花給兩個銅錢。錢不多，但挺多人樂意做的，畢竟給棉花去籽這個活兒比做針線簡單，帶著孩子一起做，一天下來十來個銅錢就到手了。而且每日的工錢還是現做現結，不拖沓，閒著也是閒著，能掙一點算一點吧。

於是接下來近半個月的日子裡，羅雲初家大門大開，不少人從自己家裡拿了小兀子，三五成群地圍在她家院子裡給棉花去籽。

第一日她們完成的時候，羅雲初檢查了一遍，整袋的棉花裡沒發現一顆籽。當時她就感嘆，這時候的人真的很實誠，幹活極少偷工減料耍奸弄猾的。於是接下來的日子，她便時不時地查看一些，其他的都很放心。

十日左右，這五千來斤的棉花便整理好了，花了一吊錢。最後那天結了工錢後，有好幾個嬸娘候在一旁，腆著臉說她家的棉花好，想買幾斤回去做棉衣。羅雲初本想算她們便宜一點的，但想到若這樣的話，後面會有更多人來買棉花的，而這批棉花他們又另有打算，於是便都以二十五文一斤的價錢賣給她們。

那晚，二郎早早歸家，他早早燒好了熱水，吃過飯後，很是殷勤地幫羅雲初提好熱水。「媳婦，水我幫妳提到浴室裡了，妳趕緊去洗啊。」聲音裡透出一股說不出的熱切與曖昧。

用膝蓋想都知道他打的是什麼主意，羅雲初紅著臉瞪了他一眼。二郎嘿嘿直笑，直催促。「快去吧，快去吧，晚點水就涼了。」

羅雲初收拾了衣服，有點彆扭地往浴室走去。

二郎看著床上睡得正熟的湯圓，嗯，兒子在床上不方便運動啊，而且萬一他在關鍵的時候醒了就太掃興了。遂有了以下這段對話。

「飯糰，今晚讓湯圓跟你睡好不？」某個無良老爹誘哄著四歲的兒子。

和弟弟睡耶，飯糰驚喜，忙不迭地答應下來。

為了以防萬一，二郎連尿布也扯了兩條帶過來給飯糰。「這尿布，懂換吧？」

飯糰點頭。「懂。」他見娘換過許多次，很簡單的。

「那就好，好好照顧弟弟啊。」解決了這事，二郎心情很愉快。

「飯糰會的。」

羅雲初洗了澡甫一進房，就被人從背後抱住，身後的門一下子被關得嚴嚴實實的，羅雲初紅唇微張，差點驚叫出聲。

「別怕，是我。」熟悉的雄性男性氣息圍繞著她，說話間，他頭一低就吻住了她的唇，舌頭趁虛而入，探進她的嘴裡。

大掌更是止不住地往她的衣內鑽去，握住兩團豐盈。羅雲初也是許久未經歷情事，身子敏感異常，察覺到抵著小腹間腫脹的物事，熱氣更是熏紅了臉。不知不覺間，兩人挪向了大床，渾身發軟的她被推倒在上面，羅雲初擔心兒子，下意識地往裡側看了一眼，察覺兒子不在，聲音中帶了一絲沙啞地問道：「二郎，湯圓呢？」

二郎沙啞地低喃。「他睡著了，我讓飯糰幫看著。」似是不滿她的不專心，再次吻住了她。

雙手更是不停地在她身上忙碌著，沒一會兒，她最後一絲清明也消散了，在二郎強健的身體下享受欲仙欲死的快感。

許久未做此等體力勞動的羅雲初哪裡比得上身強體健的二郎？沒幾回便在他身下暈厥過去了，而此時的二郎仍在她身上奮戰著，發洩他過剩的精力。

那頭，湯圓安安靜靜地睡著，興奮過後的飯糰誠惶誠恐地坐在床上，看著睡在他身旁的弟弟，不敢動他，卻又不知該如何是好。那個無措的樣子，就像是一個寶貝擺在他眼前，他卻不敢動，只能在一邊觀望著，生怕動了後會弄壞它。

湯圓睡夢中吧唧了兩下嘴，小手握成拳頭放在胸前。飯糰看了一會兒，拽過自己的小被子，小心翼翼地蓋在弟弟身上，湯圓無所覺，閉著眼睛睡得香甜。

而他自己則側躺著，睜著圓圓的眼睛時刻注意著弟弟的動靜。漸漸的，飯糰睏了，他揉了揉眼，又看了弟弟一眼，覺得他沒有那麼快醒來的，便悄悄湊了過去，在他臉上親了親。嗯，香香的，有娘身上的味道。當哥哥的飯糰滿足地想，然後把頭靠著湯圓，小身子也小心翼翼地挨著他，閉上眼，很快便進入了黑甜鄉。

夜裡，床頭櫃子上的油燈一直都沒有熄滅，湯圓醒了過來，咿咿呀呀地叫著，等了好久都沒見熟悉的娘親把他抱起來哄他，給他把尿。他一個忍不住，尿了出來，仍舊沒人理他，小傢伙頓時慌得大哭起來。

東屋那頭，母子連心，羅雲初好像聽到了兒子的哭聲，忙推了推猶在她身上忙和的男人，嚥下一聲呻吟，道：「二郎，我似乎聽到湯圓的哭聲，是不是他醒了？」

「妳想多了吧，我咋沒聽見？放心吧，我叮囑過飯糰了，要是湯圓醒了就過來叫我們。」二郎怕她再問下去，一會兒到嘴的肉就飛了，頓時腰部用力，速度又快又猛，羅雲初最後一絲清明也漸漸抓不住了，只餘下陣陣隱忍的嬌喘聲。

飯糰是被一陣哭泣的聲音吵醒的，他迷迷糊糊地睜開眼睛，朝床的裡側看去。飯糰見湯圓哭得淚珠子都出來了，頓時慌了，伸出小手，給他擦了擦。「弟弟，不哭不哭。」

湯圓聽到熟悉的聲音，睜開濕漉漉的眼睛，懵懂地看著眼前的哥哥。看了一會兒，見不是娘那張臉，嘴癟了癟，眼睛又泛起了水氣。

飯糰知道弟弟一向很少哭，此時哭得那麼厲害，肯定是尿尿了，伸出小胖手一摸，果然濕了，他立即學著他娘的話安慰弟弟。「別哭別哭，哥哥這就幫你換尿布喔，乖，乖。」稚嫩的聲音透出一股心疼。

飯糰爬下床，拿了一塊尿布回到床上，他將濕的換下來，扔在一旁的椅子上，笨拙地給他弟弟換上乾爽的尿布。

身上舒服了，湯圓哭得了累了也沒見他娘來哄他，便也漸漸地收住了淚。湯圓平日裡很好帶的，而且飯糰也常常陪他，看著熟悉的哥哥，便漸漸閉上眼，在哥哥小手的輕拍中睡了過去。

飯糰看著弟弟不哭了，安詳地睡著了，心裡鬆了口氣之餘，一股成就感油然而生，他拉過被子，挨著弟弟又睡下了。

次日，二郎神清氣爽地起床，提了提褲子。羅雲初醒來後，白了那一臉饜足的男人一眼，不顧身體的痠疼，披了件衣服就到西屋看兩個孩子去了。

來到西屋，兩個孩子都醒了，飯糰正拿著小鼓逗著湯圓呢。見兩娃一晚都沒事，羅雲初便放心了，誇了飯糰一頓，她才抱起湯圓。

被他娘忽略了一晚上的湯圓見到羅雲初，就往她胸前蹭了蹭，呀呀地叫著。

「媳婦，我說了不用擔心湯圓的嘛，飯糰很能幹的。」二郎顯然對飯糰的能幹很是滿意。

羅雲初決定不理會這個無恥的男人。才四歲的孩子，你卻讓他照顧弟弟，你羞是不羞？而且飯糰正在長身體的時候，晚上睡眠不充足哪行？

「今天你不是要到鎮上取那套訂做好的木棉彈弓嗎？還不趕緊？」她前兩天把雜物房騰了出來，充作彈棉被的作坊。待那些工具到了，便能開工了。

「嗯，一會兒就走。」說起正事，二郎收起了嬉戲的態度。

「對了，別忘了買上十來捆紗線啊。」

「曉得了，不會忘的。」

當下，各自忙碌不提。等二郎把木棉彈弓等工具拿回來後，莫老漢夫婦便開工了。他們過來幹活時帶上了兩個孫女，羅雲初瞭解的笑笑，讓飯糰不描紅的時候就陪著兩個小姊姊玩。

前頭給棉花去籽的時候，羅雲初他們對外的說法是自己種了十畝，而大部分的棉花是羅德從外地收購回來，讓他們幫著加工的。為了取信於人，還招搖地從羅德家拉了幾大牛車的東西，其實這些有部分是木炭，有部分是夏季收穫的糧食。

上半年羅雲初他們不是耕作著她娘家的幾畝地嗎，羅宋兩家在不同的村子，當時收回來的糧食都沒乾，若挑回來太費功夫了，二郎索性就放在她娘家曬乾先了。此時正好利用上了，就把它們給運了回來。不過這事他們事先已和羅德通好了氣，羅德也不問姊姊姊夫為啥讓他這麼做，便照做了。

幹完活回來的男人愛湊在一塊兒喝點小酒，最常聚集的地點便是二郎家的廚房。羅雲初儘管不喜二郎喝酒，但在外人面前一向給他做足了面子，專程給他們炒了一碟花生米當下酒菜後，她便不去管他們，自個兒忙去了。

「唉，這都兩個月沒下雨了，再這樣下去，地裡的莊稼都要乾死了。」大郎嘆了口氣，地裡的莊稼蔫蔫的，又正是抽穗的關鍵時候。

趙大山也搖搖頭。「我看這天氣啊，一時半會兒怕是難有雨下了。」

二郎深以為然。「不行的話，只能像往年一樣擔水，來來回回地給地裡澆水了。」

「對了，今天我進城，聽人說了，俞閭那邊地龍翻身，死了好多人，後來那裡有好幾個縣都發生了瘟疫。據說有不少人逃了出來，四處逃竄呢。」趙大山道。

「嗯，我也聽說了。俞閭離京城很近啊，老三這都走了快一個月了，也不知道走到哪兒了？到京城了沒有。」二郎很是擔心。

「聽那些走南闖北的趕車人說，從咱們青河縣到京城少說也要走一個半月呢，這會兒怕還在半路上吧。」大郎的想法很務實，沒有什麼太過不實際的奢望。

「你們兄弟倆呀，就別擔心了，我看你們老三也不是個福薄的，即便遇上什麼不好的也能逢凶化吉，放心吧。」

羅雲初就在屋前屋後忙碌著，他們的話她一字不漏地聽了去。晚上睡覺的時候，她便和二郎說：「孩子他爹，你瞧瞧咱們是不是該囤積點糧食啊？」雖說今年因著耕種了娘家的地，又置了四畝水田，上半年他們收回來的糧食比往年還多一半，但下半年就指著那四畝水田了，加上老天爺不賞臉，收成肯定比不得上半年的。
今天她聽他們說了，俞闇那邊地震瘟疫，通常民間有這等不穩定的因素，接下來物價不穩定是必然的了。過不了多久，糧食的價格就飛漲了吧？若情況再嚴重點，恐怕到了最後手上有銀子都買不到糧食。在這裡糧食就是命啊，多囤點糧準沒錯。
「媳婦，為啥呀？」二郎長這般大，在這裡還沒經歷過這地震瘟疫那種東西，頂多就是旱了點或澇了點而已，自然不明白羅雲初的顧慮。
羅雲初當下便把她的思慮說了，二郎想了想，覺得多囤點糧食沒錯，便應了下來。
這頭，宋銘承他們的馬車走了近一個月，才走到榆蘇、域封、領南三省交界處的一個小鎮。小鎮地處三省交界，人流來往密集，自是富饒不過。
此時此地除了商旅外，還有少數衣衫襤褸的難民。
「聽說了沒，俞闇省自地龍翻身之後，瘟疫又開始蔓延了，據說不少人從俞闇各縣跑了出來。」
「你這都老掉牙的消息了還拿出來顯擺，真是！你瞧瞧吧，那些穿得破破爛爛的，不是俞闇跑出來的難民是什麼？」
「作孽喔，要是我我也逃啊，聽說聖上下旨封鎖俞闇各縣的要道了，這不是逼著人家留在那兒等死嗎？」
「噓，作死了你，這些話你也敢拿來說？」
「羅相公、周相公，你們看，咱們是不是繞道為好哇？」趕車的劉老漢問。
「自然得繞道的，只是咱們該往哪條路走好呢？」宋銘承凝神思考了一下，道：「走域封這條道。」域封離俞闍遠點，雖然多繞了一段路，但可以杜絕許多麻煩。
周墩遲懵懂，對此決定毫無異議，他看著那些髒兮兮的難民，滿臉同情。「羅兄，他們好可憐。」
「周兄，咱們要相信聖上。當今是個年輕有為的，我相信不久後朝廷便會把俞闍的瘟疫控制住的，然後幫俞闍的百姓重建家園。」宋銘承安慰。
周墩遲的態度宋銘承隱隱覺得不妥，但兩人只是結伴而行，交情也不算深厚，宋銘承有些話也不便說他。只能提醒他趕考為主，待取得了功名，便能為百姓做點事了，這才把他勸上車了。

第三十七章　囤糧行動

「二嫂子，妳瞧，這棉被可還過得去？」莫大娘見羅雲初經過東廂，忙叫住她，指著那床新出爐的棉被問。

羅雲初笑著說道：「莫大娘，我就不用看了，妳和莫大叔的手藝咱可是信得過的，要不也不會請你們來了不是？」話雖如此，但她仍然走了進去，翻了翻，越看越滿意。

莫老漢夫婦見她如此，便知她甚是滿意了。於是莫大娘搓了搓手，不好意思地道：「東家，求妳個事。」

「莫大娘，不是讓妳別叫我東家的嗎？聽著怪寒磣人的。我聽著二嫂子就挺中聽的，你們這樣叫著便好。你們有什麼事只管說，能幫的我自然不會推辭。」且聽聽他們的要求吧，相處幾日，羅雲初相信莫老漢夫婦不是那種順著杆子往上爬的人。

「是這樣的，今早我女兒回來了，說我那外孫跌斷了腿，急需一筆錢來醫治，她家又是個窮的，這不求到娘家來了。咱們做爹做娘的，總不忍心不管，遂厚著臉皮向妳討工錢來了。」之前攢的銀子全放到錢莊裡了，輕易不能動用的。

請他們時，二郎便和他們說好了，十日結一次工錢。現在才五日，他們不好意思也是可以理解的。與人方便就是與自己方便，羅雲初不忍心為難兩個老人，當下便笑道：「這個沒問題的，我這就給你們結算一下。」

羅雲初折回屋裡頭，拿了每日的記錄，回到東廂。「莫大娘，我數了數，這五日你們總共彈了七十五床棉被。十張五斤重的，五十張十斤重的，還有十五張十五斤重的。可對？」這些不同重量的棉被都是為了因應市場的要求。

莫大娘看向自家老頭，一直沒說話的莫大叔點了點頭。

前頭她說每張棉被十五文錢是她外行了，二郎特意到鎮上問了下行情，得知人家彈棉被全是按斤來算的，一個銅板一斤，若以她這想當然的想法來給工錢，他們這批棉被的成本價就高了。那晚她被二郎笑了好久，直接不服氣追上去要咬他這才完事。

「按照之前我們說好的價錢，那你們就能領到七百七十五文，你們算一下是不是？數目若對了，莫大娘妳再找我拿錢。」看著兩位老人低頭苦思的樣子，羅雲初也不催促，她知道這裡的人懂算數的少。他們有可能要去問一下別人。

「成，一會兒算出了結果我再去尋妳。」

「好的。」

過沒多久，他們便找來找她了，說她算的數目都極對。羅雲初笑笑，進屋拿了錢給他們。

羅雲初既然要囤糧，自然不會忘了提醒娘家那頭。為了能空出一個閣樓來放糧食，上頭的棉花都被清出來放在客廳裡和飯糰的房間裡，隨著一袋袋棉花漸漸變成一床床棉被，房間裡總算能騰出點地兒來站了。

其實現在的糧食價錢已經有點略微抬高了，只是除了有心人，別人都沒太在意。羅雲初他們主要囤積大米和麵粉為主，黃豆、綠豆、番薯等也會囤積一些，加上油鹽醬醋啥的，都買上一些，這些東西就足足花了十八兩。

大郎那邊自然也告訴了，大郎家跟著買了一些，麵粉和大米各四百來斤吧，不算多。大郎明顯不像他們這邊那麼有魄力，畢竟羅雲初他們光大米就買了兩千斤，麵粉買了一千斤。若只是他們一家四口吃，能吃兩、三年了。羅雲初本想讓二郎勸著他們多買點，但知道他們估計也聽不進去的，便罷了。

今年他們二房田間收回的糧食也是以稻穀為主，舂成大米，也就三、四石，除去平時吃的，沒剩下多少。如今有了這些糧食，即便下半年收成不好，也沒多大妨礙了。

「姊，聽了妳的話了，咱們家也買了好些糧食，咱們一家四口一、兩年的口糧盡夠了。」阿德對羅雲初的話是很信的，一、兩年的口食也不算多，放在閣樓上不怕潮，留個幾年不成什麼問題。若情勢好，到時賣掉一部分便是了，若真的連糧食都吃不起了，味道差點又如何，總比吃不上飯強吧。

「那就好，對了，上回老三說的話你還記得不？有沒有回鎮上再盤個鋪子的想法？」羅雲初琢磨著，這麼多棉被，該怎麼賣，得拿出個章程來了。

「想是想，但地裡的莊稼委實讓人不放心啊。」羅德靦覥地笑笑，在他姊面前，有啥不好承認的。

「愁啥，盤吧，你家那些地改天領著你姊夫去認一下，讓他幫著跟理跟理。」反正她家這個就只是個種田的料，不用白不用。

羅德想了想便點了點頭，沒什麼不行的，待收糧食的時候再回一些糧食給姊姊他們便是。

「還有哇，開店之時米麵等物多買點兒。」她這是防止成本太高，阿德開那店走的本就是平民路線，成本低、味道好、分量足才有賺頭。若糧食的行情真如她所料，那按她說的話準沒錯。她想，在年前或者明年一、二月前都沒事，因為有下半年的收成頂著，到了三、四月分，正是青黃不接的時候，恐怕才是最艱難的時候。

「曉得了。」現在天氣冷了，豬下水和火鍋的生意正是好做的時候，希望這回能多掙點錢。

「對了，買店的銀子夠不夠？」她知道前陣子娘家又添了七、八畝地，還蓋了新房，這些加起來，少說也要花一百來兩。

「姊，夠了，前頭花的都是這大半年賺的銀子，老本兒沒動哩。」

羅雲初想想自己也分到的八十兩私房，點了點頭。「對了，到時給姊姊空出一點地兒來賣棉被吧，瞧，這麼多棉被，正發愁呢。今天讓你姊夫到鎮上問問李記繡坊收不收棉被，也不知道情況如何？」

「姊，放心吧，據我所知，李記繡坊每年都進好多棉被的，會有好消息的。」畢竟在鎮上那大半年不是白待的，對鎮上許多店都有了大概的瞭解。

「姊，妳家種了多少畝地的棉花呀，咋會那麼多？」他進了大廳隨便瞧了瞧，少說也有二、三十畝地才種得出這麼多的棉花吧。但姊夫家的地沒那麼多的，莫不是租別人的來種了？可是，這樣不划算。

羅雲初笑笑，也不瞞他，把他們種植棉花的經過簡略地說了一下。若說在這裡，除了二郎和飯糰、湯圓等，她最信任的恐怕就是這個弟弟了。

羅德聽了，吃驚地看著她。「還有這樣的說法？」

「對呀，『天工論物』那本書說的，當時我也不怎麼敢信，還是你姊夫咬咬牙，種了十畝地呢。」

羅德感嘆了一聲。「還是姊夫夠魄力啊，可惜了那本書，裡面指不定還有其他的好法子呢。」

羅雲初看著他一臉惋惜的樣子，暗笑。

「媳婦，家裡現在有多少床棉被了？李記繡坊說要一百張呢。」二郎甫一到家，洗過手，換了外衣後便抱起湯圓，在他嫩乎乎的臉蛋上吧唧地親了一下。

湯圓沒反抗也反抗不了，睜著黑溜溜的眼睛直直地看著自家老爹。

「真的啊？價錢如何？」羅雲初在心裡算了算，家裡現在有一百零八張棉被了。知道他們趕著出貨，莫老漢夫婦幹起活來挺賣力的，每天都儘量多彈幾張，有時忙得晚了，羅雲初索性留他們下來吃過晚飯再回去。對此，夫婦兩人是感激在心的，幹起活來更精細了。

「價錢每斤四十五文，五斤和十五斤的各要二十張，十斤的要六十張。其實我看呀，還是咱們的棉花好，新棉，又白又暖和。」二郎樂呵呵，今天李記繡坊那管事仔細瞧過他們帶去的棉被後，一番討價還價才確定這個價錢的。二郎也知道若自己開店零賣的話，肯定不止這個價，不過大宗買賣能賣四十五文已經不錯了，他知足。

「還差兩床十五斤的棉被，你別皺眉，明兒個一早我就讓莫大叔他們先彈出來。」

四十五文一斤？三斤籽棉才出一斤皮棉，他們此次棉花的收成是五千斤，去籽後的皮棉也才一千七百斤左右。古代的種植技術畢竟比不上現代，現代好些地方籽棉平均畝產三、四百公斤，如今他們這地方能有五百斤的畝產量已經算是高產了，虧了上半年老天爺賞臉。

這些天隨著天氣越冷，棉花價格又漲了，籽棉都賣到十五文錢一斤，皮棉則是三十二文錢。現在他們都加工成棉被了，賣四十五文一斤也不算太占便宜，不過還是有賺頭的。羅雲初暗自樂呵。

「這回多虧了小舅子幫忙了，要不，還真難牽上線呢。」媳婦的娘家能使得上力，二郎很高興。

阿德的能幹，她一向是知道的，不過她嘴上也不好多說。「阿德那店裝修得如何了？」

那日他說了要開店後就風風火火地忙開了，昨天又趕來了一趟，把新打的契約拿來給她，照樣是四成乾股。當時她就推辭了，可人家阿德說了，姊弟倆，有錢一起賺，何必顯得如此生分。而且有她小叔在，能免了許多後頭的麻煩，她家小叔必然是看在她和姊夫的分上才幫忙的，他不好吃獨食，如果她嫌銀子燙手，可以把部分給她小叔。

羅雲初尋思著他說得也對，老三這份情她領了，待他成親時，她送上一份厚禮吧。

「今天回來的時候跟去看了下，已經差不多了，明兒一早阿德將之前的爐子啥的搬進去就能開張了。」

「呵呵，手腳挺快的嘛，這才幾天啊。」

二郎這邊正忙和著棉被的生意，大郎那頭燒炭行情卻不怎麼好過。

「唉，炭賤了啊。最初那段時間的價錢還行，能賣五文一斤，接著便是四文，現在就只有三文錢一斤了。」大郎看著三千斤的炭，嘆道。

「好在你早前聽了二弟的話早早便賣了一批，若像趙大哥他們等到現在……」許氏搖搖頭。上批炭賣了十兩銀子，聽他說比不上去年，去年這時候她還沒嫁入宋家，就不說什麼了。今年僅是他一人之力能賺這個錢，她已經很高興了。人麼，要知足。

「不只趙大哥，黃連生也一樣，堆積了上萬斤的炭，呵呵。」大郎道，他們比他更急呢。

「唉，算了，一會兒給老二扛一千斤的炭過去。對了，去屋裡拿二兩銀子給我，我一併給他送去。」先頭二郎就交代好了，賣炭的錢他分多少，讓他這做大哥的看著給就成，只是今年要給他留一千斤左右的炭。

「老二家今年種棉花，似乎收成很好哇。」兩家挨得近，有心的話，什麼風吹草動都瞞不過對方的。

「能有多好？棉花的產量本就不高，即便二郎伺候得好了，每畝也不過是多個三、四成罷了。」大郎不以為然，在他看來，還是賣炭划算，費點力氣，又不要啥投入，就是人累了點，收入還是可觀的。

許氏欲言又止，終於還是嘆了口氣，回房拿銀子。依她看，老二一家子今年掙的錢不比自家少，保不准是自家的一、兩倍呢。

「媳婦，我回來了。」一聲音由遠而近。

羅雲初一聽，忙抱著湯圓出來。才出房門，二郎已到客廳。「怎麼樣了？」她的口氣裡難掩焦急。

今天一大早李記繡坊便派了馬車來拉這一百張棉被，二郎跟著去結帳。從他一出門，羅雲初就坐立不安，雖說她知道阿德會幫襯著，但沒見人回來她的心就總提著。

二郎見了她，笑而不語，擁著她和兒子進了房，又仔細把房門關好，才從懷裡掏出四個十兩的銀元寶。「全在這兒了。」

「怎麼才四十兩？」不是說好了四十五兩的嗎，難道李記繡坊臨時變卦了？

二郎不好意思地笑笑，扭捏地從懷裡掏出一支別致的金步搖遞給她。「媳婦，這給妳。」

羅雲初驚訝地看了他一眼，這木頭，也懂浪漫了？

或許是她的目光讓他覺得不自在，黝黑的臉有點發燙。

羅雲初忍住笑，嗔了他一下。「呆子，還不幫我戴上？」

二郎迎上她含笑的眼睛，心情頓時飛揚起來，疼媳婦有啥不好意思的？他伸出有力的大手，將那金步搖別進她柔順濃密的髮髻裡。

「媳婦，妳真好看。」二郎看著十分顏色的媳婦，忍不住在她臉上親了一口。

「大白天的，你發哪門子的瘋？」羅雲初害羞了，臉熱熱的，但嘴角的笑意藏也藏不住，眉眼彎彎的。

「呵呵。」被罵了，二郎還一副樂呵呵的樣子。雙手緊緊地抱住自家媳婦凹凸有致的腰身，低聲笑著。

羅雲初這才知道這支別致的金步搖有一兩重，是他許久之前便看上的。這大半年來，靠著打零工、打獵等攢了一些私房錢，對了，還有昨天他大哥給的二兩賣炭的銀子，總共五兩銀子，全用在這上頭了。可是還是不夠，於是趁著今天賣棉被，墊了五兩銀子進去才把這支金步搖拿了回來。

原來少的五兩銀子全用在這兒了，羅雲初暗忖。

其實羅雲初也分不清她對二郎這個丈夫的感情，一開始的確有認命的成分。其實她這人，說好聽點是隨遇而安，說難聽點，就是懶。甫一穿到這個陌生的年代就得知要嫁人時，她想過要逃，但她這一逃，境遇指不定比待在原地更慘。士農工商，嫁人後仍然為農，排第二。若逃了，命不好運氣不好，被拐被捉被賣，為奴為僕為妓，就是被人隨意打殺的命了！這個完全有可能，想到這個後果，她便斷了出逃這個想法。

成親後才發現，其實她這個丈夫人還挺可以的。懂得疼人，儘管是用他的方式來疼；能聽得進媳婦的意見，有危險時肯擋在媳婦前面。她還有什麼不滿足的？即便擱在現代，二郎這種男人也不是隨手一抓便是一大把的，而她也相信，即便哪天窮到只剩下一碗粥，二郎也會願意分她半碗。有這樣的男人當丈夫，她很知足，於是她便漸漸定下心來，和他好好過日子。但不可否認，一開始飯糰這個兒子給他老子加了不少分。現在麼，娃兒都和人家生了，難道還想不和人家過一輩子啊。

夫妻兩人說了一會子話，就聽到外頭飯糰回來的聲音。

「出去吧，天色晚了，該煮飯了。」羅雲初起身，將那四十兩銀子收好，現在家裡大宗的銀子有兩百一十六兩。而她自己的私房錢也有近百兩了。她覺得這樣的日子才有奔頭啊，讓人心生溫暖。

「對了，家裡還有六百來斤棉花，估摸著再過四、五天就能彈好了。」大概還能出七、八十張棉被吧。

「嗯，柳掌櫃認識的人多，不乏大戶人家的管事，我想讓他幫我們問問，妳看怎麼樣？」二郎突然問。

「不錯，這法子好。」又多了一條買賣渠道。

「爹、娘，你們在哪兒？」飯糰在外面喊了幾聲都沒見人應，稚嫩的聲音透著一股驚慌。

「來了來了，都在房間裡頭呢。」羅雲初抱著湯圓打開房門。

「娘，爹回來了？」飯糰抱住羅雲初的腿，往裡望去。

「是啊，你爹給你買了冬瓜糖，問他要去。」

「真的啊？爹，是不是？」飯糰驚喜，圓圓的眼睛亮亮的。

「嗯，過來吃吧。」二郎心情很好地朝他招手。

飯糰歡呼一聲，邁著小短腿跑到他爹那兒，眼巴巴地看著他。床頭櫃太高，他搆不著。

二郎笑了笑，伸出雙手，扠過他的小身子，將他抱上了膝頭，隨手拿了兩塊冬瓜糖給他。

「娘、娘，來來。」小傢伙拿了糖並沒有立即放進嘴裡，而是朝羅雲初招手，略顯急切地呼喚。

小飯糰明媚的笑容總讓人不自覺地想寵他。

「娘，吃，甜甜的，好吃。」說話間，他不自覺地嚥了嚥口水。

其實，羅雲初不喜歡吃糖，但不忍傷了孩子的心，遂咬了一口，笑道：「嗯，好吃，飯糰多吃點。」

「爹也吃。」小傢伙總算沒有忘記他爹。

二郎也很給面子地咬了一小塊。

「娘，弟弟能吃嗎？」有什麼好東西，他總忍不住想給弟弟一份。

羅雲初搖了搖頭。「飯糰自己吃就好了，弟弟還小呢，等大了才能吃。」

飯糰失望地垂下手，默默地吃著糖。

羅雲初摸摸他的頭，讓他幫看著湯圓，便和二郎到廚房做飯了。

飯糰看著床上吸吮著自己小拳頭的弟弟，小心地靠近，然後輕輕拉開他的小拳頭，將手中的冬瓜糖放在他的唇邊。湯圓好奇地伸出舌頭，舔了一下，甜甜的，一會兒吸吮得更用力了，飯糰見弟弟喜歡，頓時笑眯了眼。

做好了飯，羅雲初進屋裡來，正好瞧見飯糰手一縮。

羅雲初將湯圓抱起來，發現他嘴角有疑似糖液的水漬，看了飯糰一眼，發現他眼睛東看西看，就是不敢正視自己。每逢他做了什麼小壞事，總是這副樣子。

「飯糰，娘知道你疼弟弟，但弟弟現在真的不能吃糖，萬一噎到就不好了。」羅雲初耐心地和他講道理。

飯糰低下頭，沮喪地說道：「娘，飯糰知道錯了，下回再也不會了。」眼眶微微地紅了。

「娘相信飯糰。」羅雲初摸摸他的頭。「走，咱們出去吃飯。」

「嗯。」飯糰重重地點頭。

她站了起來，一手抱著湯圓。另一隻手伸了出來，等了好一會兒，一隻怯怯的小手才搭上來，小小的手指頭，緊緊地握住了她。小小的，軟軟的，很暖和，讓摸著的人心都跟著暖和起來。

「娘。」飯糰柔柔地叫著，語氣中帶著一股撒嬌和親暱。

「走吧，你爹等久了呢。我們再不到的話，肉肉就要被他吃光了喔。」羅雲初拉著他往外走去。

「爹爹不會的。」糯糯的抗議聲從下面傳來，總能讓她莫名地感到溫暖。

「呵呵。」

第三十八章 拒絕伸手

宋銘承攏了攏身上破舊的棉衣，昨晚下了一場大雪，今天一早，地上的雪積得更厚了，馬車的速度慢了許多。

「宋相公，風雪太大了，前面似乎有個破廟，咱們在那兒歇一會兒吧？」趕車的劉老漢呵了口氣往車後詢問。

「嗯，天色也不早了，趕緊吧。」宋銘承的聲音從車廂內傳出。

「呼呼，宋兄，越往北走，這天就越冷啊。」周墩遲冷得直哆嗦，牙齒開始打顫。「宋、宋兄，多虧了你把棉衣借我啊，要不然這樣的天我估計能冷出病來。」他指了指身上穿著的那件簇新的棉衣，這棉衣真厚實真暖和啊。他娘雖然也給他準備了冬衣，但都是往年的舊衣，不暖和，在老家那會兒還好，如今到了這邊，當真不禦寒。

宋銘承瞄了一眼冷得臉色蒼白的周墩遲一臉。「沒什麼，你先穿著吧，待買了新的再還我就行。」兩人結伴上京，他總不好見他冷得都快生病了也不管。多虧了二哥二嫂細心，給他準備了兩件棉衣，要不然也沒法借他一件的。

羅雲初當時給他準備的時候，就考慮到北方那會兒肯定很冷，新製的棉衣裡放足了新收上來的棉花。就是舊的那件，她也放了新的棉絮進去，認真地翻新過的。

馬車在破廟外停了下來，車外的劉老漢見了破廟裡的情景怔了一下，下意識叫喚宋銘承。「宋相公？」

宋銘承探出頭來，見了此情狀，也不禁倒吸了一口氣。入眼所及，破廟裡外，瘦得只剩下皮包骨的難民或癱坐在地或掙扎著前行，更有甚者穿著薄薄的單衣躺在雪地上，不知是死是活，瘦弱的孩童坐在地上或哭泣或推搡著地上的大人。沒例外的是，這些難民雙眼無神，麻木地看著同伴或走或留。一眼望去，小小的破廟裡竟然住了二、三十人，沒有絲毫生氣。

「這、這都是怎麼了？」周墩遲站在白茫茫的雪地上，估計是第一次見到如此的場面，聲音透出一股驚訝和同情。

劉老漢拿出一張簡略的地圖瞧了瞧，指著圖上的一處標記，苦笑道：「宋相公、周相公，我想我們走錯路了。這裡估計是俞闇附近的一個小鎮，名叫楊梅鎮的。」劉老漢想起剛才趕車經過時一眼掠過的石碑上的刻文。

看到此處這麼多災民，宋銘承心裡也料想到了七、八分。「老劉，走吧，這裡太擠了。趁時間尚未太晚，折回剛才的岔道往另一條走，興許能趕到鎮上找個店打尖。」不是他心狠，留在這也於事無補，還不如眼不見心不煩。

「好心的小哥，給點吃的吧？」一位佝僂著背部的老婦人扯著周墩遲的褲腳，哀求著，聲音沙啞，顯然是許久未開口了。

「這裡沒吃的，快走！」周墩遲未尚反應過來，劉老漢就大聲喝道。

宋銘承見了，眉頭緊皺，心裡有股不祥的預感。

那老婦人似乎已經習慣這種結果了，默默低下頭，不做爭辯。

「等等。」周墩遲譴責地看了劉老漢一眼，叫住了準備離開的老婦人。「我這裡有一袋乾糧，妳拿去吧。」只見他側過身子掀開車簾，拿了一袋子饅頭之類的，全塞到她手裡。

這老婦人讓他想起遠在老家的老娘，不忍心見絕望染上她的雙眼，於是他打算將自己的那份乾糧送給她，大不了他在下一個小鎮再補上便是了。

劉老漢驚呼。「不可！」聲音裡透露出一股說不出的焦急。

周墩遲推開他橫過來的手，一手將那袋乾糧塞到那老婦人的懷中。「吃吧，不夠車上還有。」

「你這是害死我們啊。」見阻止不得，劉老漢長嘆。

「劉老漢，這點子乾糧而已，至於嗎你？等到下一個小鎮，我買回給你便是了。」周墩遲同樣火氣不小。

「不說了，快上車，咱們得趕緊跑。宋相公，趕緊上車。」劉老漢已經坐上了車，急急招呼宋銘承。

那老婦人愣了一下，手哆嗦著捧著那袋子乾糧，眼睛直直盯著那露出來的半塊饅頭，乾裂的唇一抖一抖的。「老頭子，快來，咱們有吃的了，咱們遇上貴人了，不用挨餓了。」

老婦人的聲音不大，可以說得上沙啞難聞，但這聲音給安靜的雪地裡投下了一道雷般。激起那些餓到極點的難民們求生的渴望，原本絕望的眼睛冒出了如狼似虎般的目光，盯著他們那輛馬車的眼神讓人覺得很可怕。

動了，四周的人動了。

宋銘承此時還有什麼不明白的，他立即敏捷地往車裡鑽，中途拉了已經傻了的周墩遲一把。「趕緊上車！」

「駕！」啪地一聲，劉老漢用力在馬背上抽了幾下，車子飛快地跑了起來。

可惜來不及了，馬車後面被人拉住了，馬兒瘋狂地嘶叫著，求生的掠奪本能讓這群餓了許久的難民爆發出難以置信的潛力。

雖然馬車在疾行，但車廂後面已經壞了，四、五個男人前後夾擊，爬上了車廂，宋銘承守著車廂後面的口子，用力將爬上來的人推下去，嘴裡喝道：「周墩遲，傻愣著幹麼，趕緊推人呀！」

劉老漢趕著車，時不時地抽旁邊一鞭子，幫著周墩遲。

可惜雙手難敵四拳頭，最終還是被三個男人上了馬車。

周墩遲被推到一旁，驚恐地看著他們將所有的乾糧和衣服等都扔了下去。

「啊，我的書，我的盤纏！」周墩遲痛心疾首地呼叫。

那兩男人見周墩遲穿的一件棉衣甚是厚實，眼中貪婪毫不掩飾，兩人對視了一眼，開始拉扯起來。

「你們想幹什麼？快放開我！」他的手腿不斷地踢打，可惜沒用，棉衣最終還是被剝了下來。

這邊宋銘承也是自身難顧，他眼睜睜看著一只眼熟的包袱被掃到地上，接著便被追上來的難民撿了起來。宋銘承發了狠，毫不留情地推搡踢打著那其中的一個男人，人的爆發力始終是有限的，那些難民能堅持到現在已經是強弩之末了，加上宋銘承在老家也是經常幹農活的，力氣不差。沒兩下那男的就被他推下了馬車，還有一個男人見宋銘承身旁放了一個開著口子的木箱子便想伸手。

宋銘承見他竟然向他死命護著的書起意，心裡恨極，和他廝打起來，每一拳每一抓都下了狠勁，沒一會兒也被他踹一腳，翻下車。

在馬兒的驚叫狂奔中，劉老漢帶著兩個書生遠遠地逃去。

待到了安全地帶，馬車才徐徐停了下來。周墩遲仍在那兒唸叨他的書和他的盤纏，看他的表情像悔得腸子都青了。

可以說，在剛才的搏鬥中，除了宋銘承護著的那箱書，幾乎全部的家當都被一掃而光。

「別唸了！要不是你濫好心我們也不會落到如此地步！這下好了，你滿意了？」宋銘承大聲吼道，他很生氣很心煩！一百多兩的盤纏全放在衣服裡面，那包衣服是和姓周的放在一塊兒的，甫一開始就被難民掃下了地，當時他恨不得跳下車去撿，可惜馬車後面還追著七、八個漢子。單打獨鬥，他不怕，但他還沒盲目到以為僅憑著自己一人之力便能放倒十個漢子！儘管他們枯瘦如柴！

「對不起，我不知道會這樣。」周墩遲呆呆地道。若是、若是早知道，他一定不會濫好心地將食物拿出來的，他只是想幫幫那位老婦人而已，為什麼會變成這樣？

發洩過後，宋銘承一拳狠狠地打在樹上。

劉老漢仍舊坐在馬車上，嘆了口氣。「人性啊。」聲音裡充滿了蕭索的意味。

良久，劉老漢才開口打破了平靜。「走吧，老漢把你們拉到鎮上，俺就回老家咯，你們自己找馬車上京吧。宋相公，別怪老漢現實，實在是……」

宋銘承看了劉老漢一眼，沈默地點了點頭。至少人家還肯拉你到鎮上，沒把你扔在荒郊野外不是嗎？

「你們只給了去京城的路費，老漢也不占你們的便宜，剩下的錢就抵了這馬車的車廂修理費吧。」

周墩遲呆呆的，顯然不能適應這種轉變，他口一張，一些聖人云的大道理就要出口，被宋銘承橫了一眼，張了張嘴，什麼也沒說。

「走吧走吧，天色晚了，趕緊到鎮上。」

宋銘承坐在前後透風的馬車裡，閉上眼養神，對對面冷得直打顫的周墩遲視而不見。他捏了捏衣角才覺得略微心安，心裡嘆了口氣，好在還有這個，多虧了二哥二嫂了！慶幸書沒有丟，恩師寫的推薦信也還在。

「宋相公，咱們再會！」劉老漢朝他拱了拱手，便駕著馬車頭也不回地走了。

周墩遲呆呆傻傻地看著，無措地問：「宋兄，這……」

宋銘承見他那個樣子，一陣頭疼，自己當初怎麼頭腦發熱和他一起結伴而行了呢？一百多兩銀子，即便是做官，也是大半年的俸祿了。說沒就沒了，若說不惱恨他，那是假話。

宋銘承不理會他，摸了摸口袋裡還有十來文錢，那是在上個鎮補給乾糧時隨手塞進口袋裡的。揹起書箱，慢慢朝一家看著不怎麼樣的客棧走去。

「客官，打尖還是住店？」小二不甚熱絡地招呼。

「住店。」

「咱們這上房是五十文一間。」

五十文？宋銘承不動聲色地問：「通鋪呢？」

「通鋪便宜，五文錢一人。」

宋銘承掏出銅板，見周墩遲一人打著冷顫可憐兮兮地看著他。他默默地掏出十枚銅板後，又扔給小二四枚。「來四個饅頭。」饅頭分量足，不容易餓。

隔日宋銘承從錢莊出來，懷裡揣了幾兩銀子。五十兩的銀票被他兌換成幾兩銀子和幾張小面額的銀票，仔細收好了。

周墩遲這人，他不可不管。如果此時他拋下他獨自上京，即便高中了，日後也會有人拿此來作文章，這將會成為他品德方面的污點。再者，周墩遲也是個有功名在身的舉子，雖說言行迂了點，但不失為一個正直的人，借他銀子不愁不還，即便此次他空手而回，亦能為人師表，開館授課。衝著這兩點，他就得幫。

好在他身上還有五十兩銀子，省著點花，未必會不夠。若真到了那時，大不了每日抽點空去擺攤子給人寫信寫對聯而已，到時不愁回程的盤纏，他此時只希望京城的物價不要太高。

周墩遲的書在那個破廟裡被搶了，宋銘承只好領著他先到書肆給他添購了一套學子必備的四書五經，還有一些書籍在小鎮上並沒有賣。兩人只好共用著宋銘承的先了，尋思著到了京城再補齊。然後兩人又找了家賣成衣的布店，買了兩套換洗的衣物，料子都不是挺好。

好在周墩遲這人還有自知之明，都是等宋銘承不用了，才會向他借書的。不過這也導致了一些麻煩，宋銘承這人讀書的時候，有時靈光一閃偶爾會在書上作一些筆記，記錄自己的一些心得觀點等。周墩遲看到這些觀點時，都會不自覺地皺眉，總覺得這個不妥那個不妥，一開始還忍得了，末了，總會找宋銘承辯論一番。

宋銘承基於禮貌和教養，總會耐心地聽完。然後告訴他，每個人對事物的看法都不一樣，他們都應該要有容納其他意見的胸襟，儘管有些意見是和自己堅持的相悖的。

可惜在這酸舉人的眼中，只有對錯之分，沒有中間地帶而言的。勸了幾次，見他依然故我，宋銘承就明白了，這人是沒法子改變了，遂不再多言。

馬車在徐徐地往京城趕去，周墩遲指著書上的某句話，嘴巴仍舊說個不停。宋銘承靠著車廂，耐著性子聽完他的話。偶爾發表一、兩句看法，微笑的表情讓人完全感覺不到其實他心裡很不平靜。

趕往京城的半個月中，對宋銘承的忍耐功夫真的起到了很大鍛鍊。儘管有時他已經被煩到快要發狂的邊緣，但他的表情他的笑容，卻讓你完全看不出來也感覺不出來。至少周墩遲就感覺不出來。

——未完，待續，請看文創風157《親親後娘》3完

步步為營，活出自己的一片天／紅景天

步步為營，活出自己的一片天／紅景天

她若想平安出府，太出挑了不行，
得防著上頭的主子，畢竟她長得不差；
但若表現太平庸，也只有被人欺辱的分，
這樣憋氣地活著亦非她的本意。
死過一回的她早已看得通透，
樣貌醜陋不算什麼，可怕的畢竟是人心啊……

文創風 148 上

前一世，楊宜極為艱辛才成為了童家二少爺的姨娘之一，
無奈手段不如人，被人誣陷通姦，最終丟了性命，輸得一塌糊塗，
重生後，她才驚覺這一切有多不值得，並發誓此生絕不重蹈覆轍。
雖然一樣被賣進童家為奴，但這回她謹守本分，整個人低調到不行，
不料她的沈著表現仍是引來上頭的關注，欲將她分派到二老爺身邊，
說起這位前世她該喚一聲「二叔」的二爺，她多少是知道一些傳聞的，
從軍的二爺童豁然長得高大魁梧，一張臉實在稱不上好看，還常嚇哭人，
再加上他前後兩任未婚妻都沒入門就死了，因此他無端扛上剋妻的惡名，
眼看他的哥哥、姪子們妻妾如雲，他卻仍是孤家寡人一個，常年駐守外地。
這麼個人人懼怕、避之唯恐不及的主子，她卻是極樂意前去侍候的啊，
畢竟，若能順利被他留下，她就能逃離這座曾葬送她一生的童府了……

文創風 149 下

為了救人，她家二爺本就欠佳的容貌又意外地留下一道醜陋的疤，
說實話，在講究白皙俊雅書生氣的當世，二爺那張粗獷的臉可以說是極醜的，
但她看久了，便也覺得順眼了，甚至連他臉上的那道疤也不再害怕了，
死過一回的她早已看得通透，樣貌醜陋不算什麼，世上最可怕的還是人心，
不過這樣的臉再加上那剋妻的傳聞，想討房門當戶對的媳婦，很難，
尤其身為次子的他又不能繼承爵位家業，會看上他的千金小姐就更少了，
即便如此，這樣外冷心善的二爺仍是她楊宜無法高攀的對象，
她欣賞他、關心他，卻自知配不上他，不料，二爺竟開口要她下嫁？!
聽到她說不為人妾，他立即承諾娶她為妻、絕不納妾，還肯讓她考慮幾日！
而後，她意外得知他曾費心算計她的追求者，說明了他心裡確實有她，
雖說手段不很磊落，但她心底卻充滿了甜意啊，這樣好的夫君，她能不嫁嗎？

親親後娘 2

國家圖書館出版品預行編目資料

親親後娘 / 紅景天著. --
初版. -- 臺北市 : 狗屋, 民103.02
冊 ; 公分. --(文創風)
ISBN 978-986-328-234-1(第2冊 : 平裝). --

857.7 102026181

著作者	紅景天
編輯	黃暄尹
校對	黃薇霓　曾慧柔
發行所	狗屋出版社有限公司
地址	台北市104中山區龍江路71巷15號1樓
電話	02-2776-5889～0
發行字號	局版台業字845號
法律顧問	蕭雄淋律師
總經銷	知遠文化事業有限公司
電話	02-2664-8800
初版	103年2月
國際書碼	ISBN-13　978-986-328-234-1
原著書名	**《穿越之农妇难为》**，由北京晉江原創網絡科技有限公司授權出版

定價240元

狗屋劃撥帳號：19001626

網址：love.doghouse.com.tw　E-mail：love@doghouse.com.tw